小さな尼僧とバイキングの恋

ルーシー・モリス 作

高山 恵 訳

ハーレクイン・ヒストリカル・スペシャル

東京・ロンドン・トロント・パリ・ニューヨーク・アムステルダム
ハンブルク・ストックホルム・ミラノ・シドニー・マドリッド・ワルシャワ
ブダペスト・リオデジャネイロ・ルクセンブルク・フリブール・ムンバイ

A NUN FOR THE VIKING WARRIOR

by Lucy Morris

Published by Harlequin Japan, a Division of K.K. HarperCollins Japan, 2025

ルーシー・モリス

イギリスのエセックス在住。夫と２人の子供と２匹の猫とともに暮らしている。大の甘党でお酒も嗜む。イギリスのロマンス作家協会のメンバーで、ハーレクイン・ヒストリカルでバイキング、中世、ハイランダーといったさまざまなジャンルのロマンスを執筆する夢が叶って嬉しいと語る。

主要登場人物

アメ・エヴル……………尼僧見習い。エヴル領の跡取り娘。
ロタール・エヴル…………アメの父親。前エヴル領主。
ヨルンド・ヨトゥンソン……アメの婚約者。バイキングの族長。新エヴル領主。
ロロ……………………バイキングの総領。ロベール伯爵。
ジゼラ王女………………ロロの妻。アメの友人。
ヴァルダ…………………ヨルンドの幼なじみで副官。
ラグナル・ハルヴォソン……ヨルンドの実父。バイキングの略奪団団長。故人。
ベアトリス………………アメの母親の侍女。エヴルの農奴。
エマ………………………ベアトリスの娘。アメの幼なじみ。
スカルデ・ウルフソン………ロロの知り合いの息子。ヨルンドの部下。

1

九一二年、かつて西フランク王国の一地域だった
ノースマニア領、聖スコラスティカ尼僧院

「あんな異教徒たちにあなたを連れていかせるものですか!」シスター・ガブリエルが絶叫せんばかりに言った。アメ・エヴルの腕を痛いくらい強くつかみ、破城鎚が打ちつけられるたびにたわむ木の扉を見つめている。神その人がノックをしているかのような轟音が、石壁を伝って響いた。

もちろん、本当に神がノックをしているなら、アメもこれほど怯えはしないだろう。

尼僧院長は夜遅いことを理由に男たちの訪問を拒んだ。彼らが明らかに北欧人で、尼僧たちの安全が危ぶまれたからだが、残念ながら、彼らは朝まで待つ気がないようだった。

アメ自身怖かったが、友人の腕に触れてなだめようとした。「扉は壊れたりしないわ。百年近くあそこにあるんだもの。私たちを守ってくれるはずよ。こんなときこそなおさら」自分自身の震えを隠して怯える尼僧たちに微笑みかける。みんなを力づけたかったのに、頭がおかしくなったのかというような顔をされただけだった。

もしかしたら本当におかしいのかもしれない。

錯乱した母が父の服を引き裂く姿が脳裏をよぎり、アメは両腕をさすって自分を落ち着かせると同時に体を温めようとした。寒いのも当然だ。身に着けているのは下着一枚と、院長に起こされたときにあわてて履いたブーツだけなのだから。別の友人が毛布を渡してくれたので、アメはそれを肩に巻きつけて

感謝の笑みを浮かべた。

両開き扉が震え、すりへった蝶番(ちょうつがい)から何年分もの埃(ほこり)が落ちるのを見てベルティーユ院長が眉をひそめた。「扉は壊れませんよ……少なくとも明日の朝までは。夜が明ければ、彼らの興奮も収まって理性が目覚めるでしょう。条約が結ばれた今、もうけだもののようなまねはできないはずです！」

「何事ですか？」見習い尼僧が小声でたずねた。

シスター・ガブリエルがアメに襲いかかろうとしている不遇を手短に説明してくれた。「ヨルンド・ヨトゥンソンという男がこの哀れなアメを奪いに来たのよ！　悪魔のような男よ。山ほど背が高くて、海ほど肩幅が広いの！」彼女は震える指で十字を切った。怯えるのも無理はない。かつて西フランク王国を焼け野原にした北欧人の凶暴さは、皆がなんらかの形で目にしている。彼らは立ちはだかる相手にことごとく死と絶望をもたらしてきた。

彼らが今ここにいるのはそのためだろうか？

そんなはずはない。この尼僧院になんの価値もないことは周知の事実だ。それに、件(くだん)の戦士がアメを名指しで求めているのはなぜなのか？

仲間の尼僧たちのためにも楽観的でいたかったが、扉に鎚が打ちつけられるたびに、アメの平静も揺さぶられた。心臓が疾走する馬のように暴れる。彼女は毛布をさらにきつく巻きつけた。

冷静さを失いつつあるアメをよそに、シスター・ガブリエルが続けた。「彼はロロ総領に仕える戦士で、自分はアメの婚約者だと言っているの！　ベルティーユ院長は、我が国の王からの証明書がない限り尼僧院に入れるわけにはいかないと言って追い返したのよ」

みんながいっせいにアメを見た。

彼女は院長を見上げた。「私が出ていって彼と話したほうがいいのではありませんか？　院長や皆さんを危険な目にあわせるわけにはいきません。そもそも単なる誤解かもしれませんし」ああ、どうかそうであってほしい！　そうでなければ、今まで懸命につちかってきたものが失われてしまう。アメは明るい笑みをつくった。「きっとジゼラ王女が真相を突き止めてくださる……」

どん！

「彼だって総領の妻と話すことは拒めない……」

どん！

「王女は私のことを友人と思ってくださっています。長年、宮廷で女官としてお仕えしましたから」

どん！

「すべて丸く収まるはずです。穏やかに理性を持って話し合えば……」

どん！

「彼も……わかってくれる……」

どん！

院長が鼻を鳴らした。「ありえませんね」

扉がきいきいとあえいだ。

尼僧と見習いたちが恐怖に目を見開き、圧力に屈し始めたオーク材の扉を凝視する。尼僧たちの多くにとって、北欧人に住まいへ押し入られるのはこれが初めてではない。だが、ロロ総領は襲撃をやめ、その見返りとして西フランク王国は彼に領土を与えてジゼラ王女を嫁がせるという条約がとり交わされた今、あの苦悩の日々は過去のものになったはずだった。

どうやらそうではなかったらしい。

耳をつんざくような音をたて、蝶番とオークの横木が吹き飛んだ。両開き扉が割れ、熟しすぎたいちじくのように床に倒れた。

尼僧たちは後ずさり、数人の農奴が物陰に逃げ込んだ。毛皮を着た北欧の戦士たちが建物の中になだれ込んできた。切り倒して即席の破城鎚にした木の幹を落とすと、剣を抜いてにじり寄ってくる。その体は汗ばんで光り、怒りを隠しきれていない。

「アメ・エヴルはどこだ？」先頭にいた巨体の男が哮った。見たこともないほどの長身だ。アメにとってはほとんどの人が見上げる対象だが、彼の顔をはっきり見ようと思えば、馬上の人を見上げるほど首をそらさなくてはならない。その顔には戦の傷があり、頭頂部の黒っぽい金髪が太い三つ編みに編まれて背中に垂らしてあった。頭の両脇の髪は短く刈り込まれ、頑強な顎があらわになっている。

だが、アメの楽観主義と希望を打ちのめしたのは、彼の突き刺すような青の瞳だった。それは彼の手に握られている剣と同じくらい鋭く、危険だった。この人を相手に交渉や説得や取り引きなどできるはずがない。膝から力が抜けそうになり、アメは一歩後ずさった。

「遊びは終わりだ！」彼はうなった。その恐ろしげな顔に影がよぎり、歯は狼の牙を思わせた。「客にふさわしい応対をしないと言うなら、目的のものを力尽くでもらっていくぞ！」

なんて恐ろしい人！

近づいてくる男を凝視していると、アメの視界が狭まっていった。獰猛なまでに雄々しい男のことで頭がいっぱいになる。彼は屈強そのもので、自分でもそれがわかっている。女性たちの蒼白な顔を見回すうちに彼のいらだちは治まったようだが、自分のしたことを恥じるふうはなく、ただ……美しかった。

アメはその奇妙な考えにとまどって目をしばたたいた。だが、それは真実だった。

彼には生々しくて野性的な独特の美しさがあった。獲物に襲いかかる鷹や稲妻の閃光と同じ美しさかもしれない。アメは身震いした。私はまた愚にもつかないことを考えて判断力を曇らせている。

何度父がロマンティックな妄想をする母をこらし

めたと思っているの？　数えられないほど……耐えられないほど何度もそうしたでしょう。

アメは歯を食いしばって深く息を吸い込み、勝手に頭に浮かんでくる雑念を払いのけようとした。

現実に集中しなくては。

この男は異教徒の暴漢で、神にも女性にも敬意を抱いていない。崇(あが)めるのは血と財宝だけ。

敵。

男が尼僧院長に向かって剣をふり上げた。入り口の広間を囲む蝋燭(ろうそく)の明かりの中で鋼が閃(ひらめ)く。「彼女はどこだ？」

尼僧院長が威嚇される姿を見て、日ごろから抑えるのに苦労しているアメの激しい気性に火がついた。

彼女は剣の前に進み出た。残念ながらアメは小柄で、剣先はまだ彼女と尼僧院長の頭上にあったけれど。それつまり彼女の行動は無駄だったということだ。それでもアメはできるだけ居丈高に言った。「私がアメ・エヴルよ」

「君が？」男は恐怖を隠しきれない目で彼女の全身を見回した。

アメは不快感をあらわにすまいとした。この人にどう思われようとかまわないはずでしょう？　彼女は反抗的に顎を上げた。「この神聖な建物に武器をふりかざして入ってくるなんてどういうつもり？　あなたたちの指導者ロロも今ではキリスト教徒なのよ。こんな蛮行を認めるはずがないわ」

男の頬が緩み、敬意のようなものがその顔によぎった。彼は剣を収めた。「君は俺ほど総領を知らないようだ、レディ・エヴル。ついに会えたな」彼の声は遠くから聞こえる雷鳴のようで、アメの背骨を震えが伝った。

アメは目を細くした。「ロロのことは知らなくても、私は彼の妻、ジゼラ王女の友人よ。彼女は決して……」

「俺をここに来させたのは彼女だ」

まさか！　何かの間違いよ！

アメは顔から血の気が引くのを感じ、毛布をさらにきつく肩に巻きつけた。侵入者たちの後ろから森の冷気が入り込み、ずっと前に忘れたはずの家族の義務を思い出させた。

「私はキリストに嫁ぐ身よ」小声でそう言いながらも、アメは自分の運命が恐ろしい方向へと道筋を変えたことに気づいていた。父は約束を破ったのだ。私は相変わらず父の所有物であり、この先もそうなのだ。はかない希望――父のいない自由な人生はかすれた息とともに夜気の中に溶けていった。

ヨルンドがアメに近づき、たこのできた手で彼女の顔にかかっていた髪を払った。その腕につけられた腕輪が蝋燭の明かりを受けて光る。ふだんは見習い尼僧用のベールの下できっちり束ねられているアメの漆黒の豊かな髪は今、寝乱れてうねり、彼女の顔を縁どっていた。あと一月もしないうちにこの髪はざっくり切られ、彼女は誓願を立てることになっていた。レディ・アメ・エヴルとしての制約や鎖からついに解き放たれ、その先には魂の平和と名もなき者としての人生だけがあるはずだった。

母が耐え忍んだ地獄ではなく。結婚生活ではなく。

「違う」彼は哀れむようにため息をついた。「君は俺と結婚するのだ」

ヨルンドは目の前の若い女をじっと見た。

どうして彼女はこんなにも……小さいんだ？

一目見たときはほんの子どもだと思った。大きな毛布にくるまり、きめの荒い毛織物の端からすりきれた小さなブーツをのぞかせた子ども。だが、反抗的に顎を上げて立ち向かってきたとき、初めて本当の彼女に気がついた。

アメ・エヴルは美しく高貴な女だ。あまりにも小柄ではあるが。

ヨルンドはなんとか失望を抑えようとした。だが俺は何を期待していたのか？　自分のような大柄な女か？　西フランクの貴族にそんな女がいるはずもない。だが、アメ・エヴルには強さがあった。自分を実際よりも大きいと思い込んでいる狼の子どものような哀れな尊大さがあった。

条約締結の場で、彼女の父親と顔を合わせたことがある。わずかな時間だったが、ロタール・エヴルは北欧の火の神ロキさながらの食わせ物だとわかった。今回、彼の対応が遅く曖昧だったのも策略があってのことに違いない。ヨルンドが彼女を見つけ出す前に、娘に誓願を立てさせようとしたのか。少なくとも、彼女は父親に似ていない。むしろ真逆のように見える。感情と思考が顔に表れるのを隠そうともごまかそうともしないのは、見ていて気持ちがよかった。

彼女の心許（こころもと）なさに気づき、ヨルンドは少し同情した。だが、彼女に希望を与えることはできない。二人は結婚し、彼はエヴル領を手に入れる。これでひとかどの平和な人生が得られるのだ。怯えた花嫁は邪魔にはならない。夫が見た目ほど非情な野蛮人でないことは彼女にもわかるだろう――いずれは。

ヨルンドは顔をしかめ、体を左右に揺らした。今この瞬間は、自分が非情な野蛮人にしか思えなかった。

「ここはあなたたちの領土じゃないのよ、この野蛮な異教徒！」傍らにいた女が目を泳がせ、金切り声で非難する。ヨルンドは眉をひそめて彼女を見下ろした。彼女が今し方自分が考えていたのと似たような言葉を口にしたのが不思議だったからだが、女は哀れな悲鳴をあげて物陰に逃げ込んだ。

勝手に怖がらせておけばいい。そのほうが早くここをあとにできるというものだ。キリスト教の教会というやつは陰気くさいうえに隙間風が吹き抜け、まったくいけ好かない。

どうして俺はここにいる？　ヨルンドはまたもやそう自問した。ジゼラ王女がアメのためにと夫にこの婚姻を懇願したからだ。

ロロは美しい花嫁の望みならなんでもかなえてやるし、ヨルンドはロロの望みならなんでも従う。ヨルンドにとって父親はロロであり、実父であるあの虫けらではない。

「君たちの王が条約に署名し、ブルターニュに加えてエプト川から海までの土地がロロ総領のものになった。領土内にあるエヴルがこの結婚により俺に与えられる」

アメが苦々しげな声でさえぎった。「ロロ総領の土地となったのなら、なぜ私と結婚する必要があるの？　勝手に行って支配すればいいでしょう！　私は名目上の所有者でしかない。子どものころ、あなたたちの最初の襲撃を受けたあと、あそこには一度も戻っていないのだから」

アメの瞳が火花を散らした。ヨルンドの花嫁はロロのジゼラ王女ほど扱いやすい女ではなさそうだった。

「君たちの王女がそう命じたからだ」ヨルンドは肩をすくめた。それは事実だ。その土地の権利はヨルンドにあり、誰にも奪うことはできない。だが、王女は西フランク国民と北欧人のあいだの婚姻をできるだけたくさんまとめ、両者の血をまぜ合わせるると決めていた。王女とロロは平和が長く続くことを望んでおり、それに異を唱える者などいない。

アメはつっかえながら否定しようとした。恐怖と動揺のせいで呼吸がせわしなくなっている。「いいえ、私は……。父は私が神に仕えることを許したのだから……私はここで……穏やかに生きる……。女官としての務めは忘れて……。私は……私は……」

彼女は尼僧院長のほうを見やり、指示を求めたが、院長は悲しげに首をふっただけだった。

「君の父親は王女に同意し、君がここで暮らす許可をとり消した」ヨルンドは嫌悪感をあらわにして尼僧院の湿気(しけ)た壁を示した。自分なら、ここよりましな住まいを彼女に与えられるだろう。「俺はそれを証明する彼の書状を持っている」

ヨルンドはチュニックから巻物をとり出したが、さし出しはしなかった。

尼僧院長がいらだたしげな声をあげた。「どうしてさっさとそれを出さなかったのです？　あなたが彼女のお父さまの承諾書を持っているとわかれば、すぐに中へ通したものを！」

ヨルンドが羊皮紙を渡すと、尼僧院長はそそくさと封をほどいて開いた。ヨルンドがこの石造りの尼僧院に着いたとき巻物を渡さなかったのには理由があった。字が――北欧のルーン文字も西フランクで使う文字も――読めないので、警戒していたのだ。字が読めないことはどうでもいい。ただ、この巻物に実際に何が書かれているか、わかったものではなかった。これがロロではなくロタールから直接届いているだけに、なおさら信用がならない。渡した相手にロロとその戦士を殺す許可を与えている可能性もある。だが、この哀れな防備の建物に押し入ってみると、崩れかけた壁の内側に弓の射手や兵士のような者がいるとはとても思えなかった。ヨルンドが反撃を恐れる必要などどこにもなかった。

アメがこちらをじっと見ていた。その顔にゆっくりと絶望の色が広がっていく。大きな瞳は柔らかな茶色で内側に金色の斑点が散らばっている。その瞳は何一つ見落とさず、隠しきれない感情を閃かせていた。どれほど居丈高に声を張り上げようが、彼女は怯えているのだ。そのことにヨルンドは気まずさを覚えた。

無意識のうちに彼は体重を一方の足からもう一方の足へ移した。神経質になったときの癖だ。幼くして戦い方を学んで以来、常に変わる体のバランスををこうして確かめてきた。アメがじりっと後ずさったのを見て、ヨルンドはいらだちを覚えた。まるで彼が何をするのかと恐れているみたいだ。

俺と結婚するのがそれほどひどいことだというのか？　彼女にとってはそうかもしれないと、ヨルンドは認めた。

だったら、少しばかり安心させてやろう。

ヨルンドはルーアンから連れてきた司祭のほうへふり返り、手招きした。「結婚式を執り行う司祭を連れてきている。キリスト教式の結婚式だ。彼はロロを清めた司祭で、そのとき俺も清めてもらった。そうだろう、オーガスタス？」そう言って軽く司祭の背中を叩くと、小鳥のように小柄な男がつんのめりそうになったので、ヨルンドはあわてて彼を押さえた。

アメは安心するどころか、青ざめている。

しばらくぎごちない沈黙が続いたあと、彼女はあえぐように数度息をして突然叫んだ。「いや！」

その激しい拒絶の言葉はアーチ型の広間に響き渡り、虚ろな音となってヨルンドにぶつかった。

彼は唖然としてアメを見つめた。いったいどう答えろというのか。境遇の急な変化を彼女が喜ぶとは思っていなかった。だが、父親と王女が決めたことだから受け入れるだろうと思っていたのだ。

「アメ……」尼僧院長が優しい声で言う。

だがアメはかぶりをふり、さらに後ずさった。

「いやよ！」

2

アメは尼僧院の門楼を飛び出して寄宿所へ続く柱廊を走った。中庭の上空の満月と、右手のくぼみに置かれた緊急時用の松明（たいまつ）が行く先を照らす。自分がどこに向かって走っているのかも、どうすればこの悪夢を終わらせられるのかもわからない。わかっているのは、逃げなくてはいけないということだけだった。あの男から、彼のもたらす不吉な運命から。結婚から。

隷属と苦悩の未来から。自分が選んだのでもない男に、領土さえ手中にあれば、彼女が生きていようと死んでいようと気にもしない男に縛りつけられた未来。

そんなことに耐えられるはずがない。その確信のみに駆り立てられ、アメのブーツはさらに強く石畳を蹴った。

彼女は走った。隠れる場所を見つけなくては。あの男が絶対に気づかないような隙間を。こんなことは狂気の沙汰だとわかっていたが、アメは少女のころの彼女に戻っていた。だから、あのころ追いつめられるといつもしていたことをした。

隠れるのよ！　隠れるのよ！　隠れるのよ！

その言葉が、ブーツが石畳を打つ音と鼓動に合わせて響く。それともこれは背後に迫っている別の靴の音だろうか？　ひどく大きくて重そうな靴の音がする。

ヨルンド！

背後から毛布をつかまれ、アメは一瞬転びそうになったが、すぐに毛布を放り出して走り続けた。

残念ながら、そう遠くまでは逃げられなかった。

ヨルンドの手がアメの肩をつかみ、有無を言わさず彼のほうへ向かせた。次の瞬間、もう一方の手が腰に回され、彼女は壁のくぼみへ引っ張っていかれた。逃げたところでどうにもならない。私はもう子どもではないのだから。

隠れる場所もなく、アメはパニックに陥りそうになった。体ががたがた震え、息ができない。溺れかけているように激しくあえぎ、手を握りしめる。手のひらを突き刺す痛みからすると、あとでみみず腫れができるだろう。

頭のおかしな女と思われているに違いない。でもこんなとき、軽率で愚かな行動が役に立つことはない。頭の中の嵐がさらに荒れ狂い、動転してわけがわからなくなるだけだ。女ではなく獰猛な動物になってしまう。息は浅くてせわしなく、絶え絶えになる。不幸と苦悩が目の前にちらつき、罠にはまった兎の気分になる。

彼女は体をよじってヨルンドの手から逃れようとしたが、まるで地面と空を相手に戦っているようだった。まったくの無駄ということだ。

「やめろ！　頭がどうかしたのか？」ヨルンドが太い声で言った。

自分の弱さと恐怖心を恥じ、彼女はか細い声をもらした。

北欧人は恐怖を嫌う。彼はうんざりして私を殺すだろうか？

ヨルンドの硬い顔を見上げると、アメの膝から力が抜けた。彼にしっかり支えられていなかったら、地面にくずおれていただろう。

ヨルンドは北欧語で吐き捨てるように何か言ったあと、果物かごか何かのようにアメをわきに抱え、壁際の長椅子に近づいた。

ふだんは沈思のための場所であり、尼僧院長が見習いを慰める場所だった。実際、数日前に院長はここでアメの疑念について諭してくれた。

　だが今夜、アメは巨大な戦士の膝に子どものように座り、樽のような胸に抱き寄せられていた。彼女は信じられない思いで、煮固めた革の胸当てに向かって瞬きをした。彼は汗と馬と松の匂いがした。やがて、大きな手でアメの顔を拍動する自分の胸に押しつけ……彼女をあやし始めた。

　ヨルンドが突然歌い出し、柱廊中を踊り回っても、これほどは驚かなかっただろう。彼はまだアメを殴っておらず、そうするつもりもないようだった。彼の手つきは優しくて慎重で、それがあまりにも意外だったので、アメはいつのまにか彼のぬくもりに身を委ねていた。

　男の人にこんなふうに抱かれるのは初めてだった。力とか強さは恐ろしいもののはずなのに、こんなふうにくるまれていると、なぜか心強いものに思えてくる。

「もう十分だろう」ヨルンドは静かに言った。まるでアメではなく、彼女の中のパニックに話しかけているようだった。まるで海に割れろと命じているようだ。彼女が戻ってくるための道をつくれと。「息を吸って」実際に息を深く吸い込みながら言う。「吐く」ヨルンドの肺からゆっくりと空気が流れ出た。彼がその言葉と動作を繰り返すうち、アメは自分にもそうするよう促しているのだと気づいた。

　アメと違い、彼の体はくつろいでいた。筋肉の塊なのは相変わらずだが、アメが恐れていた暴力はふるわれる気配もない。むしろ、尼僧院に押し入ってきたあと彼は一番落ち着いているように見えた。恐怖に震える女を膝にのせて長椅子に座っていることをなんとも思っていないようだった。

　アメは息を吸い込んだが、彼ほど長く平然と吸い込むことはできなかった。しばらく彼の言葉と深みのある落ち着いた声に集中するうち、しだいに呼吸が楽になっていった。この奥まった暗がりでサファイアのように輝く彼の目を見つめていると、恐怖も溶けていった。

ヨルンドが笑った。「それでいい。すべては丸く収まる。怖がる必要はない。息を吸って……吐く」

不思議なことに、だんだん気分がよくなってきた。少なくとも震えは止まっている。彼の自信がアメに落ち着きと勇気をくれたのだ。彼女の腕をなでるヨルンドの手は温かく、まるで優しく愛撫するように呼吸に合わせてゆっくり上下していた。彼は嵐の中でアメをつなぎ止める碇のようだった。アメはもう途方に暮れておらず、怖がってもいなかった。

ついに感情を抑えられるようになったとき、アメは同時に三つのことに気づき、愕然とした。

まず、自分が薄い麻の下着とブーツしか身に着けていないこと。

そして、ついさっき尼僧院に押し入ってきて婚姻を強要した北欧人に抱かれていること。

何より困惑したのは、自分がそうされてほっとしていることだった。

アメはここにずっといたいと思っていた。ここは寒くもないし、恐ろしくもない。むしろ……安全で……温かい。それはもう何年も味わったことのない感覚だった。この感覚がずっと続いてほしかった

ヨルンドは腕の中の女を見下ろした。顔や首筋にほんのりと血の気が戻ってきている。さっきまで恐怖に震えていた呼吸も、今では安定していた。

瞳を曇らせていた不安ももうない。彼女は自分をとり戻していた。

「ありがとう」アメのかすれた声を聞くと、ヨルンドの腹の辺りで欲望が火花を散らし、彼女の瞳の金色の斑点がその炎をあおった。そこに浮かんでいるのは……情か？　ヨルンドの腕は彼女のたおやかな

体をわずかに引き寄せた。

「どういたしまして。それで、君はどうして逃げたんだい？」アメをまた怖がらせたくなくて、彼は優しく問いかけた。

アメの顔の赤みが濃くなった。「私……思ってもみなかったから」

結婚そのもののことか？　それとも、俺との結婚のことを言っているのか？

いずれにせよ、彼女の苦悩は理解できた。

「そうだろうな。変化は恐ろしいが、悪いこととは限らない。運命と変化は人生を面白くしてくれる」

彼女はしばらく考えていた。眉間のかすかな皺がいかにも無邪気で愛らしい。「そうかも……」

彼女に触れたくて手がむずむずする。だがアメの腿の辺りの下着をつまみ、きめの粗い麻を指先にこすりつけて我慢した。頭上の松明が彼女の体の曲線を照らし出していた。ヨルンドの両脚のあいだが熱を帯びて疼き始める。彼女の肌の柔らかさを想像すると、めまいがするようだった。きっとビザンツ錦のようだろう。「今にわかる。すべてはうまくいく」

一瞬の沈黙のあと、アメと目を合わせた。温かい茶色の瞳が希望をこめて彼を見返し、ためらいがちに微笑む。ヨルンドは息をするのを忘れた。

胸にじんわりと熱が広がる。それは情欲だけではなく、もっと力強くて稀有なものだった。

希望。

ついに孤独の日々に別れを告げられるという希望。

復讐を求める魂の闇を葬れるかもしれないという希望。自分の中の光の部分を育て、庇護者として平和に暮らしたい。家族を持ち、立派な人生を送りたい。

確かに、二人がともに歩む未来に対して、彼女の最初の反応は……好意的ではなかった。

好意的とはほど遠かった。彼のぶざまで野獣のような体を一目見た瞬間、恐怖に我を忘れて脱兎のごとく逃げ出した。

だが、それもこれも驚きのせいだったのではないか？　彼女はすでに落ち着きをとり戻し、心を開いているように見える。ほかの女ならとっくに逃げ出しているはずだが、彼女はこの膝に座ったままだ。もし彼が触れたら喜ぶのではないか？　こんな湿気た場所に閉じ込められていた若い女が彼の膝から下りようとしないのは、むしろ誘っているのでは？

ヨルンドは彼女の体を見回した。キスしてみるか？

毛布がなくなってあらわになったのは、彼の体がすでに知っていたものだった。彼女は絶対に子どもではない。確かに背は低いが、脚はしっかりとして力強く、腰は丸みを帯びて女らしい。胸の膨らみは麻の下着に押しつけられ、その固くなった先端を松明の明かりが浮き上がらせていた。

ヨルンドは彼女の顔に容認の表情を探した。瞳は大きく、ふっくらとした唇はわずかに開いている。そこには、とまどいと欲望の両方がうかがえた。まるで彼に対する自分の体の反応がよく理解できないというように。

今アメがキスをしてきたら、どんな形であれ自分をさし出してきたら、ヨルンドはすぐさま喜びを与えただろう。彼女の神が冒涜行為だと憤ろうと知ったことか。

彼女の望みを否定することこそ冒涜だ。

ヨルンドは試しに彼女を引き寄せ、腿の上で手を滑らせてみた。アメの体から力が抜け、無意識に彼の胸のほうに傾いてくる。彼女の黒髪がヨルンドのあらわな腕と首筋をくすぐった。

ヨルンドの口の中がからからになり、心臓が早鐘を打ち始めた。

さっきの彼女は勇敢だった。もう一度勇気を出すよう、誘ってみるか？

　ヨルンドがさらに体を寄せると、二人の息が絡み合った。爽やかな石鹸と、麻と、うっとりするようなラベンダーの香りが彼の鼻孔を満たした。この清らかですがすがしい香りと比べたら、長旅のあとの自分は埃と汗の匂いがするに違いない。乙女を誘惑するような状態ではないということだ。

　彼が体を引くと、見えないリボンで結ばれているかのようにアメの体がついてきた。その拍子に彼女の腰がヨルンドの体の中心に押しつけられた。思わぬ障害物に、彼女がふと手を触れる。ヨルンドはうめき声をもらした。

「気をつけるんだ……君に誘われたら、俺は応じてしまうぞ」それは間違いなく賛辞だったし、彼は腰を動かしてその言葉を強調せずには――もっと正直に言うなら、彼女の手の感覚を楽しまずにはいられなかった。

　彼女がとまどって手元を見た。憤然と声をもらしてヨルンドの膝から飛び下りたのは、自分がしていることに気づいていなかった証拠だろう。

「剣だとばかり！」恐怖と困惑の浮かんだ目でヨルンドの革のズボンの膨らみを見る。

　そのうぶな言葉が愉快で、ヨルンドは鼻を鳴らした。だが答えることはせず、服をずらして不快感を和らげた。顔を上げたヨルンドは、アメをからかったことを後悔した。彼女は自分を守るように両手を体に巻きつけ、唇を震わせて泣くのをこらえていた。

　ヨルンドは立ち上がって足を踏み出した。アメが後ずさる。さっき二人をつないでいた細いリボンは、彼の愚かさと欲望のせいで断ちきられていた。

　ヨルンドの中の闇が頭をもたげ、心にいつもの嵐が吹き荒れた。

　今夜は長い一週間のあとの長い夜だった。いらだちと疲労に屈するのは簡単だ。できるだけ早くこの陰気な場所をあとにしたほうがいい。そしてずっと求めていた暮らしを始めるのだ。

言葉はもう十分だ！　この一時間のうちに、一週間で仲間の戦士たちと話したよりも多くの言葉を費やした。それなのに、計画していたことはまったくなしとげられていない。ヨルンドは行動の男であり、交渉の男ではなかった。特に処女の誘惑者でないのは、アメと過ごしたこの時間が証明しているとおりだ。アメがすぐに自ら彼の腕の中に入ってくると考えるとは、なんと愚かだったのか。

アメが一歩、また一歩と後ずさる。

「アメ！」ヨルンドが叫ぶと、彼女が痛打されたかのように飛び上がった。ヨルンドは穏やかに話そうとしたが……だめだった。彼の口から出てきた言葉は絞り出した脅し文句のようだった。「いいか、おまえがまた逃げるなら、俺は追わない。だが、この建物はがれきの山と化すぞ。おまえにも仲間にも戻る場所はなく、隠れる場所もなくなるからな！」

「お願い……やめて」彼女の声は震えていた。

「俺たちは今夜、結婚してエヴルへ向かう」ヨルンドは語気を強めた。自分でも嫌気がさしたが、愛想は彼の得意とするところではなかった。

野蛮な力と無慈悲な命令、それならある。だが、愛想は持ち合わせていない。はかない希望を抱いても未来の邪魔になるだけだ。そんなことはやめたほうがいい。

彼女のためにも。

アメは下着の下からのぞくブーツをじっと見ていたが、しばらくしてあきらめたようにうなずいた。

ヨルンドの胃が苦い味と自己嫌悪でいっぱいになった。

3

「おそらく、これが一番いい方法なのでしょう」ベルティーユ尼僧院長がアメの着替えとささやかな荷造りを手伝いながら、彼女の手を優しく叩いた。

「相手は野蛮人です！」

院長はその表現について考えるようにしばらく口をつぐんでから肩をすくめた。「みんな同じですよ」そう言うと、アメの櫛をぽんと袋の中に入れた。

院長が北欧人のことを言ったのか、男全体のことを言ったのかわからなかったが、なんとなく後者のような気がして、アメは憂鬱になった。

憤然とふり返り、一年間過ごした部屋を最後にもう一度見回す。ずっとここにいると決めていたのに、こんなふうに荷物をまとめ、思い描いていた神に仕えるための誓いではなく、結婚の誓いをするために身支度をしているなんて。

あの男と結婚しなくてはならないなんて。

それは最初からわかっていたとしても、尼僧院をがれきの山にするぞと脅されたあとでは、寄宿所の窓から抜け出して森に逃げるのはいっそうためらわれた。仲間である無垢な女性たちに身代わりをさせるわけにはいかない。

それでも、アメが払う犠牲に誰も同情してくれないのが残念だった。せめて怒ってくれれば。院長が少し涙を流してくれるとか。彼女の腕をつかんで、こんな結婚は断りなさいと言うとか。私たちのためにバイキングに身を捧げる必要はないわとか。

院長がこんなに穏やかに荷造りを手伝ってくれるとは思いもしなかった。アメがこれまでしてきたことはなんの意味もなかったのだろうか？

「どうしてこれが一番なんておっしゃるのですか？　私は神に仕えるつもりだったんですよ！　何かできることはないのでしょうか？　王か教皇聖下にお願いするとか。もう少し待ってもらうとか。私から聖なる使命を奪っていいはずがありません！」

尼僧院長は困ったように大きなため息をついた。

「アメ、あなたの善意はわかっていますが、神が介入なさったとしても驚くことでは……」

「神ではありません！　ここの扉を壊したのはあの大きなバイキングです！」もう不敬と思われてもかまわない。このすべてが不敬なのだから――私に対して！

「ああ、扉なら彼が修理費をたっぷり払ってくれましたよ。村の鍛冶屋にも工賃をはずんでいい蝶番と鍵をつくるよう言ってくれました。結局はこれまでより上等な扉が――」院長はアメの恐怖の表情を見て口をつぐんだ。「よけいな話でしたね……。アメ、あなたは誰よりも勤勉で熱心な見習いでした。学習の準備や、食料庫の管理を任せたらあなたの右に出る者はいませんでした。ですが、神に仕えることがあなたにとって本当に一番の選択肢なのか、ずっと疑念があったのも事実です。あなたはこの使命を信じきれていなかった――」尼僧院長は手を上げて、アメが否定しようとするのをさえぎった。「あなた自身がどれほど信じたいと思っていても。奉仕と瞑想の人生があなたにとって正しいとは思えないのです。恥じることではありません。ヨルンドは悪い人ではなさそうです――直接的すぎるとしても。それに、わたくしたちの国は北欧人による保護と平和を要しています。それこそ神が真にあなたに求めていることかもしれません」

アメは無言で尼僧院長の話を聞いていた。反駁したかったが、心の底では恥じる気持ちとともに、院長の言うとおりだと認めていた。

アメは最悪の見習い尼僧だった。自分を律しようとしなかったのではない。

ああ、どれほどそうしようとしたか！

だが、それは雄鶏に鳴くなと言うようなものだった。静かにしなければならないときに静かにできない。祈祷に集中できたためしがなく、賛課中にごそごそしてはいけませんと何度叱られたかわからない。確かに指導役やまとめ役としては優れていたが、そもそも使命に対する信念が欠けていた。どこか……満足しきれない彼女がいたのだ。そのうち心が落ち着き、自分の求める平和と知恵を見いだせるだろうと期待していたのだが。

でも、結婚となると？　それも、父のように彼女を扱うのがわかっている相手と。命令し、敬意を求めるだけで何もさし出さない相手と。

ただ、私をなだめてくれたときの彼は、一瞬とはいえ、優しかった。あのとき……何があったのか、アメは今もよくわからないでいた。彼は私を抱いて動揺を和らげてくれて、そうしたら……私は彼の真っ青な瞳と優しい手にすべてを忘れ……。

ああ、どうしよう！

恥ずかしさと、それを追いかけるようにして怒りがわき上がり、顔が熱くなった。あれはたまたまそうなっただけなのに、彼は私の無知を嘲笑ったのだ！　男の人の体があんなふうになるなんて……。

アメは首をふった。こんなこと、考えてはいけない。

「大丈夫ですか？」尼僧院長が心配そうにきいた。「顔が赤いわ……。何か食べたほうがいいようですね」

「大丈夫です！　この部屋が少し暑いだけです」

尼僧院長は隙間風が吹き込む部屋を見回して眉をひそめた。「わかりました。さて、あなたの婚約者は、今すぐ結婚式を挙げてここを発つと言っています。朝まで待てない理由はわかりかねますが。彼が持っていたあなたのお父さまからの書状は正式なものと見受けられます」

尼僧院長に渡された書状を、アメは慎重に読んだ。父が何よりも自分の利益を守ろうとすることはわかっていた。

やはり。

一枚目は、二枚目にある契約の内容を承認する父の親書だった。契約は父と西フランクのシャルル王とのあいだで交わされており、エヴルの領有権が父からヨルンドに移行する旨と、それに付随する特別な条件が記されていた。

結婚後、二冬が過ぎても世継ぎが生まれない場合、領地はロロも介さず、父に返還される。

父はどうやってこの条件をのませたのか？

それよりも……父が何をたくらんでいるのかということのほうが大きな懸念だった。アメは最後に父と顔を合わせたときのことを思い返した。時機としては最適だった。父ロタールはかなり年下の若い女性と再婚したばかりで、新しい人生と男の世継ぎについてかなり楽観的になっていた。

アメは謁見を願い出て、突然見いだした熱烈な信仰心と、霊的生活という新たな使命について涙ながらに訴えた。実際は、父親の圧倒的な力と宮廷から逃げ出したい一心だった。父がどんな男を同胞とみなすかはわかっていた。いずれ、にたにた笑いをするおぞましい男が夫としてあてがわれることを恐れたのだ。

父は彼女の信仰心を信じているのだろうか？　娘がヨルンドとの結婚を拒否すると踏んだのか？

おそらく。だが、娘がそこまでの意志の持ち主だとも思っていなかったはずだ。アメはこれまで何度か父を出し抜いたが、まっこうから刃向かったことはない。そんなことをしても無駄だとわかっていたからだ。

アメが書状を返すと、尼僧院長は首をふった。

「あなたが持っていなさい。あなたに残されたものは、もうそれくらいしかないのだから。ほかのものはここに来てすぐに売ってしまったでしょう」

自分がどんな美しい服と宝石をまとってここに現れたか、アメは思い出した。惜しむ気持ちはない。それらを脱ぐことにはむしろ解放感があった。もう生まれながらの責任を負う淑女ではない。もうロタール・エヴルの娘ではないのだ。あの日、その責任を手放せたことが嬉しくてならなかった。「覚えています。そのお金で納屋の屋根を直しましたね」

尼僧院長は微笑んだ。「あなたがいなくなると寂しいわ」そう言ったあとで不安げな表情を浮かべた。「夫婦の閨でのことは知っているのですか?」

アメはそそくさとうなずいた。「ええ、もちろん!」〝鍵穴に鍵をさし込む〟という言葉を宮廷で聞いたことがある。よくはわからないものの、ヨルンドの固い体に触れて、以前よりは理解が深まったように感じていた。答えを得ていない問いはまだあるが、まさか尼僧院長にきけるはずもない。

尼僧院長はあからさまにほっとして勢いようなずいた。「けっこう、けっこう」

アメの部屋を出ると、礼拝堂まではすぐだった。ヨルンドと戦士たちが、そこがどういう場所かもわきまえず、武器をつけたまま休んでいた。

尼僧院長が咳払いすると、その場にいた男たちがいっせいにふり返った。ヨルンドの明るい青の瞳に、アメは思わず息をのんだ。まるで目に見えない鎖のように彼女に絡みついてくる。アメはそのつながりを断ちきることも、まともに考えることさえもできなかった。腿に触れた彼の手や、唇にかかる彼の息が思い出され……彼女は震える息を吸い込んだ。

ヨルンドがアメと尼僧院長のほうに歩いてくる。

彼が足を進めるごとに、床が揺れるように感じる。

私はこの先いったいどうなるのだろう？


婚儀はどうにも退屈で、意味もなく長たらしかった。ヨルンドはさっさと終わらせてくれと何度となく司祭に訴えたが、何も変わらず、石の床に夜明けの光が忍び込み始めたときもまだ続いていた。

アメが信仰する宗教の言語が低い声で単調に唱えられるのを聞きながら、戦士たちは次々眠りに落ち、副官のヴァルダまでが前列の長椅子で盾にもたれて眠りこけている。いつでもどこでも寝たいときに寝られる彼女をヨルンドはうらやましく思った。

太陽は昇り始めているが、外はまだ暗く、礼拝堂内を照らす松明（たいまつ）の明かりも弱々しい。石造りの祭壇と固い木の長椅子があるだけの陰気な部屋だ。式の半分は、彼もアメも床に膝をついていなければならず、そのあいだ、司祭は二人の頭上で手をふり、何かを唱えていた。

与えられた葡萄酒（ぶどうしゅ）を飲み、パンをかじったところで終わりかと思ったが、それはくだくだしい式の始まりでしかなかった。その後、ヨルンドとアメは立たされて向き合い、司祭の話はさらに続いた。ヨルンドがいらだちをあらわにして息を吐き出すと、小柄な花嫁がちらりと彼を見た。金色の斑点が交じる瞳をよぎったのは非難の光だろうか。そうだったらいいとヨルンドは思った。先ほどの彼女の恐怖は見ていて気分がよくなかった。向き合うなら、恐怖よりも怒りのほうがいい。

司祭が、ヨルンドがこのために手に入れた指輪をさし出した。さらなる信仰の言葉が続く。ヨルンドは司祭に言われるまま奇妙な言葉を繰り返しながら、アメの親指から始めて一本一本の指の上に指輪をかざした。ヨルンドの発音がおかしかったのだろう、アメの後ろにいた尼僧院長が一度となく目をくるりと回して天井を仰いだ。

　いい加減にしてくれ！　相手の神の前で婚儀を行うようにというのがロロからの命令だったが、正直なところ、ヨルンドとしては北欧式の婚儀のほうがよかった。それなら指輪と誓いの言葉だけでなく武器も交換し、血の生け贄(いけにえ)を捧げ、エールを飲んでみんなで騒ぎ、そのまま寝台に倒れ込んで何日も愛の契りが続けられるというものだ。

　何かさせろ！

　キリスト教の儀式はしかつめらしい司祭の話を聞くばかりで、ほとんど何もすることがない。ヨルンドにとって、それは自然の理に反することだった。婚礼の儀は同盟を祝う式のはずだ。この陰気な行事はまるで葬式ではないか。

　彼はアメの小さな手を見下ろし、指輪をはめた。彼女の細い指には大きすぎて、石榴石(ざくろいし)が関節の辺りでぐらぐらしている。

「あとでサイズを直す」ヨルンドが言うと、アメはまるで手かせを見るように恨めしそうに指輪を見た。

　司祭が二人の頭に布をかぶせ、さらに言葉を継いだ。ヨルンドがひざまずいていたのは幸いだった。そうでなければ、この部分は不可能だっただろう。自分の知らない言葉で誓うのはしっくりこないが、ここは式の要の部分らしい。ついに司祭が安堵(あんど)の表情を浮かべて額の汗を拭い、宣言した。「これで終わりです。彼女はあなたのものです」

　花嫁にとっては心和む言葉とは言い難いだろう。それが真実だとしても。

　アメが悲しげにため息をつき、ヨルンドがぎろりと司祭をねめつけると、相手は腰を抜かしたように後ずさった。

　ヨルンドは指輪のはまったアメの手をとり、先に立ち上がって彼女も立たせた。その手があまりにも小さくて壊れそうなのが、無性に腹立たしい。ヨルンドはアメにどうしようもなく引きつけられる一方で、彼女のか弱さに不安を覚えていた。

現実的に考えれば、花嫁にするのはもっと頑丈な女がいい。野獣のような彼と暮らせるほど体も心も強い女が。可能なら、ヴァルダのような盾の乙女が。妹同然に思っていなかったら、とっくの昔に彼女を妻にしていただろう。

決してアメのような女は選ばなかったはずだ。強く抱きしめたらつぶれてしまいそうな、たおやかな花のような女。だがヨルンドは彼女がほしかった。何がなんでも手に入れたかった。それは否定しようがない。彼女の柔らかさと優しさがほしい。戦いや闇に汚されていない彼女の無垢な手に触れられたい。純粋で嘘のないものに。

彼が望むのは単純明快であることだった。先祖たちの伝統が脳裏をよぎり、気づくと、北欧語の誓いの言葉を口にしていた。アメが理解できるようにそれを彼女の言葉で言い直す。「ここに我らが一つの肉体、一つの魂であることを宣し、今日よりその責を全うし、特権を享受すると誓う」

アメが瞬きをしてヨルンドを見上げた。小首を傾げるしぐさには困惑と……別の何かが感じられた。ヨルンドの胸に希望の火がともった。

彼は短絡的な自分を密かにののしった。

すでに守れない約束をして彼女を裏切っている。二人が本当の意味で一つになることはない。彼女のような優しい人間にとって、彼は欠点が多すぎた。

それでも……彼女は妻だ。

どう進めばいい？　彼が望むのは、まっさらな人生だけだった。だが、アメに対して過去を隠し通せるだろうか？　何かを隠すには、彼は大きすぎてあからさますぎる。粗忽すぎ、アメが夫に求めるであろう繊細さがない。ヨルンドは戦場で産声をあげたが、潮時だったのだ。さらに哀れなのは、ヨルンドがその知らせを聞いて瞬き一つしなかったことだ。自分でラグナルを殺す度胸があったらと思うが、当時そんなことは考えるだけで気が重かった。

思いとどまったのは父親に感化されていたせいではないのか？

事実でなければといくら願っても、父のおぞましい血は彼の血管の中に流れている。いつ何時力や非道さに我を忘れてしまうかもしれない。彼の目の前で父がそうなったように。

その考えはこの世の何よりも、いや来世の何よりも恐ろしかった。

だがヨルンドは、アメに安全で幸せな暮らしを送らせるために全力を尽くすつもりだった。本当の意味で約束できるのはそれだけしかない――全力を尽くすことしか。

もしかしたら、いつかは彼女の敬意を得られるかも同然で、立つと同時に戦士となり、幼いときから悲惨な物事を目にしてきた――主に父のしたことだが。

父から受けた影響をヨルンドは最も恥じていた。ともに過ごしたのは子どものころの短い期間だけだが、当時の呪縛が今も彼をさいなんでいる。少なくとも、父が恐ろしい罪を犯すのを止めるべきだった。あるいは母の女戦士たちのもとに戻るべきだった。だが彼は冬を十三度乗り越えたにすぎず、なんの価値もない男の愛と承認を求める哀れな少年だった。

早々に逃げ出す知恵があったのは幸いだったが、父親の残虐行為はどこまでも彼を追いかけてくるだろう。死人がつくる影のように。

父の死を知ったのはつい最近のことだ。ラグナルは睡眠中、己の従士に喉をかききられたという。銀の分け前でもめたらしい。おそらく父が部下の取り分をくすねて恨みを買ったのだろう。哀れな最期だもしれない。もしかしたら、好意も……。

過去と未来に対する相反する思いに駆り立てられ、ヨルンドは一歩アメのほうに近づいた。

背をかがめて口づけをする。しばらく唇を押しつけていると、アメは体をこわばらせたものの、後ずさりはしなかった。ヨルンドにとってはそれだけで勝利だった。石鹸とラベンダーの香りに五感を満たされ、彼はさらに身を寄せてアメの小さな体に腕を回した。自分を抑えきれず、そのまま背を起こしてアメの臀部をつかみ、疼く下腹部に彼女を押しつけた。アメがはっとあえいだ瞬間、ヨルンドは彼女の口の中に舌を滑り込ませ、心ゆくまでキスを深めた。

受容。

あまりにも無垢なアメは、ヨルンドの舌のからかいに反応しなかった。彼の腕を強く押さえていたが、口づけは受け入れ、顔を背けたりはしなかった。ヨルンドはこの一瞬の情熱を味わうことを己に許した。先に進む許しが得られるまで、これで我慢できそうだ。ヨルンドの高ぶった体に触れたときの彼女の反応から察するに、それにはしばらくの時間と説得が必要だろう。

戦士たちがはやし立て、ヨルンドが新妻のふくよかな唇からようやく唇を離すと、今にも気絶しそうな司祭と、しかめ面の尼僧院長が目に入った。ヨルンドは自分の欲望の激しさに恐れをなしつつ、震えるアメを立たせて手をとった。「すぐに出発する」彼はしわがれた声で言った。

この激情が時間とともに治まってくれることを祈るしかない。エヴルへ無事に戻り、落ち着きさえしたら、はやる気持ちを仕事に向けられるはずだ。

いつかはアメも彼を受け入れるだろう。そして彼女の中に子が宿れば、昔から憧れてきた家族のような平和な暮らしが送れるに違いない。

4

アメは見習い仲間や献身者や尼僧たちにできるだけ急いで別れを告げた。一人ずつ抱擁し、先々の幸福と平和を祈る。もっといろいろ話したかったが、ヨルンドは出発を急いでいるようで、表情がどんどん険しくなっていた。花婿をすでに十分煩わせているという自覚はあったものの、アメもみんなに別れを告げてからでなければ、家を離れるつもりはなかった。

　これでお別れなのだ。みんなとも、この先にあったはずの人生とも。父に追従笑いし、信心をつくり上げて自分で少しずつ切り開いてきた人生とも。

　これが見返りのはずだった。ここに逃げ込んだはずだった。そしてアメはこの人生を受け入れていた。ほかの尼僧たちほど信仰心が厚くなかったとしても、努力はしていたのだ。

　そのすべてがなくなってしまった。約束は破られ、すべては水泡に帰した。

　記憶がどっとよみがえってきた。母の顔と腕にあった痣(あざ)。父が残酷な言葉で拒絶したりさげすんだりするたび、母のもろい心がどんなふうに打ち砕かれたか。尼僧院に入り、あの絶望的でみじめな人生から逃れられたと思っていたのに。

　アメの未来は宮廷での未来よりもむしろさらにひどいものになってしまった。

　バイキングが夫だなんて！　神はどうしてこんな仕打ちを与えるの？　私は懸命に善良な人間になろうとしてきたのに！

　確かに、祈りに集中できなかったときもあるし、おしゃべりなところもあるけれど、決してわざとではなく、悪意もなかった。

ヨルンドがこちらに歩いてくる。その表情からすると、いらだちをさらに募らせているようだ。アメは尼僧院長をさっと抱きしめると、両手で衣類の入った袋を抱え、馬のそばに急いだ。

それは一番小さな馬で、ヨルンドの乗る大きな牡馬とは比べるべくもない。それでも、ここでアメが市場へ行くのに使っていた驢馬よりもはるかに大きかった。体全体は明るい茶色だが、わきに三日月のように見える濃い茶色の斑がいくつかある。アメはそろそろと馬に近づいていった。

いったいどうやって乗れというの？

突然、腰をつかまれて空中に持ち上げられ、アメはきゃっと悲鳴をあげた。アメの腰をつかんだ人間は、驚くほどやすやすと彼女を馬の背に乗せた。

当然ながら、それはヨルンドだった。彼はいつでもアメを持ち上げるのを楽しんでいるように思える。前回持ち上げられたときは……激しくキスされたことを思い出し、アメの顔が熱くなった。

彼がことあるごとに私を持ち上げて怖がらせているつもりなら、とんでもない勘違いだ。前回の私が間抜けに見えたことは認めるとしても、あれは動転していたせいにすぎない。今の私は落ち着いているし、男たちが力で牛耳る世界でどうやって身を隠すかもすぐに思い出すはずだ。

アメはぎごちなく手綱を握ろうとしたが、袋を抱えたままでは難しかった。ヨルンドが無言で袋をとり、鞍の後ろにくくりつけた。

「ありがとう」アメは身についた礼儀に抗えず、しぶしぶ礼を言った。だが、ヨルンドはすでに生まれながらの指導者の風格を漂わせて歩き去っていた。

尼僧院の扉の修理をしていた村の大工と鍛冶屋が手を止めて一行を通し、また仕事に戻った。アメの友人たちも上の空で手をふり、彼女の旅立ちに大した意味はないというように、それぞれの持ち場へ戻っていった。一部の尼僧たちや見習いたちに比べれば、アメがここで過ごした時間は短いとしても……。

　誰も本当の友だちではなかったのだろうか？　突然、胸が痛み始め、涙までこみ上げてきた。アメは泣いてしまわないよう必死にこらえた。

　これほど孤独を感じるのは初めてだ。

　アメはため息をついて馬の首をなで、耳元でささやいた。「私たち、親友になりましょうね。私に親切にしてくれたら、私もあなたに親切にするわ。あなたのことは……ルナと呼ぶわね」

　アメは体を起こした。貴族の妻としての人生より尼僧院での人生を選んだのは、感情や思考を抑え込んで生きるのがいやだったからだ。権力を欲する宮廷の男たちのように、彼女のことなど気にもかけない他人に仕えて喜ばせる人生などごめんだ。

　アメの中には、愛されたいと願う子どもじみた感情があった。最初に宮廷に上がったときは、一生懸命友だちをつくろうとした。完璧な淑女になれることを父に証明しようとした。だが、そのあがきをほかの淑女たちに嘲笑（あざわら）われ、そこが自分のための場所でないことを悟った。ジゼラは優しかったが、ほかの女性たちは……。結局、アメは彼女たちを喜ばせることをあきらめた。その後の年月は、宮廷の毒蛇をよけることと、勇気を出して独立の道筋をつけることに費やされた。

　皆が望むような品格を備えた淑女にはなれないと早々に悟ったのに、これからまたその役割に自分を押し込むため、長々ともがくことになるのだ。それは彼女の望んだ人生ではないが、予想外の人生というわけでもなかった。ただ、うまく避けられたと思っていたのだ――今までは。

　父にこの信仰生活を認めてもらえなかったら、アメは早晩誰かのもとに嫁がされ、今と同じ運命に直面していたはずだ。アメは大きな馬に飛び乗る筋骨たくましい夫をちらりと見た。いいえ……まったく同じ運命とは言えないかもしれない。

わからないのは、この男と父の選んだ男のどちらがましかということだ。

礼拝堂でヨルンドが口にした誓いの言葉は……ロマンティックにも聞こえた。

まるで婚姻が互いの敬意のもとに成り立つ協力関係であるかのような言い方だった。古い北欧の誓いだと思うが、あちらの夫婦は対等なのだろうか？

アメはすぐにそんなはずはないと思った。ラテン語の秘跡にも夫婦の相互献身について述べた文言があるけれど、現実はそうなっていない。ヨルンドはただ、自分は異教徒でキリスト教の価値観に敬意を払うつもりはないと言いたかったのだろう。

アメは指にはまった大きな指輪を見下ろした。このままにしていたらなくしてしまいそうだ。首にかけていた木製の十字架を外し、その紐を指輪に通した。首にかけておこう……必要なくなるまでは。

ヨルンドが先頭に立ち、隊列が前進を始める。両脇を数人の戦士に固められたアメは、檻の中にいるように感じた。ヨルンドは私がまた逃げ出すとでも思っているのだろうか？　ばかげた話だ。私は結婚の誓いを立てて彼と結ばれたのに。前方にいるヨルンドの広い肩を見ると、背筋がぞくっとした。ヨルンドが羽織っているのは熊の毛皮だ。北欧の戦士の中には熊の毛皮をまとう者という意味で〝ベルセルク〟と呼ばれる者がいるとか。彼らは戦となると、自分の守護動物に変身できると信じている。たいていは熊や狼で、そうなると恐怖も痛みもなくなり、盲目的な怒りで行く手にあるものを破壊し尽くす。彼らはどれほど痛手を負っても戦い続けるのだと、見習い尼僧の一人が話してくれた。

アメは身震いした。北欧人たちはとても、とても変わっている。教会では彼らを禍と呼んでいた。彼らは西フランクにやってきて死の嵐をもたらした。アメの国は、かつてはシャルルマーニュの誇る大帝国の一部だったが、四方八方からの絶え間ない攻撃と数代にわたる弱小王によって今ではすっかり没落していた。北欧人たちは着る服も、話す言葉も、信じる神も違う。アメはそんな北欧人の男と、彼がどんな人間なのかまったくわからないまま結婚したのだ。

私はどんな役割を求められるのだろう？

西フランクの貴族の妻の役割ならわかる。その悲惨さは、両親のおぞましい結びつきが壊れるのを間近で目にして知っていた。

だが、バイキングの妻の役割とは？

西フランク人の妻の役割とは全然違うのではないだろうか。そもそも女性の役割からして違う。ヨルンドの戦士の中には女性も二人いて盾の乙女と呼ばれている――乙女っぽいところはまったく見当たらないとしても。特に、ヨルンドとしょっちゅう話しているあの女性には。燃えるような赤い髪に、知的で意志の強そうな榛色の瞳。背筋を伸ばし、長い腕を大きくふって歩く。アメは彼女に恐怖を覚えながらも魅入られていた。

アメ自身は強くも激しくもない。料理に使う鶏を絞めるよう言われたときなど、泣き出してしまい、ほかの見習いに頼み込んで代わってもらう始末だった。戦場へ赴くなんて絶対に無理だ。この盾の乙女たちは多産の女神を崇拝する奔放な女性でもある。ヨルンドはアメにもそのような知識があることを期待しているのだろうか？

そんなものはないけれど。まったく。

でも、ヨルンドは期待しているのだろうか？アメの手が偶然触れてしまったとき、彼は笑った。今も私が触れることを期待しているだろうか？異教徒の女性のようにふるまうことを？まったく違う反応をする自分を想像して、アメの首筋が熱くなった。飛びすさる代わりにもっと積極的に触れるとか？　手が触れてヨルンドがうめいたときはびっくりした。私が男の人をうめかせるなんて。それは……わくわくするような経験だった。

私が怖がりでなかったら、もう少し彼の唇のほうに体を寄せていたかもしれない。そうしたら彼は私にキスしただろうか？　結婚式のときにしたように？　抱き寄せて、私の胸に固い筋肉を押しつけ、舌で私の口の中を探っただろうか？　私を味わうように、燃え上がらせるように……。

アメ！　理性的になりなさい！

妄想が過ぎるわ。アメは首をふり、前方のぬかるんだ道に目をこらした。

ヨルンドはキリスト教式の儀式で西フランクの女と結婚した。尼僧院に現れてからずっと彼女の国の言葉で話しているし、キリスト教の洗礼も受けたと言っていた。それは条約で決められたことだった。北欧人たちは西フランク人と融合して保護し、その見返りとして土地と爵位を手に入れる。

それに、彼が口にした結婚の誓いが真実なら、二人は協力関係にあるということだ。アメが彼のものなら、ヨルンドも彼女のもののはずだ。

アメの愚かでロマンティックな心が震えた。夫婦は同等という考え方はなかなかいい。でも、私は妻という立場の本当の意味を知っているはず。北欧人の妻だってそれほど違わないだろう。

母の言っていた言葉が脳裏によみがえる。〝女性は父親と夫のブーツに首を押さえられて生きるのよ。本当の自由が手に入るのは、死が訪れたときだけ〟アメは身震いした。その言葉を忘れたことは一度もない。

アメは夫の背中を見つめ続けた。征服者のブーツは父親のブーツと比べてどれほど重いのだろう？

　正午前に一行は止まって馬を休ませ、アメは回ってきたパンとチーズを食べた。お尻がどうしようもなくひりひりしていたが、悪いのはルナではない。不安のせいでアメの鞍上の姿勢はこわばりがちだった。ここで野営をするのではなく、またルナの上に戻って旅を続けなくてはいけないようだ。少しでも出発を遅らせられればと、アメはほかの人たちから離れて川辺に座り、パンとチーズをちびりちびりとかじった。

　ヨルンドが近づいてきたので、関心を引きたくなくてあわてて顔を背けた。彼女はお尻の位置をずらして痛みを和らげようとした。

「痛いんだろう」ヨルンドが深みのある声を響かせ、隣に座った。彼の巨体が日ざしをさえぎり、アメの体を影で覆った。

「少し。乗馬には慣れていないの。尼僧院には驢馬しかいなかったし、市場までちょっと乗るだけだったから」おしゃべりを止めたかったが、不安になると意味のないことをしゃべり続けてしまうのはいつもの癖だった。疲れのせいに違いない。昨夜は結局、眠り損ねてしまったから。「市場まではそう遠くなくて、月に一度行くだけだったの。でも慣れなくてはいけないでしょうね。乗馬に、という意味よ。エヴルでは、母が定期的に町や村に行っていたわ……砦から。砦はまだあるのかしら？　もう何年も戻っていないから……」

　ありがたいことに、ヨルンドが口を挟んでくれた。乗馬とはまったく関係のない質問だったが。「どうして尼になろうと思った？」

　どう答えたらいいかわからず、アメは無言で彼を見つめた。でも少なくとも、言葉をまき散らすことはやめられた。本当のことを言ったら、彼は気を悪くするだろうか？「もっと……神のそばで暮らしたかったの」舌の上でその嘘はあからさまなように感じられた。

「子どもは嫌いか?」

アメは首を大きくふった。「大好きだわ!」

子どもは産めないかもしれないけれど、愛していることに変わりはない。

母は何年も子どもに恵まれず、ようやく生まれたアメは両親にとって一粒種だった。父が例の条項を契約に加えたのは、アメも母親同様、子どもができにくい体だと思っているからだろう。

ヨルンドは少しほっとしたように見えた。答える代わりに小声をもらしてうなずいた。

沈黙に耐えられず、アメはまた話し始めた。どうしても自分を抑えられなかった。「務めの中でも、年の若い献身者たちに教えるのが好きだったわ……。農奴の子どもたちと遊ぶことも。それは務めではないわね」実際、そのおかげで何度困ったことになったかわからないほどだ。選べるものなら、神の前にひざまずいて祈るより、泥に膝をついて遊びたいけれど、そんなふうに考えるのは罪深いことだ。アメは罪を帳消しにするため思わず祈りそうになって、そんなことをする必要はないのだと気づいた。私は今では違う道を歩んでいるのだから。それは不思議な……自由と言ってもいいような感覚だった。

だが、ヨルンドの言葉でアメは現実に引き戻された。「よし。俺は子どもがほしい。早ければ早いほどいい」

アメは凍りついた。

当然だわ!

それは彼女の父親が二人の結婚につけた条件だった。そしてアメはできるだけ早く彼女を閨に連れていくようにと誘ったも同然だった。もし子どもができなかったらヨルンドはどうするだろう? アメはこれ以上ばかなことを口にしないよう、パンをかじった。パンはぱさぱさしてなんの味もしなかった。

ヨルンドがまた眉をひそめ、狼を思わせる小首の傾(かし)げ方をした。「男が嫌いなのか？」

アメはパンをのみ込んだ。なんと答えればいいのだろう？　男の人は恐ろしい。でも、そんなことを言えるはずがない。それに、彼女が男嫌いかどうかが子どもと関係あるのだろうか？「私は……みんな好きだわ」

「みんな？」ヨルンドの口が笑みを隠そうとして失敗した。

アメは体をこわばらせた。「親切な善人は」

ヨルンドの口元から笑みが消える。

私は何か彼を侮辱するようなことを言ったのだろうか？

その可能性はある。キリスト教徒の善良さは襲撃者たちには美徳と見なされないのかもしれない。

「どんな人間が善人なんだ？」ヨルンドはパンで口をいっぱいにしたまましゃべり、残ったパンを握った手でアメを指さした。「君にとって」

「私は……私は……」アメは答えに窮した。

「謙虚な人間か？　忠実な人間？　寛大な人間？」

一言言うごとに、ヨルンドはパンを噛(か)みしめる。まるでパンではなく岩を噛んでいるみたいに。

「ええ……たぶん」この会話がどこに向かっているのかわからない。だが、ヨルンドが突然ぶっきらぼうになったのは、アメが何か気を悪くさせるようなことを言ったからに違いなかった。どの言葉がここまで彼の気分を害したのかはわからなかったが。

「では、殺人者は違う？　泥棒は？」ヨルンドはそうきいてからパンをのみ込んだ。そして残りのパンを口に放り込み、また思いっきり噛み砕いた。

「ええ……もちろん……」その答えが口からこぼれ落ちたときにはもう手遅れだった。ヨルンドが鋭くうなずいたのを見て、アメは自分の過ちに気づいた。

「俺は君にとっての善人ではない。戦であまたの人を殺し、君たちの王から土地を盗んだ」彼はそう言うと、パンをのみ込んだ。それは非難ではなく、事実とその説明だった。

アメは罠にはめられたような気がした。彼は私にいやな思いをさせるためにわざとあんな質問をしたのだ！　あとになって、彼に言い返す勇気がどこから出てきたのだろうと不思議に思ったが、今この瞬間の彼女は不当に追い込まれたことにかちんときていた。「私はあなたのことを知らない。知らない人を裁くなんて間違っているし、親切でもないわ。そんなことをしたら、私は悪人になってしまう」

ヨルンドは頭の中でパズルを解いているかのように彼女をしばらく凝視していたが、どういう結論が出たにせよ、大したことではないというように肩をすくめた。「君の信心に従って俺たちの子どもを育てればいい。だが、訓練は俺がする」

冷たい嫌悪感が全身を洗った。アメはヨルンドの言葉の響きが気に入らなかった。彼女は教えるのが好きで、それを禁じられるのは耐えられなかった。でももしかしたら、彼は戦のことを言っているのかもしれない……。それは彼女には教えられないことだった。北欧人たちはどんなふうに子どもを育てるのだろう――もし彼女に産むことができたら。「でも、その信心はあなたの信心でもあるでしょう？　あなたはロロと一緒に洗礼を受けたと言ったわよね。だったら、あなたもキリスト教徒で、あなたの罪は清められているのよ」

ヨルンドは瞬きをして、アメをよく見ようとするかのように少し体を引いた。「清められた？」

「ええ。それが洗礼を受けるということだもの。その人の罪はすべて清められて生まれ変わるのよ」

よりにもよって彼が嘲りの笑い声をあげるとは思っていなかった。しばらくして笑いの発作が治まると、彼は子どもに説明するようにゆっくりと言った。

「評判は決して洗い流されない。男のふるまいや行いはあの世までもついてくるんだ。どれだけ水をかけても消すことはできない。君たちの洗礼は俺たちにはなんの意味もない」アメの恐怖の表情を見て顔をしかめ、川に目を向ける。「俺たちはときに本心とは違うことを言ったりしたりする。もっといい人生を送れるかもしれないと期待してそうするんだ」

ヨルンドがまた顔をこちらに向けたとき、アメは彼の瞳の明るさに衝撃を受けた。頭上の夏空よりもさらに濃い青で、その真摯な力強さが彼女の心を揺さぶった。こんなに粗野な人がこんなにも美しい目をしているなんて。「だから君は尼になると決めたんじゃないのか？　もっといい人生を送るために」

アメははっと息をのんだ。「違うわ！　私は……私は信仰生活を送りたかったのよ！」

「ふむ」彼のその耳障りな声は、アメの反論の裏にある真実を見抜いていると告げていた。アメは尼僧院を盾代わりにして外界から身を守っていたのだと。彼は自分の望むものを率直に口にする。どうして私もそうできないのだろうか？

彼のことをもう少し知ろうとするべきなのかもしれない。よく知りもしないのに、彼の人生を批判するなんて、私は何さまのつもりだろう？　相手を知ろうともせず批判するのは間違っている。そう言ったのは私自身だ。ヨルンドが北欧人だからというだけで、父親よりもひどい人間だと決めつけるべきではない。

彼のことをもっとよく知ろうとアメは心に誓った。

ヨルンドが立ち上がると、日ざしがまたアメに降りかかってきた。「もうすぐ出発するから準備をしておくように。まだ先は長い。日が沈んだら、そこで野営をする」

5

ヨルンドは野営地を見回した。日は暮れ、夜のとばりが下りつつある。午後の旅路は順調で、明日の夜にはエヴルに着けそうだった。そのためには早朝に出立しなくてはならないが、か弱い女を連れて二晩も所領の外で過ごすつもりはない。

　アメは疲れきっているようだった。旅が進むにつれてだんだん前かがみになり、しまいには馬の首にもたれかかるような格好になっていた。その日二度目に馬から下りるときには小さな苦痛の声をもらし、今は老婆のように足を引きずりながら火のそばの敷物に近づいている。その姿にヨルンドの胸が痛んだ。

　それでも不必要に旅を長引かせて命を危険にさらすより、少々の痛みを我慢するほうがましのはずだ。

　この辺りにはまだ略奪が横行している。

　予定ではもっと川の主流近くまで進んでいるはずだった。つまり、彼らはまだ危険な地域にいるということだ。実際、エヴルの周辺地域はどこも情勢が安定していない。ヨルンド自身はエヴルを襲っていないが、その町が何度か焼かれたことは知っているし、崩壊の証も目にした。アメがそれを見て怯えなければいいのだが。

　彼女はもう何年もあの町を見ていないと言っていた。今のエヴルは彼女が覚えている交易の中心地とは様変わりしている。砦を再建し、襲撃に対する防御を固めるには長い時間がかかるだろう。新しい領民の信用を得ることは言うまでもない。彼らにとってヨルンドは詐欺師の暴君でしかないはずだ。

　尼僧院はエヴルから遠く離れた森の奥深くにあり、見つけるのに数日かかった。長いあいだ略奪から逃れてきたのも、それが理由だろう。そこは公式にはヨルンドの所領ではないが、彼は自分の砦を築いたら、尼僧院の守りも固めようと決めていた。略奪団の手に落ちたら格好の野営地となり、ヨルンドを攻撃する際の拠点とされかねないからだ。

それはロロと西フランク国王の取り決めの一つだった。王は土地を与え、北欧人はそれを領有して保護する。つまり略奪団を一掃するということだ。いずれ北欧人の統治が行き渡るだろう。ロロは強力な総領であり、多くの戦士やヨルンドのような族長の敬意と忠誠心を集めている。秩序はすぐにもたらされるはずだが、今はまだそこに至っていない。

野営地の周辺の安全を確認すると、食事が用意されているたき火のそばへ行った。シチューを器によそい、アメの隣に座って食べる。アメが身をこわばらせてじりっと離れたが、気にしないようにした。この巨体なので、人に怖がられるのには慣れている。ただアメがなるべく早く自分に慣れてくれることを祈るのみだ。特に、アメが彼のことをここまで嫌っているとなれば。

尼僧院を破壊すると脅したのは失敗だったか？　自分は盗人（ぬすっと）で殺人者だと告げたのも？

そんな弱気な考えが浮かぶとまた肩に力が入る。ヨルンドは筋肉を動かして緊張をほぐそうとした。

アメは食べ終えると、皿を集めに来たヨルンドの戦士に器を渡し、礼を言って微笑（ほほえ）んだ。それはヨルンドが初めて見る彼女の純粋な笑顔だった。彼は見えない手に心臓をわしづかみにされたように感じた。

自分がまったく無慈悲なけだものでないことを示すために、彼は手近にあった毛皮の山から一枚をつかんでアメに渡した。「横になるんだ。明日も長い一日になる」

アメが彼のほうを向いて毛皮を受けとった。彼女がその表面を愛撫（あいぶ）するようになでるのを見て、ヨルンドの血が性懲りもなく沸き立った。

「あなたは？　あなたは眠らなくていいの？」たわいもない問いなのに、その声はひどく か細かった。

アメは横になっておらず、たき火に照らされた側の顔しか見えていない。

「長く眠るつもりはない」

「今夜は……」動揺のにじむ甲高い声だった。「もういいの？」

彼は眉をひそめた。「今夜がなんだ？」

アメの肩からわずかに力が抜ける。「あなたはいいの？　今夜は……私たちの初夜でしょう？」

低い笑い声がヨルンドの口をついて出る。つまり彼女は、俺が床をともにしたがっているかもしれないと心配しているのか？

それは……そのとおりだ。

そう考えると、ヨルンドは冷静になった。

さっき会話をしようとして失敗したあと、お互いに時間が必要だと気づいた。彼女を安心させるべきだとわかっていたが、気づくと軽口を叩いていた。まるで女の子のお下げを引っ張って気を引こうとする子どものようだ。「皆の前で？」そんな恐ろしい話はないというような顔をしてみせる。

アメが喉がつまったような音をもらしたので、ヨルンドは緩んだ頬を隠すために食べ物のほうへ視線を戻した。

「いや、女と過ごすなら人目のない柔らかい寝床がいい」そう言いながらもつけ足さずにいられなかった。「ふだんは、ということだが……」ちらりとうかがうと、アメの顔が真っ青になっていた。ヨルンドはため息をついた。

俺は何を血迷っている？

「そんなに心配しなくていい。今夜、君は処女のままだ。俺は外ではあまり眠らない。特に知らない土地では」少なくともそれは事実だった。

「ああ、よかった！　ほっとしたわ……。その……たぶん、それが一番よね」彼女は唾をのみ、恥ずかしすぎて吐きそうだと言わんばかりの顔をした。

　男としての自尊心は大いに傷ついたものの、ヨルンドは肩をすくめて受け流した。アメが神経質になるのは当然だし、いつも思ったことを口にするのが彼女のいいところだ。「うまくやっていけそうだな。俺と君は」

「そうかしら？」

「ああ……君が少し緊張をほどくことを覚えれば。俺は君を傷つけたいとは思っていない。たまに……短気になってしまう自覚はあるが」アメが憤然と息を吐き出す小さな音がしたので、ヨルンドは笑いをこらえた。「だが、今後は……それに寝床では我慢強くなるつもりだ。この先の道のりは厳しい。エヴルに着いたあと、君には疲れを癒やす時間が必要だろう。つまり……そのことについては心配しなくていい」彼女の安堵の吐息のせいで、自尊心の傷が大きくて深い裂け目になる。彼は冗談まじりに反撃せずにいられなかった。「一、二日もあれば十分だろうが」

　アメはびくっとしたが、異論は挟まなかった。ヨルンドはこの話をここで打ち切ることにした。二日後には、アメも彼のそばでもっとくつろいでいるかもしれない。そうだろう？

「エヴルのことを教えてほしい」彼は話題を変えた。

「エヴル？　行ったことはある？」

「ああ、俺の仲間が今そこにいる。だが、もう少しよく知りたい。以前は――君がいたころはどんなだった？」

　話題が変わり、アメは喜んでいるようだった。彼女の明るい笑顔を見ることができた。「とてもきれいだったわ。ローマ時代からある町なの」

　ローマ時代が何かは知らないが、おそらく古くからある町だという意味だろう。

アメが懐かしむように続けた。「町の周囲や川沿いにはローマ時代の壁もあるのよ。とても古くて崩れているところもあったけれど」

「では、役に立たないな」アメが眉をひそめたので、ヨルンドは口調を和らげた。「続けて」

「谷の片側に砦があって……私はそこで育ったの。町は低地の川辺にあっていつもにぎわっていたわ。おいしい林檎(りんご)がなる果樹園がいくつもあって、周囲の森には猟の獲物がたくさんいたの。土地の大部分は開拓されていろんな種類の農作物がつくられていたわ。そろそろ収穫期だから、どれほど豊かな土地かあなたも自分の目で確かめられるはずよ。でも、今はどうかしら。もう長いあいだ帰っていないから。私がそこに住んでいたのは子どものころで、母が亡くなって……」アメは言葉を切り、ふと悲しげな顔になった。ヨルンドは彼女を慰めたいという強い衝動を覚えたが、何を言えばいいのかわからなかった。あるいはどうすればいいのかわからなかった。「母が亡くなったあと、私はパリの宮廷に移り、一年ほど前、見習い尼僧として尼僧院へ入ったの」

「君の年は？」ヨルンドは興味を覚えてきいた。

「二十歳よ。あなたは？」

「俺は二十五だ」

「本当に？」アメが驚いて息をのむと、戦士たちが顔を上げた。だが、ヨルンドににらみつけられてすぐに目をそらした。「ごめんなさい……。もっと年上だろうと思い込んでいたものだから」

上等じゃないか！　彼女は俺のことを人殺しの盗人で、さらに年寄りだと思っていたらしい。「昔から実際より年上に見られるんだ。この身長と……強面(こわもて)のせいだろう」彼は冗談で言ったのに、アメが笑わなかったので、さらに落ち込んでしまった。

アメは毛皮のあいだに横たわり、うつ伏せた状態から彼を見上げた。彼のそばにいることに慣れてきたようで、ヨルンドのぎごちない気持ちも少し和らいだ。たき火の明かりがアメの顔にしっかりとあたり、表情も読みとりやすくなっている。

アメを見て過ごす時間がどんどん好きになっていた。彼女の顔を縁どる髪はとても黒く、たき火の明かりを吸いとっているかのようだ。暗闇の中に丸い顔が浮かんで光を反射し、月の女神かと思わせる。肌は白く、内側からの光で輝いている。ヨルンドは彼女にキスしたくなった。着ているものをはぎとり、白く輝く肌を……。

「あなたはいつ西フランクに来たの?」アメがあくびをこらえながらきいた。

「もう寝たほうがいい」ヨルンドは膨らむ欲望をうとましく思いながら言った。顔を背け、食事の残りに意識を集中する。

アメが両肘をついて体を起こした。「あら、教えてよ……。眠る前に少し話すのが好きなの。それに、まだしばらく眠れそうにないわ。こんなふうに……外で眠ることには慣れていないの」

長い一日を過ごしたあとだ。眠れないはずがないと思うが、アメはどうしてもヨルンドに話させたいらしい。ただ彼の過去には、自分でも向き合えないことがいくつかあった。

「俺はこの国で生まれた」

「本当に?」アメが驚いて息をのむのは二度目だった。今度もまたヨルンドは戦士たちをにらみつけ、こっちのことは放っておけと目顔で伝えた。それでもまだ聞き耳を立てている連中の中にヴァルダがいた。困っているヨルンドを見るのが好きなのだ――真の友人だからこそだが。アメはためらいがちにつけ足してからまた体を横たえた。「北欧の人たちがここに来てずいぶんたつことを忘れていたわ」

「母は盾の乙女だった。二度目のパリ包囲戦のときに父と出会って俺が生まれ、二年ほど一緒に暮らした。俺は北欧のビーケンには行ったことがない。そこは両親の出身地であって、俺のではない。二人が別々に暮らし始めると、俺は母と盾の乙女たちのもとに残ったが、母はその後戦死した」

「お気の毒に」アメはまた肘をついて体を起こし、ヨルンドの腕に触れた。

ヨルンドは驚いて彼女の手を見下ろしたが、どう反応すればいいのかわからなかった。気まずいとたいてい攻撃的になるが、質問をしたといってアメを攻撃することはできない。結局、ほかの問いで気を紛らした。「君はパリでジゼラ王女と知り合ったのか？　王女は君を高く買っているようだったが」

アメはまた毛皮のあいだに体を横たえて微笑んだ。「ええ。パリで一緒に暮らしていたの。子どものころ、王女は話し相手役の私を気に入ってずっとそばに置いてくださった。お優しい方よ」彼女がふと眉をひそめたので、ヨルンドは笑みを隠した。おそらく、そんな〝お優しい方〟がなぜ自分を北欧人と結婚させたのかと訝（いぶか）っているのだろう。「伯爵とはどこで知り合ったの？」

ヨルンドはその聞き慣れない言葉に、目をしばたたいた。「ロロのことか？」

「ええ」

「初めて会ったのは、まだ子どものころだ。そのころ俺の仲間は気が向くとロロ側について戦っていたが、旗色が悪くなったり実入りが少なそうだったりすると、さっさと手を引いていた。節操のない連中だったんだ」深く考えるのがいやで、ぶっきらぼうに続ける。「ロロのほうが未来に対していい計画を持っているとわかったから、俺は忠誠心や勇気を重んじる人間のために戦うことにした。配下によりよい人生を与えたいと思う人間のために。以来、俺はロロの直属の戦士として生きてきた。シャルトルの

戦いで苦戦したときも彼のそばを離れなかったので、
褒美を弾んでもらった」

「では、あなたは勇敢で忠実なのね」アメが小声で言い、口元にまったりと眠そうな笑みを浮かべた。眠気を覚え始めたのだろう、まぶたが重そうだ。

アメの褒め言葉を聞いてヨルンドの胃が重くなった。今のエヴルを目にしたら、彼に好意的な言葉をかける気など失せるだろう。「寝るんだ。明日も一日中馬に乗って移動だ」

馬に乗ることを思い出せらされ、アメはぼんやり苦笑いして毛皮に潜り込んだ。ヨルンドがしばらく様子を見ているうちに彼女はぐっすりと寝入った。

彼が顔を上げると、ヴァルダが目を合わせ、指をふってみせた。そして北欧語で言った。「あんた、一晩でこれまでの一生分を合わせたよりたくさんしゃべっちゃったんじゃないの？」

ヨルンドがおしゃべりな男でないのは事実だ。ヴァルダはそのことを誰よりもよく知っている。

彼女はヨルンドの母親の付き添いの娘で、二人は一緒に育った。一緒に戦うことを学び、ヨルンドが父親のもとへ行ったあと、ロロの下で戦うようになって再会した。

確かにしゃべりすぎだ。話す気のないことまでほのめかしてしまったかもしれない。

ヴァルダにからかわれてヨルンドは眉をひそめ、たき火に向かって唾を吐いた。「おまえに何がわかる、年増女」

それは大した侮蔑ではない。ヴァルダにとって男などよりどりみどりだ。どうしてまだ一人に決めていないのかヨルンドにもよくわからないが、おそらく自立している自分が好きなのだろう。

ヴァルダは笑って横になった。「まさしく。あたしに何がわかるんだろうね、年増男？」

尼僧院で彼の腕に抱かれ、妙に心が落ち着いたときのようだった。頭は恐怖を感じろと言っているのに、体は彼がくれる温かさと安心感に浸っている。

初夜のことをヨルンドは考え直したのだろうか？　そう思うと、みぞおちに不安だけでなく、興奮が渦巻くのはなぜ？　まるで……それを期待しているみたいに。そんなの、どうかしている！

ヨルンドの手が彼女の腕をそろそろとなで下ろし、前方にあった剣の柄の上で止まった。いつそこに置いたのだろう？　私が眠ったあと？　私の背後に横たわって体を包んだときだろうか？

とにかく、ヨルンドが武器に手をのばしたということは何かまずいことが起きているということだ。

どくんどくんと血の流れる音が耳の中で響く。危険が迫っているに違いない。そうでなければ、彼が武器をつかみ、私に動くなと言うはずがない。

アメは暗闇に目をこらした。おかしなところは何

6

なぜかわからないが、アメはふと目を覚ました。

野営地は暗く静まり返っていた。胃の中が不吉に渦巻く。起き上がろうとすると、大きな手が彼女を毛皮の中へ押し戻した。アメは本能的に従った。

敷物の下の地面から落ち葉や黴（かび）っぽい土の匂いがするのは当然だろう。ただ、戸外で一晩過ごしたわりには体が温かかった。

「じっとしていろ」耳元で男の声が言った。

ヨルンドだ。彼は背中側からアメの体に腕を回し、頭から足先まで包んでいた。彼の息がかかってアメの首筋の巻き毛が揺れる。思いがけない状況に、アメは震えた。

もないように見える。戦士たちのかすかないびきが聞こえ、たき火は赤い炭だけになっている。その横に、明日の朝食に備えて空の釜と鍋が二つずつ置かれていた。

何もかもあるべき姿を呈している。

そのとき、反対側で眠っている盾の乙女が目に留まった。彼女は目を開けていた。その隣にいる男も。そしてその男こそ、いびきをかいている戦士だった。皆、目を覚まして様子をうかがっているのだ。

アメは腕をのばし、そこにあった鍋の把手を握った。頼りないとしても、武器にはなる。彼女は目をつぶって祈った。何が起きるにせよ、早く起きて。

近くで小枝が折れ、その瞬間、すべてがいっきに動き始めた。アメを包んでいた腕に力がこもると同時に体が回され、ひゅっという音に続いてどすっという重い音がした。アメは音のしたほうに目を向けて悲鳴をあげた。さっきまで彼女の頭があった辺りの毛皮に矢が刺さっている。だが、手の中には鍋がある。その重みがアメには心強かった。

ヨルンドが何か叫ぶと、戦士たちが二人のまわりに集まってきた。盾や武器が毛布や毛皮の下から現れる。戦士たちは炭火を蹴散らし、盾の壁でアメとヨルンドを囲んだ。

ヨルンドがアメを引っ張ってかがみ込む。「ここでじっとしているんだ」

ほかに何ができるというの!

ヨルンドは自分の盾を彼女の前の地面に立て、背中にくくりつけていた斧に手をのばした。弓矢がうなりをあげ、二人の頭上を覆う盾に突き刺さった。

「来るよ!」赤髪の盾の乙女の警告にヨルンドがうなずく。耳を聾するような雄叫びをあげると、彼は盾の壁の前に飛び出していき、武装して襲いかかってきた男たちと相対した。ヨルンドとともに二人の戦士も飛びかかっていったが、それだけだった。一瞬のうちに盾はまたアメを完全に隠し、ヨルンドの姿は見えなくなった。

ヨルンドの盾と戦士の後ろで待つあいだ、時間はゆっくりと進んだ。惨劇は永遠に続くかと思われた。苦悶(くもん)の声、武器と盾がぶつかる音。アメは関節の感覚がなくなるまで鍋の把手を握りしめた。あまりにも情けない姿だが、ほかに何ができるだろう？

彼女はヨルンドの無事を祈った。尼僧院を破壊すると脅した人だとしても、敵に立ち向かう彼の勇気には畏怖の念しか感じない。

もしかしたら、尼僧院を破壊するというのはただの脅しだったのだろうか？

アメの父親はもっとささいなことでもっとひどい言葉を母に投げつけていた。ヨルンドの威嚇や行動で彼を断罪してもいいものなのか？

襲撃を受けたとき、彼は一番にアメを守ろうとした。それだけでも、彼は父の二倍まともだ。父が自分の盾を娘に渡し、彼女を守るために戦場へ飛び出していくとは思えない。もしかしたらヨルンドの〝ブーツ〟は父親のより軽いのでは？

それも彼が無事であればの話……。

アメの思いが千々に乱れるあいだ、盾の壁の向こうでは激しい争いが繰り広げられていた。

ようやく恐ろしい音がやんだ。

アメをとり囲んでいた男の輪が崩れた。彼女はよろよろと立ち上がり、痛む手に鍋を握ったまま盾の壁の外に出た。

夜が明け始めていた。白濁した藍色の光が鬱蒼(うっそう)とした森の向こうから空き地に広がる。ヨルンドの姿はすぐに見つかり、アメはほっと息をついた。驚いたことに、彼は息一つ切らしていなかった。地面に四人の男が倒れていた。着衣からして北欧人だろう。彼らの衣服は汚れて破れ、一人の男のブーツには底に大きな穴があいている。それを見てアメはなぜか悲しくなった。

死体から目を上げると、ヨルンドがこちらを見ていた。苦悩の表情を浮かべている。アメが死んだ男のことを考えているのを察し、同情しているのだろうか。ヨルンドはそばに来ると、慰めようとしてか、彼女の腕のほうに手を上げた。

アメは怯えて息をのんだ。「けがをしたの？」血がヨルンドの腕を伝い、指からしたたり落ちていた。

彼女に触れようとしていた手が、ヨルンドの体の横に戻っていった。

「やられたの？」女性の切迫した声が響いた。あの赤毛の盾の乙女だ。彼女は駆け寄ってくると、ヨルンドの腕をつかんで体をあちこち調べた。その慣れたしぐさに、アメはかすかな居心地の悪さを覚えた。

ヨルンドは傍らにあった小さな瓶をつかみ、中の水を革のズボンと腕にかけて血を流した。「大丈夫だ、ヴァルダ。俺の血じゃない」低い声で言うと、彼女に心配されるのは慣れていると言わんばかりに笑ってヴァルダを押しやった。アメは親密な二人の邪魔をしているようで気まずくて目をそらした。

すると、ルナがほかの馬と一緒に木につながれているのが目に入った。かわいそうに、恐ろしそうに目をむいて暴れている。アメは鍋を置いて馬をなだめに行った。

「いい子だから、怖がらないで。もう大丈夫よ。しいっ……」アメは馬体を調べ、矢があたっていないことを確かめた。時間はかかったものの、優しい言葉をかけながらなでるうちに、馬は落ち着いてきた。

アメの体が影に覆われた。ヨルンドがそばに来て、興味深そうに彼女を見ていた。

「襲撃に出くわしたのはこれが初めてだろう……。大丈夫か？　馬には乗れそうか？」彼は野営地を指さした。転がっている死体など落ち葉の山でしかないとでも言うように、戦士たちが黙々と荷物をまとめている。

アメは気の毒になった。「埋葬しなくていいのかしら？」

「俺たちを襲って殺そうとした連中を？」ヨルンドが困惑したように首を傾げる。

「それでも人に変わりはないわ。こんなふうに放っておくのはよくないでしょう」

「自業自得だ」アメが身震いすると、ヨルンドが嘆息した。「仲間がいるなら、探しに来るだろう。いないとしても、剣を握ったまま死ぬのは不名誉なことではない。それが俺たちだ」

アメはしばらく考えてからうなずいた。互いの違いにもっと寛容になるべきだろう。

「君がもう少し休みたいと言うなら、出発を遅らせることはできる」ヨルンドはそう言ったが、あまり気乗りはしないようだった。「だが、長居はできない。ここは……安全ではないかもしれない」

アメは背筋をのばし、ルナを木につないでいる紐をほどき始めた。

「私は平気よ。先を急いだほうがいいわ。ここが安全でないなら、特に」彼女は好奇心を抑えきれずにきいた。「私たちはなぜ襲われたの？」

「目的は強奪だ」

「あなたたちも北欧人なのに？」

「それが襲わない理由になるのか？」

「ならないみたいね」

同じ国の人間にも忠誠心を持たないなんて！

そう考えると、アメは不安になった。

しばらくしてヨルンドがきいた。「俺の馬に一緒に乗るか？」

「いいえ！」アメは鋭く息を吸い込んでからゆっくり吐き出した。「その、けっこうよ」ルナが落ち着かない様子で横向きに離れていく。「ごめんね、ルナ」アメは自分の持ち物の中から馬に林檎を与え、本当に申し訳なく思っていることを伝えた。それからヨルンドのほうを向いて無意味に明るい笑みを浮かべてみせた。「実際、私は見た目より強いのよ」命を救ってもらったあとだし、ヨルンドに恩知らずと思われるのはいやだった。でも、また彼の腕に抱かれると思うと、胃が震える。それが恐怖のせいでないとわかっているから、よけいに混乱するのだ。

「馬に名前をつけたのか？」

アメはヨルンドのサファイア色の瞳に見つめられ、恥ずかしげに身じろぎした。「もしかして、彼女にはもう名前があったのかしら？」そうきき終わる前から彼女は自分の愚かしさをなじっていた。

あるわけないでしょう。ヨルンドが馬に名前をつけるような人に見えるの？　食べるならともかく。

ヨルンドは野蛮そうな男にしてはやけに優しくルナの首をなでた。彼のそばにいると、ルナでさえやせっぽちの犬に見えてくる。「俺が知る限りではないな。こいつはほかの馬と一緒にルーアンで買った。馬車馬だ。君が馬に乗るのが好きなら、もっといい馬を手に入れてもいい。狩猟用の牡馬はどうだ？」

アメはヨルンドの大きな馬を見た。はしごがなくては乗れそうにないし、乗れたとしても操るのは無理だろう。「私には牡馬は……」

突然、ヨルンドは太い眉をひそめ、ブーツで地面を蹴った。「君が乗馬好きなはずがなかったな。今度の旅でもう体のあちこちが痛んでいるんだ。ばかなことをきいてしまった」

ヨルンドが向きを変えて遠ざかっていったので、アメはあわてて追いかけ、彼の腕をつかんだ。「私はルナが好きなの！」

ヨルンドがふり返り、彼の腕をつかむ小さな手をじっと見た。アメは革に覆われた彼の二の腕をつかむつもりだったのに、ヨルンドがあまりに背が高いので、むき出しの前腕しかつかめなかった。彼の腰が危険なほど間近にあり、前回彼に触れてしまったときの記憶が脳裏をよぎる。

頬を真っ赤にして手を下ろすと、彼女はできるだけ首をのけぞらせてヨルンドの顔を見た。「何年も馬で遠出をしていなかったから……うまく乗れないの。でも馬に乗るのは好きよ。私は自分の馬を持ったことがないの。父が……過保護だったから」

馬を与えたら、私が逃げて帰ってこなくなると父は思っていたのかもしれない。

「だから、ルナが私の馬になったらすごく嬉しいわ……。私が乗ってもいい馬になったら、という意味よ。すべてはエヴル領主であるあなたのものだから」私も含めて。頭に浮かんだその憂鬱な考えを、アメはすぐさまふり払った。

アメは懇願したことが恥ずかしくて唇を噛んだ。でも、自分の馬が持てるかもしれないと思うとわくわくして言わずにいられなかったのだ。

私の馬！　愛情を注いで世話をする私のもの。

自分の馬で自由に友人を訪ねられたらすてきだろう。まだエヴルで暮らしている知り合いがいるかもしれない。母の侍女のベアトリスはどうだろう？　町にはいないとしても、どこかの農場に住んでいれば、馬に乗って会いに行ける……。

アメは息を殺して待った。唇を強く噛みすぎて痛いほどだ。瞳孔が開き、ヨルンドは彼女のその唇をじっと見ている。その周囲に青い炎が燃え上がった。

彼の顔は幅が広くて頬骨が高く、鼻はまっすぐで眉は濃い。唇は意志が強そうだが優しい形をしている。いわゆる美男ではない。でも、目を引くのは確かだ。アメをとらえて離さないのは彼の瞳だった。捕食者の瞳。ヨルンドに見つめられてアメはぶるっと震えた。心臓が速駆けを始めた。

彼が口を開いたとき、その声はオークの古木の根のように深くてざらついていた。「その雌馬は君のものだ」

「ありがとう」アメは自分の低くかすれた声に驚いた。

「俺に礼を言う必要はない」ヨルンドは大きな手でそっとアメの顎に触れた。そこにはさっきも目にした優しさがあった。ただ、彼の瞳の輝きは優しいというよりも熱っぽかった。彼の親指がアメの下唇をなぞるあいだ、彼女は息をつめて立ち尽くしていた。肌がひりひりして、今にも燃え上がってしまいそうだ。ヨルンドはまたキスをしてくるだろうか。

崖の縁に立っているような気分だった。でも、自分に飛び下りる勇気があるのかどうかわからない。

アメが一歩後ずさると、ヨルンドの手が離れていった。アメは気まずさをごまかすようにルナの首筋をなでた。「聞いた、ルナ? あなたは私のものよ」

「手を貸そう」抑えた声で言うと、ヨルンドはしっかりと、だが優しくアメの腰をつかんで手際よくルナの背に乗せた。唐突に触れられたうえ、鞍に下りたお尻に痛みが走り、アメは息をのみそうになった。彼に魅入られていたこの数分間、体の痛みのことを忘れていたが、激しい鼓動が治まった今、すべての刺激や痛みをまざまざと感じるようになっていた。

彼女は明るい笑みで感謝を伝えた。ヨルンドはその笑みに答えからて自分の馬のほうに歩いていった。男の人に対してこんなふうに感じるのは初めてのことだった。彼のそばにいると、興奮と不安を同じだけ感じる。

それがアメには不安だった。

一行は馬を走らせ続けた。ヨルンドはこれ以上襲撃を受けないよう、休憩はとらず、できるだけ早くエヴルに入るほうがいいと判断した。戦士たちはそれで問題ないが、アメのことが心配だ。とはいえ、彼女が不満をもらしたわけではない。アメは今もヨルンドの数頭先を走っている。美しい尻が鞍の上でときおり馬の動きとは違うはね方をしていた。

ヴァルダが集団の後ろのほうに下がってきてヨルンドの隣に並んだ。

「あんたの小鳥ちゃんは生き残ったようだね」いつもの陰鬱なユーモアをにじませて言う。ヴァルダはあらゆる出来事に暗さと明るさの両方を見いだす女だった。

ヨルンドは金色の眉を上げた。「小鳥ちゃん？」

「ぴったりだと思わない？　ほんと、かわいらしいもの。小さくて柔で。だけど、飛ばなきゃいけないときはすばやくもなれる……。あんた、午前中ずっと彼女を見てたわね。彼女がまた逃げ出すんじゃないかと心配してるの？」

「まさか」そう言ってから、ヨルンドはヴァルダのほうに顔を向け、そうしようと思えば、アメから目をそらせるのだと自分にも友人にも証明してみせた。

「そして彼女は今や君の女主人だ。小鳥ちゃんではなく」

ヨルンドはただの揶揄(やゆ)のつもりで言ったのだが、ヴァルダの視線が一瞬、鋭くなってそれていった。

「わかってる」一度口をつぐんだあと、またアメのほうへ首を傾げた。「彼女にエヴルのことをそれとなく忠告しておいたほうがいいよ」このときは、ヨルンドは妻のほうを見ずにいられなかった。

アメは疲れた顔をしていた。ごわごわした茶色のさえない服が、丸まった肩からぶら下がっている。裾が鐙(あぶみ)の上で少しめくれて、すりきれたブーツが見えていた。エヴルに着いたら、彼女に新しい服や靴を揃(そろ)えさせなくては。ヨルンドの妻という立場にふさわしい品を。赤い服はどうだ？　その色は彼女にすばらしくよく似合うだろう。

「ヨルンド？」

彼はヴァルダに視線を戻した。彼が妻ばかり見ているというヴァルダの言葉を証明してしまったことが気まずかった。どうしてこんなに気にかかるのか？　彼はほとんど女と過ごすことがない。ヴァルダだけは例外だが、彼女は女のうちに入らない。女は美しくて……疲れる。ヨルンドのような血気盛んな男が言うべき言葉ではないとしても、それは事実だった。彼はできるだけ女を避けるようにしていた。おかしな話だが、女の柔らかさや優しさには惹かれると同時に恐ろしさを覚える。この巨体だから、夜アメのような女の上にのれば、簡単につぶしてしまうだろう。彼女にどれほどの胆力があろうと関係ない。蛮力は蛮力だ。アメがその犠牲にならないよう守らなくてはならない。

「彼女にもすぐにわかることだ」ヨルンドは答えた。

馬を蹴って前に進めようとしたが、ヴァルダの声にひそむ不安が彼を引き止めた。

「忠告していいかな……友だちとして？」

ヨルンドは眉をひそめた。「すればいい。俺は従わないかもしれないが、おまえが忠告するのは勝手だ」

「彼女には隠し事をせず、辛抱強く接すること」

ヨルンドは天を仰ぎ、鼻を鳴らした。「その真新しい教えに礼を言うよ」

ヴァルダは俺のことをばかにしているのか？　俺がアメを押し倒して好きにするとでも思っているのか？　その考え自体が言語道断だ。

ヴァルダの顎がこわばる。彼女は体を寄せ、押し殺した声で言った。「隠し事はよくない。昔のことも、あんたの……恐怖についても」

まるで熱い刃を背中に突き刺され、ぐりぐりとねじ込まれたような気分だった。屈辱が静寂の中で赤く燃え上がる。ヨルンドはヴァルダをにらみつけた。裏切られたという思いが広がる。そのことについて一度だけ彼女と話をした。だが、二度とこのことは口にするなと約束させていた。

ヴァルダが彼の腕にそっと触れた。ヨルンドは彼女と目を合わせることができず、じっと前を見ていた。そのとき、アメが二人のほうを見ているのが視界に入った。ヨルンドと目が合うと、彼女はさっと前方へ向き直った。

「あたしはあんたに口を出す立場になかった」何も気づいていないヴァルダが続けて言う。ヨルンドは、アメがヴァルダのしぐさに実際以上の意味を読みとったのではないかと柄にもなく心配になり、彼女の手をふり払った。ヴァルダは彼の腕から手を離したが、煩わしい話はやめなかった。「でも彼女には知る必要がある。彼女は優しそうだし……力になってくれるかもしれない。あんたがあの話をして……」

「おまえの言うとおりだ」ヨルンドは吠えるように言った。「おまえは口を出す立場にない」

7

エヴルの果樹園にさしかかったことに、アメはすぐに気づいた。見慣れた林檎の木々。踏みならされた小道。夏の葉むらを通してさし込む光には甘酸っぱい思い出がつまっていた。エヴルの空気は西フランクのどこの空気よりもぴりっとして新鮮だ。

子どものころはこの木々のあいだで遊ぶのが大好きだった。抱えられる限りの実をもぎ、町の子どもたちと走り回ったあと、夕日を浴びながら家に帰って、母の体調がよければ一緒にパイをつくった。

そのとき、アメの一番恐ろしい夢の中に出てくる樹木が視界に入った。

ただの木よ。怖がる理由なんて何もないわ。

いつもの戦慄が背骨を伝い下り、じんわりと冷や汗がにじむ。突然、嵐が近づいているかのように空気が重くなったが、戦士たちが道から顔を上げないのを見て、妄想だったのだとわかった。

坂を上り始めると、アメは鞍の上で前かがみになり、胸苦しさを覚えながら目だけで辺りをうかがった。あの木を通りすぎるまでは安心できない。果樹園の中で一番古い林檎の木。母なる木と呼ぶ者もいるけれど、とても何かを育んだり支えたりするようには見えない。それは美しい果樹園の汚点だった。いびつで醜い姿。苦悩をもたらすのが自分の運命だと最初から知っていたかのようだ。

丘の一番上に、ほかの木から少し離れて立っている。周囲の木々はその木が汚れていることを知っていて避けているのではないか。

その木の横を通りかかったとき、アメは自分が一番低い枝を見つめていることに気づいた。

あの枝。

不格好な斧の跡が樹皮に残っている。傷を塞いで木は生長を続けているが、目をこらせば傷跡はまだ見えた。

母はあそこから下ろされたのだ。何年たとうと、力なく揺れる母の足のイメージは消えない。

「どうして止まる？」傍らで深みのある声がした。

アメはびくっとして思わず手綱を強く引いた。ルナが混乱して飛びはねる。ヨルンドが心配そうに近づいて怯えた馬に小声で話しかけ、首筋をそっと叩いてなだめた。ルナ、と呼びかけながら。

「私は大丈夫よ！」そんなことはきかれていないと気づいたのは、そう言ってしまったあとだった。「ただ一息ついているだけ」

ヨルンドは眉をひそめたが、うなずき、馬の脇腹を軽く蹴って前に進み始めた。戦士たちが皆、馬を止めてふり返り、不思議そうな顔をしている。アメがルナを前に歩かせると、一行もまた進み始めた。

眼前には極上の敷物のようにエヴル領が広がっていた。ここから見晴るかせる土地全体がヨルンドのものだ。谷も、そこに点在する村も農場も。イトン川が銀色のリボンのように蛇行する市場町も。その向こうはまた隆起して、丘の頂上に砦(とりで)がある。アメたちがいる尾根とちょうど同じ高さだ。そしてその奥の森もまたエヴル卿(きょう)の所有地だった。

アメはため息をついた。美しい景色だ。母が最期の場所としてここを選んだ理由がよくわかる。

だが道を下って進むうち、子どものころのエヴルがどれほど変わってしまったかに気づいた。この数年でどれほどすさまじく破壊されたか。

ロロはセーヌ川の要所ルーアンを拠点とし、そこから支流を行き来してエヴルのような町を襲った。ここはロロの領土であると、焼け焦げたローマ時代の壁に記されている。壁はかつて町を囲んで敵の侵入を防ぎ、内側の人々を守っていた。だが北欧人は船を使い、川からあっというまに町の中心部まで入り込む。万全の防御を築いているはずの町でも、砂上の楼閣のようにひとたまりもない。

多くの家屋がなくなり、残っているものも崩れかけていた。人々が壊れた扉の陰から不安そうに顔をのぞかせたり、荒れ果てて作物もない野菜畑から顔を上げたりする。果樹園の林檎は手に入っても、それだけでは生きていけない。やつれた顔に怯えを浮かべ、自分たちの土地を横断する北欧人たちをただ見つめていた。

罪悪感と恐怖がアメの全身を洗った。

私のせいだ。

住人たちはとり残され、忘れ去られたのだ。父はなんのためらいもなくここを見捨てたに違いない。その昔、妻と娘を見捨てたように。

かつてにぎやかな市場町だったエヴルは、みじめな荒野に成り下がっていた。見放された人々が過去の栄光の残渣をすすってかろうじて生き延びている。

アメは自分を恥じてうつむいた。彼らの目を見ることができなかった。ここを去ったときはまだ子どもだったとしても、もっと関心を持つべきだった。自分たちが不在のあいだ、故郷がどうなっているのか父にきくべきだった。

もちろん、彼女が何を言ったところで、人々の惨状は変わらなかっただろう。

当時の彼女には、今同様、なんの力もなかった。

神よ、なんという苦しみでしょう！

不公平感が、恨みが、怒りが、心臓に突き刺さる灼熱の剣のようにアメの魂を貫いた。顔を巡らせ、傍らで馬にまたがる巨体の戦士を凝視するうち、彼女の心の傷から憎悪がわき上がってきた。

どうしてこの男のことを好意的に考えようと思えたのか？

彼はアメの視線を受け止めて目を見開いたが、何も言わず、ただ蜂蜜酒の入った革袋を押しつけてきた。アメは口の中に広がる苦い味を洗い流したくて革袋を受けとった。だがそれを口につけたとき、唇に触れたのは涙の塩辛い味だった。アメはかすかにすえた匂いのする蜂蜜酒を口に含んで、それを喉の奥に流し込んだ。強い酒だった。あとを引く刺激に思わず息をのんだが、胃の中にたまった熱を感じて自分が生きていることを思い出した。

今度は恐怖に我を忘れたりしないし、二度と領民を裏切ったりしない。

ヨルンドが静かな口調で言った。「もう俺の仲間が復旧にとりかかっている。まずは砦と畑だ。そのあとで家と町の防備を新しくする。エヴルは生まれ変わるだろう」

「以前のままで十分だったのに」アメは鋭く言い返した。異議を唱える勇気がどこから出てきたのか自分でもわからなかった。たぶん怒りのせいだろう。ヨルンドに対する怒り、父に対する怒り、そして何よりも自分自身に対する怒りのせいだ。

「もっとよくなる」

アメは彼をにらみつけた。熱した鉄のような感情を抑えることができなかった。「金塊でエヴルをつくり直しても、あなたたちの罪が許されるわけではないわ！」

ヨルンドは顎をこわばらせて顔を背けた。「わかっている」

その悔いるような、悲しげとも言える返答を聞いて、アメの煮えたぎる憤怒が冷めていった。アメは戦う準備を整えていたのに、ヨルンドは彼女の怒りを受け入れているように見えた。

深海のような瞳がアメをとらえた。「君の言うとおりだ。俺が直接手を下したのではないとしても」腕を広げて辺りを示す。「似たようなことはしてきた。戦ではむごいことも起こるし、それは胸を張れることではない。だが、そんな日が終わるのも近い。俺の仲間は皆が金品や破壊を望んでいるわけではない。富や栄光とは違うものを求めている者もいる。国に捨てられたように感じ、未来を、故郷を探す者たちのことだ。俺たちは土地を必要としていて、ここに見つけた。俺たちでなければ、君たちと敵対する東の部族が、あるいはもっと別の部族が君たちの王の弱点を見てとり、機に乗じて故郷では手に入らないものを奪っていただろう。君たちの敗北は避けられなかった。だが、今ではここは俺の故郷、俺の領土、俺の未来だ。そういうものとして大切にするつもりだ——君の手も借りて」

突然、自分が持ち出されたことに驚き、アメは疑わしげに彼を見た。犠牲者のことなど意に介さず奪うのが彼らのやり方だったはずだ。私は奪われ、取り引きの道具として彼らに与えられたのではなかったのか?「私に何ができるというの?」アメは苦々しげにきいた。捕虜でしかない私に。

「俺の総領と君の王女の言うとおりにすればいい」

アメが侮蔑するような声をもらすと、ヨルンドが目をしばたたいた。体を乗り出し、手綱を握るアメの手を押さえ、彼女の瞳をじっと見る。澄んだ揺るぎのない目で。誠意と率直さに満ちた目で。アメはまた崖の縁に立っているように感じた。一歩誤れば、崖下へまっさかさまだ。「過去にこだわるのをやめるんだ。そして、俺を夫として受け入れ、新しい国をつくるのを手伝ってほしい。北欧でも西フランクでもない国、独自の誇りを持つ国を」

アメはぐっと唾をのんだ。どう答えればいいのかわからなかった。確かに過去は消し去りたい。それこそ彼女の望むことだ。ヨルンドを信用してみようか?

「お嬢さま! お嬢さま!」背後から興奮した声が聞こえてきて、二人が互いに向けていた視線がほどけ、ヨルンドの手も彼女の手から離れた。ぼろ服を着た農奴の中年女性が、破れて爪先がのぞく靴をびちゃびちゃ言わせながらぬかるみを走ってくる。頬を紅潮させ、息を切らして近づいてきた女性のキャップから、明るい赤みを帯びた髪がこぼれていた。

「ベアトリス?」会いたい思いが生み出した幻ではないかと半分疑いながら、アメはつぶやいた。次の瞬間、心臓がどくんと脈打ち、彼女は手綱を引いてルナを止まらせた。

鞍から下りようとして顔をしかめる。

「待つんだ。俺が手伝う」ヨルンドが驚くほど軽やかに巨体を動かして地面に下りると、すぐに手をのばし、いとも簡単にアメを馬から下ろした。

アメの足がぬかるんだ地面に触れるのとほぼ同時にベアトリスが二人に追いついた。息を切らし、脇腹を押さえている。ヨルンドを疑わしげにちらりと見てから恭しく膝をついた。「お嬢さま、おいでになることをお知らせくださいましたら、よろしゅうございましたのに。この人が西フランクの令嬢と結婚することは聞いていましたが、まさか……お嬢さまがここにいらっしゃるなんて。私――私たち――みんな……お嬢さまにまたお目にかかれてこれほど嬉しいことはございません！」彼女の瞳には希望の涙が浮かんでいた。ベアトリスの声は領民の声、昔からずっとそうだった。物事がアメの母の手に余るとき、助けてくれたのも彼女だ。領土を不在にしていたアメをベアトリスが許してくれるなら……彼女の帰宅を喜んでくれるなら……。

アメは身を乗り出し、あらん限りの力を込めてベアトリスを抱擁した。

ヨルンドは驚いていた。彼の知る限り、西フランクの貴族は一様に気位が高い――愚かしいほど。彼らは母親の乳首に吸いつく赤ん坊よろしく古い〝帝国〟の権力にしがみつき、周囲の世界が変わっていることを受け入れもしなければ認めもしない。だから、侵略者に銀を投げつけ、まっこうから戦うことをしないのだ。本来、そうするべきときに。

だがアメは気位の高さからくる小芝居としてではなく、農奴の女を力いっぱい抱きしめていた。むしろベアトリスと呼ばれたこの中年女のほうが女領主の反応に驚いているくらいだ。アメの腕の中で彼女の体は一瞬こわばってから、力が抜けた。抱擁を解いたアメの瞳には明るい笑みと喜びの涙が浮かんでおり、ベアトリスも笑みを返した。

「久しぶりね！　家族は元気にしているの？　子どもたちは？　ここにいたのがもうずいぶん昔に思えるわ……。あなたに会えて本当に嬉しいし、ほっとしたわ。子どもたちは結婚したの？　もう孫ができたのかしら？　あなたは元気にしているの？」アメの口から言葉が流れ出し、息をつく間もなく次の問いが出てくる。それから彼女はヨルンドのほうを向いた。この嬉しい再会に、さっきまでの彼への怒りは忘れ去られたようだ。「ベアトリスは母の侍女だったの。私の世話もしてくれたのよ。特に母の……体調が優れなかったときは」アメは嬉し涙を輝かせながら説明した。この農奴は母親の侍女というだけの存在ではなかったのではないかとヨルンドは思った。まるで第二の母のような扱いだし、母親の〝体調が優れなかった〟と言う前の気まずそうな口ごもり方からしても、そのように察せられた。アメの母親は病気だったのか？ ヨルンドは彼女についてほとんど知らなかった。アメの父親がろくでもない男であること以外は。

「侍女が必要でしたら、お嬢さま、娘か私が喜んで砦でお仕えいたします――お嬢さまがそちらで暮らされるのでしたら。夫はこの春に亡くなりまして、私たちは今、息子家族と暮らしているんです」

アメは期待に満ちた顔をヨルンドに向けた。

彼女が何をたずねているのか気づくのに、少し時間がかかった。「君は我が家の女主人だ。家の中のことは君が決めればいい」

アメがにっこり微笑んでから中年女のほうを向いた。「手助けはいくらあっても足りないくらいよ。あなたも娘さんもぜひ……砦に来てちょうだい」彼女は問いかけるようにちらりとヨルンドを見た。彼女は自分たちがどこに住むか何も伝えていなかったことを気まずく思いながらうなずいた。彼女にはわかっているはずだと勝手に思い込んでいたのだ。

彼はこの機会に、戦士とエヴルの農奴のあいだをとりもとうと考えた。「俺たちは今、砦を建て直していて、その後、町もつくり直すつもりだ。体の丈夫な男たちは明日から砦に来て一緒に働くように」

ベアトリスはうなずいたが、彼を見る目は冷たたかった。「話はうかがっております。ご領主さまがお留守のあいだに、戦士のスカルデからそのように言われました」彼女の苦々しい声音に気づき、ヨルンドは眉をひそめた。そして、スカルデに農奴についてきくことと心に覚え書きをした。

アメがヨルンドと中年女それぞれに明るすぎる笑みを向けた。「手伝える者はみんな手伝ってくれるはずよ」アメとヨルンドのあいだで視線が行き交い、農奴については彼女が力を貸すという同意が形成された。少なくともそれは重要なことだ。「それに、あなたたちもできるだけ早く来てちょうだい、ベアトリス。またエマに会うのが待ちきれないわ」

ベアトリスはヨルンドから目をそらすと、また温かい笑みを浮かべた。「あの子も喜ぶはずですよ。二人ですぐにうかがいます」

ベアトリスに別れを告げ、アメは馬のほうを向いた。悩ましそうに眉をひそめ、鞍を見つめている。

「砦まで歩くか？」ヨルンドはきいた。

アメがため息をつく。「ええ、これ以上馬に乗るのは無理だと思うわ」

「ヴァルダ、馬たちを頼む。あちらで会おう」ヴァルダが馬を引き受けると、ヨルンドは妻がとっさに隠した恐怖の表情を無視した。

「あなたまで歩く必要はないのよ……。砦まではそう遠くないし、ここはあなたの領地だから、私一人でも——」

「俺が歩きたいんだ」ヨルンドが彼女の言葉をさえぎって言うと、アメは口をつぐんでうなずいた。

二人は黙って歩いたが、町外れで何度か農奴が呼びかけてきてアメの幸運を祈った。そのたびにアメは足を止めて微笑み、彼らの名前を呼んで幸運を祈り返す。勇敢なベアトリスに感化され、ほかの者たちも女領主に挨拶をしに来たに違いない。

「君は子どものころにここを離れたんだろう？　彼

らのことをどうしてそんなによく知っている？」

アメは頬を染めて目をそらした。「子どものころの私は少し……おてんばだったの。いつも地元の子どもたちと森の中を走り回っていたわ」

「君が農奴たちと遊ぶことに両親は口を出さなかったのか？」尊大な彼女の父親がそんなことを許すとは思えなかったが、黒髪の幼い少女が森の中を走り回る姿は好ましく思えた。

アメが眉をひそめて彼を見上げた。「あなたはそういうことを気にする人なの？」

ヨルンドは笑った。「いいや。だが、君の父親は気にするんじゃないかと思ったんだ」

アメの両肩が落ちるのを見て、ヨルンドは申し訳なく思った。彼女を困らせる気はなかったのだ。

「ええ、そうね。でも、父はほとんどここにいなかったから口を出すこともできなかったのよ。父はたいてい宮廷にいて、母と私はここで暮らしていたの――母が亡くなるまでは」

「気の毒に」アメがエヴルをあとにしたのはそれが理由だったのだ。そしておそらくは、大人になって聖職に就こうとしたのも。なんとかして父親から離れようとしていたのではないか。彼女が父親とそりが合わないのは確かだ。自由と母親を同時に失うのはつらかっただろう。

アメはうなずき、顔を背けた。泣くのをこらえているかのように頬と鼻が赤くなっている。

ヨルンドは話題を変えることにした。「領民たちとの交流があまりうまくいっていない。俺たちの側についてくれる民がいるといいんだが」

アメは答えなかった。答えないことの意味を思うと、ヨルンドはいらついた。そして彼女が突然、足を止めるといらだちはさらに募った。一瞬、理由がわからなかったが、ふり向くと、アメが絶望の表情で前方の砦を見上げていた。

ヨルンドはため息をついた。かつて砦を囲んでいた木製の高い壁は焼け落ち、焦げて崩れた丸太が円状に残るだけになっている。敵の攻撃と雨風にさらされ、門も塁壁もなく、あるのは灰だけだ。

砦は元々四つの石造りの建物からなっていた。アメがいた尼僧院や西フランクのあちこちで見かける大修道院と同じような構造だ。

だが、全然違ってもいた。砦は教会ではなく家だからだ。装飾的なアーチや柱が等間隔に並び、屋根には瓦が葺かれ、正面は赤みがかった石がまじり、さまざまな模様を描きだしていた。今はすっかり破壊され、壁はひびと焼け焦げに覆われている。屋根の大部分はなくなっているか半壊状態で、かつては荘厳な外観だったのだろうが、面影は皆無だった。

北館の中央には三層の円塔があり、その両側に横長の建物が連なる。向かいの南館は崩れ落ち、正面口だけが残っていた。石畳の小道で区切られた中庭はがれきと雑草に覆われ、そこで戦士たちが三々五々好き勝手に野営をしていた。

砦を修繕するか、完全に壊して新たにつくり直すか、ヨルンドはまだ決めかねていた。南館はなじみのない造りで、修繕できるかどうかもわからない。石を下手に置き換えてアーチが頭の上に落ちてきたらどうなる？

ヨルンドはアメの隣に戻った。何を言えばいいのかわからなかった。

アメはため息をついたが、南館から目をそらさずに言った。「ずっとここにあったから……崩れるなんて想像したこともなかったわ」

「完全に修復不能なわけではない……」ヨルンドはそんなふうに含みを持たせた自分を心の内で罵った。自分の知る建築技術ではどうしようもないし、空約束をするのは彼らしくなかった。

アメはこくんとうなずいて歩き出した。ヨルンドはできるだけ歩幅を小さくして隣を歩いた。ありがたいことに、アメは小柄なわりに歩くのが速かった。

「これを建てたのは誰だ？　こんな建物は見たことがない」

　アメはヨルンドのほうを見ずに答えた。「私の曾祖父（そうそふ）よ。ローマとコンスタンチノープルを訪れたときに古代の廃墟（はいきょ）をたくさん見たんですって。歴史を感じる美しくて壮大な廃墟を。そして自分も同じような美しい建物をつくりたいと思ったみたい。これは古代の人々に触発されて建てられた建物なの」

「彼らは――その古代の人々はどうなった？」

　彼らの建物はどれも自分たちの頭の上に落ちたのだろうかとヨルンドは皮肉っぽく考えた。

　アメは肩をすくめた。「彼らは世界を旅して、征服して、その後、権力の座から滑り落ちた。おそらく……私たちと同じでしょう」

　ヨルンドはその侵略者の話を聞いたことがなかった。「君はどうして彼らのことを知っている？」

「母が教えてくれたし……神に仕える暮らしは学びの暮らしでもあるの。尼僧院でたくさんのことを教わったわ。あそこはかつて修道院だったから、古い歴史が記された聖典や書物が今でもたくさんあるのよ。私は昔からそういうものに心を引かれるの」

　ヨルンドははっと息を吐き出した。彼にとって書き言葉は混乱をもたらす無意味なものだった。「簡単に話せるものをなぜわざわざ書く？」

「話した言葉は残らないからよ」

　ヨルンドは肩をすくめた。「残るものなど何もない。だから神託と物語（サガ）がある。過去と伝統を生き続けさせるために」

「でも、書いた言葉は変えられないわ。物語のように、語る人によって変わることはない。永遠にそこにある」

「誰かが焼くまで」

ヨルンドはすぐさまその言葉を悔いた。アメの熱意のこもった明るい表情が一瞬にして完全な悲しみの表情に変わった。

「ええ」ささやくように言う。「それまでは」

俺はどうしてしまったんだ？

なぜ彼女の仲間が征服されたことを繰り返し指摘しようとする？　彼女を苦しめたくはないが、仕方のないことだとわかってもいた。アメに早く自分を夫として受け入れてほしい。過去の栄光の日々が戻ってくることを期待してほしくない。

ただ……ヨルンドの心の中には、自分がこの幸運に値しない人間だという気持ちもあった。

アメのさっきの言葉は折れた矢のように彼の脇腹に刺さっていた。彼の罪を許すものは何もないとアメは言った。そしてその言葉は正しい。彼女の言葉にどれほど怒りを感じたくても、できなかった。

ロロの従士だった日々に後悔はない。ヨルンドはロロや人々のよりよい暮らしのために戦い、それも立派に戦った。戦場での決断力と胆力に優れ、北欧人の戦士なら誰もが誇りに思うような名声を築いた。

だがその前には暗黒の時代があった。殺戮と苦悩の時代。行く先々で父親が大量殺人と破壊を繰り返すのをなすすべもなく見ていた。かつて父親に寄せていた感情はとっくの昔に消えていた。

今のヨルンドは秩序と正義を好み、父親のようにならずにすむことを願っている。必要なら、暗黒の自分と戦い続けるつもりだ。トール神が老齢の化身エリと戦ったように。決して勝てなくとも、いいところまで戦えるのではないか。

自分は救済に値しないかもしれないが、少なくともそれを求めることはするべきだろう。それで十分のはずだ。この結婚もそうなのではないか。補えないものを補おうとする永遠の戦いなのかもしれない。

8

崩れた砦を見て覚えた恐怖を、アメはふり払おうとした。できることは何もないし、かつて存在したものを思って悲嘆に暮れることになんの意味があるだろう？　未来に目を向けて自分が誇れる何かを建てるほうがいい。それは母の淀んだ悲しみを長年見てきて学んだことだった。

実のところ、砦は防衛のために建てられたものではなかった。仰々しい名前で呼ばれているのは帳壁があるからにすぎない。石の建造物は一族が繁栄していた時代に、その知識と信念と進歩性を示すためにつくられた。アメはローマにもコンスタンチノープルにも行ったことがないが、先祖が訪れた際の素描は見たことがあった。残念ながら、今の砦は着想の源泉となった古い廃墟の姿に近かった。

ヨルンドの戦士たちがあちこちにいた。半壊した建物と建物のあいだに天幕を張って火をたき、厩もつくっている。人数が多すぎて快適とは言えず、住まいというより駐屯地のようだ。

二人が壊れた門をくぐって広い中庭へ入ると、戦士が口々に声をかけてきて、ヨルンドも愛想よくうなずき返した。戦士たちは忙しく立ち働き、丸太で新しい防壁をつくっている。のこぎりやのみや槌の音がかまびすしい。かつては美しかった庭の地面がむき出しになり、辺りにおがくずや土埃が充満しているのを見てアメはため息をこらえた。

アメとヨルンドは奥の円塔に向かった。装飾用のアーチに鳥やこうもりが巣をつくり、彼らの生存の証がタイル張りの床やフレスコ壁画のあちこちに飛び散っている。低い建物にはどれも焼け跡があり、完全に落ちている屋根もいくつかあった。

屋内には損傷を免れているところが少しでもあるのだろうか。とてもそうは思えない。

「君の部屋へ行こう」ヨルンドが螺旋階段に近づきながら言った。幼いころ暮らしていた家の階段を上りながら、彼女は自分が自分でなくなるような不思議な感覚を味わっていた。

先に立って階段を上っていくヨルンドの長い脚と引きしまった臀部に目が引きつけられる。彼は雄々しくて生気がみなぎっていた。

私はどうしてしまったの？

彼の巨体やたくましさを恐ろしく思うのが普通なのに……うっとりと見つめるなんて。

きっと疲れのせいだ。

気まぐれな考えに翻弄されてはいけないと思いながら、アメはおとなしく三階までついていった。

「君にはこの部屋がふさわしいと思う」ヨルンドは主寝室の扉を開け、蜘蛛の巣に覆われた黴臭い部屋へ入っていった。「まずは風を通してからだな」顔をしかめてつけ足す。彼は鎧戸の布をとって窓を大きく開けた。アメは埃の舞う空気を見つめ、窓の外には目を向けないようにした。そこに広がる景色を思うと、胃がむかむかした。

そのとき、さっきヨルンドが言った言葉が形をなし、アメの意識に引っかかった。

〝君には〟彼はそう言った。

ヨルンドは同じ部屋で眠らないのだろうか？　旅の疲れを癒やす時間をくれると言っていたから……。

アメはぼんやりと部屋を歩き、わずかに残っている家具を見て回った。

「あなたはこの部屋を使わないのね――今夜は？」できるだけ無関心を装ってきく。

「ああ」ヨルンドは窓の外を見ながら、何かひどく迷っているように体をゆっくり横に揺らした。「急ぐ必要はない。しなければならないことはいくらでもある。まずは互いを知るのがいいと俺は思う。その後、君の心づもりができたら……教えてくれ」そう言ったあとでアメのほうを向く。窓からさし込む光が大きな体にさえぎられ、アメの全身に不安の鳥肌が立った。「それでいいか？」

「ええ」アメはうなずき、音高く咳払いした。「賢明なやり方だと思うわ」

「この結婚が……強引だったことはわかっている」

「あなたは尼僧院を破壊すると脅したわね」アメが指摘すると、ヨルンドは気まずそうな顔をした。それくらいのたしなみはあるらしい。

「ああ、確かにそう言った……。だが、とにかく早くここに戻りたかったんだ。しなくてはならないことが山ほどある」

アメは息をのみ、目を細くした。「神聖な場所を壊すと脅したのは……急いでいたからだと？」とはいえ、それほど驚くことでもないように思えた。彼は決して本気で言ってはいなかったのだろうと、アメはすでに気づき始めていた。

ヨルンドが肩をすくめた。「君たちを脅したことは申し訳なかった。本気で言ったわけではない」

「そのようね」できる限りの侮蔑をこめて応じる。

ヨルンドは鼻を膨らませて足を一歩踏み出した。「俺が君に手を上げたか？　誰かにけがを――」

「あなたは森の中で人を殺したわ」

ヨルンドが顔をしかめた。「やつらは襲撃者だ。寝ている君を殺しかけた。俺は君の大切な人を傷つけたか？」

アメはまた唇を噛み、首をふった。「いいえ」

「君は俺の妻で、俺は君を守ると誓ったからだ。君は俺といても安全だ。防御の行き届かない僧院にいるよりよほど安全だ」

「尼僧院よ」アメが訂正すると、ヨルンドは顔をしかめた。アメが彼の限界を試しているのは事実だった。そして今のところ、そこには達していない。アメの中の意地悪な部分が、彼をちくちくといたぶることを楽しんでいた。

「俺が恐ろしそうに見えることはわかるが……ただの男だ。ほかの男と変わらない」

ヨルンドは咳払いをすると、また小舟に乗っているように体を揺らし始めた。それは奇妙な癖だった。何か決めかねたり迷ったりしているときにそうするらしい。どうしてだろうと思ったが、私には関係のないことだと自分に言い聞かせた。

だが、そんなふうに割りきることはできなかった。彼の何もかもに興味を覚える。アメの父親が娘のために選びそうな男ではない。残酷で狡猾な父なら、もっと年かさで裕福な男を選ぶだろう。自分の利益にかなう男を。エヴル領が実際に必要とする男――戦士、庇護者、指導者――ではなく。

そう考えると、アメは胃の中がかき回されるような感覚を覚えた。ヨルンドは彼女が知る中で最も強く、最も男らしい男だった。喜びと誇りを覚えて首筋が赤く染まり、アメは自分の体の裏切りに困惑して目をそらした。

「あなたは普通の人ではないわ」恥ずかしさに抗うと、声がこわばって甲高くなった。

何気なく窓のほうを向いた瞬間、胃が暴れ始め、先ほどの喜びが骨から溶け出して全身が震えた。ヨルンドが窓のそばから離れていたのでおぞましい光景がアメの視界を満たし、古傷が血を流した。母の木。アメを待ち構え、見張っている。

彼女はヨルンドのほうに視線を戻した。一瞬、青い瞳に生々しい痛みがひらめいたが、彼はすぐに顔を背けた。

「ああ。俺は誰よりも大きい。君は必要なだけ時間をかければいい。俺は無理強いはしない」

それなら、最後の審判の日まで待たせてあげるわ。

アメは心の中で新たに誓った。ああ、この部屋が憎い！

ベアトリスがいてくれるのがせめてもの慰めだ。ここには友人がいる。最初に想像していたほど絶望的な状況ではない。

でも……この部屋は？　ほかの部屋で眠りたい理由を正直に話してみようか？　でも、そのためには過去に対する恐怖を認めなくてはならない。いいえ、あの恐怖と向き合うことはできないわ。

アメは目を伏せ、腐った藁の寝具に興味があるふりをした。「ここは父の部屋だったの。私は下の階の寝室を使っていたから、そちらのほうが……落ち着くわ。あるいは、母の古い部屋か」

「いや、景色も空気もこっちのほうがいい。下の階からは中庭しか見えないし、もう一つの部屋はヴァルダが使っている」ヨルンドは眉をひそめ、部屋の中央に移動した。

「そうね。あなたの言うとおり、ここはエヴルの領主の部屋で、あなたもいずれここで眠る……」

「俺は一人で眠るほうがいい。だが、ときどきここに来る――君の心づもりができたら」

アメは泣きたくなったが、一瞬目を強くつぶって涙を止めた。このおぞましい景色に耐えなくてはならないばかりか、下の階に夫と愛人が一緒にいるなんて。アメはヴァルダと呼ばれる赤毛の盾の乙女にそんな疑いをかけ始めていた。襲撃のあと彼女がヨルンドに向けた心配顔、道中で彼の腕に触れたときの優しい手つき……。愛人でなければ、彼女がヨルンドの隣の部屋で眠る理由は何なのか？　父でさえ愛人を自分の家に住まわせはしなかったのに。

ぎこちない沈黙が広がった。その沈黙は二人を覆い、アメの肺からすべての空気を押し出そうとした。彼女はそれに抗って叫びそうになった。

彼は私に何を求めているの？

ヨルンドが寝台のほうに歩いてきて、アメの隣に立った。彼の体の熱が感じられる。彼の強大な力に胸を圧迫されるようだ。そんなふうに感じるなんてどうかしている。彼は私に触れてもいないのに。

ヨルンドは寝台が気に入らないとでも言いたげに陰鬱な表情で見下ろしている。

それともアメとこの寝台に横たわることを考えているせいだろうか？　最初に彼女を見たとき、ヨルンドの顔に失望の色がよぎったように見えた。アメは赤毛でたくましいヴァルダとは似ても似つかない。だから、アメの心の準備が整うまで喜んで待つと言っているのだろうか？　それとも、跡継ぎをつくる必要性に迫られるまで待つつもりなのか？　ヨルンドにとってアメは義務なのか？　あるいは義理？　重荷？　アメは両親の寝台を悄然と見つめた。どこでもいいから、ここではない場所に行きたかった。

「寝具がこんなことになっていたとは」ヨルンドがむっつりと言った。頬に赤みがさしている。彼が戦場でなんのためらいもなく突撃していく男だと知らなかったら、とまどっているのかと思っただろう。

次の瞬間、ヨルンドの目が鋭くなり、彼の強烈な視線を受けてアメの膝から力が抜けそうになった。

「これはすぐに撤去させて今夜のうちに新しい寝台を用意させる。それに週の終わりまでには家具も揃える」

「あなたがそうお望みなら」アメの喉はからからになり、いつもの声はかすれて消えかけていた。

「監督をしなくてはならない仕事がある。君は館を回って……新しい部屋割りを確認するといい。俺たちはいつも日暮れに広間で飯を食う。その……屋根が残っている横長の建物のことだ。ナトマル――夕食のときに会おう」彼はそう言うと大股で出ていき、ふり返ることなく後ろ手に扉を閉めた。

アメはため息をついた。なんだか変だったわね。

時間をかけて勇気を奮い起こし、縦長のアーチ型の窓に近づいた。遠くの谷の向こうからこちらを見返す母の木が見える。アメは鎧戸をしっかり閉めるとまた布で覆った。

蝋燭をたくさん見つけてこなくては。二度とこの窓を開けずにすむように。


螺旋階段を急ぎ足で下りるヨルンドの顔は屈辱感に満ちていた。またしくじったという思いに追い立てられ、階段を下りきったときには息が切れていた。

俺は考え足らずのくずだ。この家を見て彼女がどう思うかはわかっていたはずだろう。

ヴァルダの言ったとおりだ。ああ、あいつの言うことはいつも正しいさ！　俺は耳を貸したか？　否。

ヨルンドは石壁に額を押しあてて目を閉じた。今は誰とも顔を合わせたくなかった。

彼女のあの顔！

アメの顔には胸の内がはっきり現れるから、心が壊れ始めたのはすぐにわかった。そして彼女はヨルンドを責めた。当然だ。

この半分も傷つくべきではないのに、それでもヨルンドは傷ついていた。彼自身はエヴルを襲っていないとしても、ほかの町や村を襲撃した。戦時の行為として、仲間のための必要悪としてそうしたこともあるが、そのほかのとき、彼は父親と一緒だった。夜、彼をさいなむのはそのときの所業だ。

ヨルンドは無実ではない。彼の魂はあの所業で汚れている。悪事がなされるのを黙って見ていたのは彼自身だからだ。アメがそのために彼を憎むのは正しい。だがそれだけでなく、ヨルンドは彼女を幼時の家の残骸に連れてきた。彼女の瞳には生々しい苦悩があった。

彼女があれほど嬉しそうに話していた知識や信念

の上に建てられた建物はもうない。その代わりにあるのは、修復できるのかどうかもわからない廃屋だ。最上の部屋を与えれば、現状では最高の環境で眠れるようにすれば慰めになるかと思ったのだが。

前回あの部屋を訪れたときは、ざっと見回しただけだった。いい部屋だと思ったが、家具の仰々しさは目に留まらなかった。自分が花嫁に何を与えたかに気づくと、屈辱感が冷たい波となって全身を洗う。壊れた家具と朽ちた毛布の部屋。寝台が彼女の父親のものだったという事実は言うまでもなく！　花嫁がうっとりする贈り物とは言い難い。

俺は何を期待していたのか？　アメが崩れかけたかつての住まいを見て、その最上の部屋を与えられたことに礼を言うと？　感謝のあまり、彼女自身をさし出すと？

ばかか。

ヨルンドは己の愚かさを嘲笑（あざわら）った。彼ほどの巨体を持つ夫を見て自分を幸運だと思う女はいない。アメがヨルンドを受け入れないとしても、それは愚かな彼にふさわしい罰だろう。

壁から体を起こし、中庭へ出た。日が傾き、夕暮れはもう間近だ。ヨルンドは足早に大工のところへ行くと、新しい寝台をつくり、毛布とともにアメの部屋へ届けるよう命じた。

夕食までアメと顔を合わせることはなかった。彼女が入ってきたときに見逃さないよう、ヨルンドは広間の入り口をにらみつけていた。アメの姿が見えた瞬間、彼は勢いよく立ち上がった。テーブルが引っくり返りそうになり、数人の戦士があわててカップを押さえた。かまうものか。戦士たちの反射神経の試験にもなるし、妻の機嫌をとるほうが先決だ。

男たちがよけてヨルンドに道をあける。ぐずぐずしている者はぶざまにはねのけられた。

「アメ」ヨルンドは自分のかすれた声に驚いたが、彼女は気づいていないようだった。当惑したように口をうっすらと開き、広間を埋め尽くす戦士たちを見つめている。ヨルンドは彼女の腕をそっとつかむと、大きな部屋の奥に置かれた主卓の中央へ連れていった。主卓のほかにも置ける限りの卓がつめ込まれている。かき集めた部品を組み立てただけの貧相な卓と急ごしらえの新品がまじり、見た目も機能もちぐはぐなうえ、ものが多すぎて息がつまりそうだ。

つまり、めちゃくちゃということだ。

その事実を強調するように、ヨルンドが長椅子に座ると、尻の下で板がきしんでたわんだ。アメは卓に両手をついて体を支え、彼の隣にそうっと座った。彼女のわずかな体重が加わったとたん、椅子が耐えきれなくなるのではないかと危ぶむように。

ヨルンドはアメの木皿とカップを満たすと彼女の前に置いた。アメはぎごちなく微笑み、小声で礼を言った。いらだちがわき上がってヨルンドのうなじがぴりぴりする。彼は首を回して緊張を和らげた。

「思うほど作業がはかどっていないな」鋭く言うと、留守を任せていたスカルデをにらんだ。

スカルデは皿から顔を上げて北欧語で答えた。

「ここの連中は……」そのとき農奴が料理ののった皿を傍らに置いたので、スカルデは口をつぐんだ。彼がにっと笑ってみせると、農奴の女がひるむ。スカルデはヨルンドに鋭い視線を向けた。「特に従順というわけじゃない」

「あんたの頼み方の問題じゃない？」食卓の向かいにいたヴァルダの口調は柔らかいものの、目つきは鋭かった。二人のあいだで何かあったのか、ヴァルダはスカルデに対する不信感をあらわにしていた。スカルデが自分をヨルンドの右腕候補と見なしていることが緊張感を生んでいるのかもしれない。だが、ヴァルダがスカルデを相手にするとは思えなかった。

彼女はヨルンドにとって自分がどんな価値を持っているかよくわかっている。だが、スカルデはたぶんわかっていない。

スカルデをおまえの下に置いてやってくれとロロに頼まれたのでなかったら、ヨルンドはこの男を何カ月も前に見放していただろう。

離れていく農奴を見ながらヨルンドは考えた。女は嫌悪感を隠そうともせず、戦士たちのあいだを歩いていく。それでも……。彼らに仕えることをいやがる領民たちにも非はあるのではないか。それをどうしたら変えられる？

「辛抱だ」彼は言った。「俺たちが彼らを守り、俺たちのもとで彼らの土地が栄えるとわかれば、向こうも進んで手を貸すようになる。そう思わないか、ヴァルダ？」

二人のあいだで思いが通じ、ヴァルダが小首を傾げてにこりとした。「ああ、そうだね」

ヨルンドがたまたまアメのほうに目をやると、彼女は皆のやりとりをとまどったように見ていた。

「アメ、何かあったか？」

彼の問いかけに驚き、アメは頬を染めて目を伏せた。「なんの話をしているのかと思っただけ」

ヨルンドはそう言われて初めて、ずっと北欧語で話していたことに気づいた。罪悪感が体の内側を刺した。彼女の民たちが自分たちを歓迎しようとしないことを話していたと、どうしたら言えるだろう？

「君が心配することは何もない」ヨルンドが言うと、アメはうなずき、一瞬ちらりとヴァルダを見た。ヴァルダはもう一人の盾の乙女が言ったことに笑い声をあげている。「だが……」彼が声を張ると、雷鳴のように部屋中に響き渡った。「これからは俺たちも西フランクの言葉で話すことにする。ここの民を支配するなら、同じ言葉を使う必要がある」

9

夫の宣言に、アメは身をすくませた。すてき！　これで私は戦士たち全員を敵に回してしまった！

彼女は膝の上で両手をもみ合わせ、皆の目を避けた。なぜあんな愚かな指摘をしてしまったのだろう？　彼らはバイキングだ。北欧語を話したいに決まっている。

皆が何を話しているかわからないのは、確かにいらだたしい。特に、ヨルンドとヴァルダがとても仲睦まじげなときは。二人はさっきからずっと訳知りの目線を交わしている。今だって、彼女の言った言葉にヨルンドが笑い声をあげている。

心が乱れ、アメは耳をそばだてるのをやめた。

二人を見ていても、すでに抱いていた疑念が確信に変わるだけだ。ヨルンドがアメと床をともにし、完全な夫婦になろうとしない本当の理由はヴァルダにあると。

アメは喜ぶべきだった。彼に愛されたいとも触れられたいとも思っていないのだから。処女のまま一生を過ごすことになんの後悔もない。元々そのつもりだったのだし、そのほうが、時間がたったとき尼僧院に戻れる可能性が高くなるというものだ。

彼にすでに愛人がいることを、どうして私が気にしなくてはならないの？

だが現実には、その屈辱感の重みを心からふり落とすことができなかった。肌にどんどん深く刺さっていく棘（とげ）のようだ。無頓着だし、不公平だし、はっきり言って失礼だ。アメに対してだけでなく、ヴァルダにも。すでにほかの女性が心にいるなら、アメとの結婚に同意するべきではなかったのだ。

ばかね！　土地と権力と引き換えとなれば、心の出る幕なんてないに決まっているでしょう？

国が違っても男たちが抱く欲望は同じらしい。彼女はレディ・エヴルという称号であり、土地の所有者であり、跡継ぎの母親であり……それ以外の何物でもない。それ以外のものにはなれない。そもそも尼僧院に入るという難しい決断をしたのは、それが理由だったはずだ。誰かの所有物以外の何かになること。自分が選んだ人生を築くこと。

だが、それすらも偽りの希望だった。あるのは父親が彼女に代わって下す決断だけ。そしてそれはこの先、夫が下す決断に変わるのだろう。彼女になんの敬意も持たない男の。父と同じだ。

過酷な旅と崩壊した砦（とりで）の光景に傷つき、疲れ果てていたアメは、これ以上バイキングたちのそばにいることに耐えられなかった。自分の運命を受け入れるために一人で過ごす時間が必要だった。

「疲れたので部屋に戻るわ」アメは皿を脇に押しやった。食欲はなくなっていた。ヨルンドが傷ついたように、青い目でじっと彼女を見た。

なんてきれいで生き生きとした青色なのだろう。

アメはその青に溺れそうな自分に気づいた。むせ返る広間の気温がさらに上がったように思え、口の中が乾いた。

部屋を出る前に一口ミルクを飲もうと手をのばしたが、あせってカップを倒してしまった。白い液体が食卓にこぼれて泡を立て、ヨルンドの膝の上に流れ落ちた。

どうして私はこんなに彼の近くに座ったの？

ヨルンドがぱっと立ち上がったので、彼女はとっさに両手で顔と頭を覆った。同時に身をよじり、みぞおちを殴られてあばらを骨折するのを避ける。

だが、何も起こらなかった。

さっきまで楽しげな声に満ちていた部屋が静まり返る。聞こえるのは、血流の轟音（ごうおん）とい草の上にゆっくり落ちるミルクの音だけだ。

アメは待った。

まだ何も起こらない。

それ以上待てなくなり、指の隙間から周囲を見た。避けられないことなら、さっさと終わらせるほうがいい。あとにのばすほどお仕置きはひどくなる。

やはりヨルンドは彼女を見下ろしていた。

ただ、彼は愕然としていた。アメが引き起こした惨状にでも、自分の受けた辱（はずかし）めにでもない。

彼が見ているのはアメだった。どうして彼女がそんな反応をするのかわからないというように。

アメはゆっくりと手を下ろし、背筋をのばした。もしかしたらヨルンドは人前で彼女を罰したりしないのかもしれない……。あるいは、そもそも罰しようとすら思っていないのだろうか？

誰もが、正気を失ったのかと言うようにアメを見ている。

そうなのかもしれない。とっさに恐怖をあらわにして明かす必要のないことを明かすなんて。現在に陰を落とす過去の弱さと残酷さ。幼いころ受けた虐待のことをヨルンドに知られるのは耐えられない。でも、口を開けることもなく知られてしまった。

みぞおちの辺りで屈辱感が渦巻き、汗がにじみ始めた。胸が苦しくて、また息ができなくなりそうだ。何度か深く息を吸い込んで両手を見つめる。今にも崩れそうな屋根が実際にみんなの頭の上に落ちてくればいいのに。

アメは逃げて隠れたいという衝動を必死に抑えた。隠れたところで状況は悪くなるだけだ。

そのときなぜか、ヨルンドの呼吸法を思い出した。尼僧院で彼女を落ち着かせるために教えてくれたあの呼吸法だ。アメは同じようにしてなんとかパニックを遠ざけようとした。規則的に深く息を吸い込み、それをゆっくり慎重に吐き出すよう体に命じた。

妻は俺を恐れている。

ヨルンドが立ち上がったのは、食卓から流れ落ちる液体をよけるためで、それがこぼれたこと自体はなんとも思っていなかった。だが布巾を持ってきてくれと農奴に頼もうとしたとき、傍らでアメが身をよじって彼から逃げた。両手を上げて防御姿勢をとり、恐怖に震えていた。

ヨルンドは近くにいた戦士たちを見た。彼らもまたアメの反応に驚き、とまどっていた。だが緊迫した沈黙のあと、何人かが仲間内でぎごちなく会話を始めた。面目を失ったヨルンドの妻をいつまでも見ないようにするためだった。

彼らにこれほど感謝するのは初めてだ。

ベアトリスが傍らに現れ、こぼれたミルクを手早く拭き始めたが、ヨルンドは彼女を追い払った。濡(ぬ)れた服よりもアメのことが気がかりだった。彼はゆっくりと腰を下ろした。唐突に動いてこれ以上アメを怯(おび)えさせないよう、慎重に。

「俺は君を傷つけない」抑えた声で言う。

アメはあのときと同じ表情をしていた。尼僧院で彼から逃げたときの表情だ。

青ざめ、震え、すっかり怯えている。だが少なくとも今回は逃げ出さなかった。わずかではあるが、進歩と言えるだろう。アメはゆっくりと安定した呼吸をしている。ああ、それはいい。

ヨルンドは落ち着いた静かな声で話し続けた。嵐が吹き荒れているはずの彼女の意識にこの言葉が届けばいいのだが。「君は俺の妻だ。絶対に殴ったりしない……。俺は女に暴力をふるわない。それは間違っているし、俺の沽券(こけん)に関わる。そんなことをすれば俺は男として二流になる。わかるか？」

アメはうなずいたが、彼と目を合わせることはできなかった。「もう行ってもいいかしら？」ささやくように言う。その言葉は乾き、彼女の喉を傷つけるような響きがあった。

ヨルンドはため息をつき、自分の皿も押しやった。

「一緒に行こう」

「その必要はないわ」アメの頬が林檎（りんご）のように赤く染まる。

「誓って言うが、俺は君を傷つけない。君を無事に送り届け、新しい寝台と寝具が快適かどうか確かめるだけだ」

アメが彼と目を合わせた。引いていく恐怖の陰でいらだちが火花を散らしている。「寝台と寝具は夕方前に届いたし、どちらも申し分ないわ。ありがとう」彼女の言葉と口調は相容（あいい）れず、まだ寝室に不満があるのだろうかとヨルンドは訝（いぶか）った。

彼はアメに近づいた。「もう暗い。やはり一緒に行こう」

驚いたことに、アメは胸の前で腕組みをして背をそらした。度胸のよさが戻ってきている。それはいい兆候だった。「道はわかるわ。何年もここで暮らしていたんだもの」ヨルンドは、彼女がここにいたときからいろんなことが変わっていると指摘しようとしたが、アメがそうさせなかった。「私は捕虜なの？」

「違うに決まっている！」彼女はこの結婚をそんなふうに思っていたのか？　おぞましいにもほどがある。この境遇の変化を喜んでいないにしても、まさか自分を捕虜と思うとは。

「それなら、私は自分の部屋に戻りたいわ……」アメは身を乗り出した。いらだちは憤怒（ふんぬ）に変わり、彼女は怒気のこもった声でささやいた。「あなたは喜んで待つと言ったでしょう！」

ヨルンドは頬を叩（たた）かれたように後ずさった。そういうことなのか？　それが目的で俺がついていこうとしていると思ったのか？　俺は約束しなかったか？　妻に対する疑問がさらにわき上がる。なぜそれほど男を恐れる？　だが、今ここで彼女の恐怖について話し合うわけにはいかない。「そのとおりだ」彼は答えた。

「二年でも？」アメはまるでからかうように、黒い眉を優雅に上げた。

話の奇妙な展開にとまどい、ヨルンドは肩をすくめた。アメが少々不機嫌でも、それで自分をコントロールできるなら大したことではない。「そこまで長くならないことを祈っているが、君が求めるまで待つつもりだ――どれほど長くなっても」

〝求める〟という言葉にアメの顔が赤くなった。受け入れるという意味で言っただけでしょう？　今私が感じているこの気持ちが……求めているということでなければ。背筋が震え、彼女はヨルンドの答えに集中しようとした。

彼にとって時間の経過に意味はないらしい。そのときアメは、ヨルンドは彼女の父親との契約も、二年以内に跡継ぎをもうけるという条件も理解していないのだと気づいた。アメの虚勢は少しそがれたが、それでも彼女は好戦的に顎を上げた。「だったら、部屋へ戻らせてもらうわ――一人で」

ヨルンドは眉をひそめながらもうなずいた。

アメはそそくさとその場を離れ、戸口まで来て初めてふり返った。ヨルンドはまだ彼女を見ていたが、自尊心が傷ついただけだろうと思うことにした。

階段を上りながら、ヨルンドの言葉はすべて本心だったのだろうかと考えた。彼はアメを絶対に傷つけないと言った。彼女はほっとするべきだったし、実際ほっとしていたが、同時に混乱もしていた。

部屋に戻ると、アメは扉のそばに置かれていた、わずかばかりの持ち物が入った袋をつかんだ。寝台と寝具と一緒に届けられたものだ。アメは袋の中身を新しい寝台の上にあけた。替えの服とベール、聖書、櫛（くし）、それに巻物。

暖炉の火が小さくなっていたので、アメはにじり寄った。数本の蝋燭（ろうそく）に火をつけて少し明るくしてから、父の契約書を広げて読み返した。

やはり記憶にあるとおりだ。二年たっても跡継ぎができなかったら、領地はアメの父親に返却されると書かれている。アメやこの結婚がどうなるかは記されていない。

だが領土がなくなれば、ヨルンドにとって彼女はもう用無しのはずだ。二人が床をともにしていなければ結婚は無効になり、もしかしたらアメは尼僧院へ戻れるかもしれない。元の計画どおりの人生を歩めるかもしれない。

アメはため息をついた。不確かなことが多すぎる。自分に都合のいい結末が待っていると信じるほど、彼女は世間知らずなのか？　いや、この契約書を唯一の頼みとするべきではない。それでも、この契約は西フランク国王とアメの父親のあいだで交わされたものだ。ヨルンドが尼僧院長に手渡したとき、まだ封はされたままだった。それはつまり、彼が中身を読んでいないということだ。妙な話だが、ヨルンドがこの重要性に気づいていないなら、アメのほうから明かす必要もない。

彼は約束を守るだろうか？　今夜はどこで眠るのだろう？　アメは首をふった。どうしてそんなことを気にしなくてはならないのか？　とにかく、契約書を彼の目に触れさせてはならない。

そう決断すると、アメは巻物を暖炉に投げ入れ、燃え上がった火を見つめた。

10

彼は少年に戻っていた。

記憶の中にある呪われた村を歩いている。煙に覆われた空で鴉が円を描き、死肉を食らおうと急降下する。血と非業の死の匂いが鼻腔を満たして舌にまでまとわりつき、息苦しい。

考えるのも苦しい。

辺りは死体に埋め尽くされているが、彼らは戦士ではない。それは名誉の死ではなく、狂乱の殺戮の結末だ。血糊のついた剣を引きずりながら、彼は屍のあいだをよろよろと歩いている。これ以上剣をふり回す気力は残っておらず、幼い手には持ち重りがする。襲撃の折り、彼はできるだけ後陣に残り、よほどのことがない限り剣はふるわない。それが父の不興を買う。

母が今の彼を見たら……恥と思うだろう。

彼自身は間違いなくそう思っている。

ブーツをつかまれ、ヨルンドのたがの外れた脳が恐怖のために炎上する。彼はとっさに剣をふり下ろす。けがを負った男が慈悲を求めてすがりついてきたのだと気づいたときは手遅れだ。男が請うていたのが死なのか水なのか、ヨルンドには知る由もない。男が言葉を発する前に、ヨルンドの剣は彼の心臓を貫いていた。

まだ燃えていない小屋から叫び声があがる。賊たちが入り口とその外に群がっている。彼はそちらへ歩いていき、やせた少年の特権として皆のあいだに体を滑り込ませる。何が見つかるかはうすうすわかっており、それを見届ける以上の勇気はないのだが。

掘っ立て小屋の中のどう見ても貧しい暮らしに失

望と悲哀を覚え、吐き気がこみ上げる。ヨルンドたちよりよほどつましい人々。この残虐行為には栄光もなければ、戦利品もない。相手は食べていくのがやっとの貧しい農民だ。

暗闇に向かって目を瞬くと、あまりに薄い藁床の上で悲鳴をあげる裸の女が見える。女の悲鳴はすでに人の声というよりけだものの咆哮のようだ。

父が女の上から体を起こし、ヨルンドに笑ってみせる。「順番を待っているのか?」

さまざまなイメージが絡まり合い、煙のように現れては消える中で、これは夢でしかないとヨルンドにはわかっている。何かが記憶と違うことも。彼は怯えた女の顔を見下ろす。それはもう農民の女の顔ではない。別の誰かの顔だ。

アメの。

状況が変わり、彼はもう幼い少年ではなくなっている。大人の男だ。彼は後じさる代わりに前方に駆け出す。誰かの手が彼を押さえつける。それに抗い、夢の中で叫び声をあげた瞬間、意識が戻る。

ヨルンドはびっしょりと汗をかいて震えながら目を覚ました。毛布が裂け、それを握りしめる両手の関節が白くなっている。彼は肩で息をして、記憶の中の灰にまみれた空気を吐き出そうとした。そうすればつきまとう記憶も内側から遮断できるというように。ヨルンドは手の付け根を目にあて、痛くなるほど強く押さえた。

「いい加減にしろ」彼は自分自身に言った。深く息を吸い込み、できるだけ長く止めてからいっきに吐き出す。もう一度、さらにもう一度。動悸が治まり、恐怖が引いていくまで繰り返した。

実際に叫んだのだろうか?　ときどきそうするように。

だが、もし大声をあげていたら、ヴァルダが部屋に来て彼を起こしたはずだ。

ヨルンドは彼女に説明するのを拒んでいたが、悪夢がひどいとき起こしてくれることには感謝していた。ヴァルダにはあまり彼に近づかず、毛布を投げたり手を打ち鳴らしたりして起こすようにと言ってある。彼女はばかばかしいと言ったが、ヨルンドは悪夢にとりつかれたときの自分を信用していなかった。

静寂の中で熱した血が冷め、通常の呼吸に戻るのを待った。

今夜は声を出さなかったらしい。

ヨルンドは破れた毛布で汗を拭き、部屋の隅に投げ捨てた。藁床の下から厚手の毛皮をつかみ出し、それをかけて再び横になった。

アメの顔が夢に出てきたのは奇妙だったが、きっと彼女と長い時間を過ごしたせいだろう。

最悪の夢はどれも、父と過ごしたころの夢だ。母の死が出てくることもある。その夢の中で彼は遅すぎて母のそばに駆けつけられない。失った友人たちの夢を見るときもあった。幼すぎて剣も持てず、その使い方を学ぶほどの年月を生きられなかった少年たち。

彼の夢に関して確かなのは、週に一回は悪夢を見るということだけだった。前の夜に眠りが浅ければ頻度は増すし、おそらく父が最近死んだことと関係しているのだろうが、ここのところ悪夢の回数は増え、より鮮明になっていた。

彼が悪夢を見たときにアメが隣にいたらどうなる？　そもそも女のそばで眠る気はないが、相手がアメとなればなおさらだ。万が一暴れてアメを傷つけたりしたら？　素手で彼女を引き裂いてしまったら？　彼女はあまりにも華奢（きゃしゃ）だ……。ヨルンドは胃が凍りつくように感じた。

仮にアメが床をともにすることを受け入れたとしても、二人の親密さはそこで終わるだろう。そうでなくともアメは彼を恐れている。真夜中にヨルンドが狂人のごとく叫び出したらどう思うか！

絶対にアメの隣で眠るわけにはいかない。最初からそれはわかっていたが、彼の中の何かがもっとアメに近づきたいと望んでいた。彼女の体をこの腕の中に収めたい。先日、野営を張ったときにそうしたように。

ありえない。今夜がいい証拠だ。二人はいつも別々に眠るのだ。彼の自尊心と彼女の安全のために。

11

「これだけ？」アメは並べられた食べ物を——もっと正確に言うなら、少なすぎる食べ物を見つめた。食料庫も葡萄酒の貯蔵庫も空っぽだった。エヴルで簡単に手に入る唯一の食べ物、林檎がいくつかのかごに入っている以外は、蜂蜜酒の樽が二つと、しおれた野菜がいくらかと、わずかばかりの塩漬け肉があるだけだ。

軍隊一つと巨人一人を養わなくてはならないのに、これでは一食分にもならない！

ベアトリスが重々しくうなずいた。「ご領主さまがルーアンから運んできたものはこれで最後です」

彼女は唇を噛んでからためらいがちにたずねた。

「奥さま、率直に申し上げてよろしいですか？」

「もちろんよ」

ベアトリスとエマが心配そうに目を見交わした。

アメは励ますようにベアトリスの腕をつかんだ。

「お願いだからなんでも話してちょうだい」

「奥さまがここを離れたあと、お父上は一度も戻っていらっしゃいませんでした……」

「ごめんなさい」アメはベアトリスの言葉をさえぎり、腕を放した。エヴルの人々を見放したのはアメの家族なのに、慰めようとするなんておこがましい気がした。

「どうして奥さまが謝られるのです？　ここをあとにされたとき、奥さまはまだ子どもでした。その後、神にお仕えされることになったとうかがいましたが？」ベアトリスはアメの服とベールをじっと見た。

アメはまたベールをつけるようになっていた。まとまらない髪を少しでも落ち着かせるためだ。

「ええ、でも……父が考えを変えたの」

ベアトリスは口を尖らせたが、何も言わなかった。

「そうですか。いずれにせよ、奥さまがいなくなられてまもなく砦が襲われ、以来ここは放置されたも同然でした。人々は殺され、家畜や穀物は盗まれ、狩りの道具や武器まで奪われました。私たちは領地を守ることをあきらめました。襲撃を受けては食べ物をとり上げられることの繰り返しです。そろそろ収穫の季節ですが、畑の多くが焼け、穀物が失われたので大して期待はできません。いくらかは隠してあります――冬のために。でも、大半はすでにロロの戦士たちに渡しています。平和を守るためです。冬のための蓄えをお渡しすることはできますが、それも長くは持たないでしょう。これで冬がきたら……」侍女が悲しげに肩をすくめると、申し訳ない気の毒だしでアメの胸は痛んだ。

「ありがとう。でも、もう十分もらっているのだから、これ以上もらうわけにはいかないわ。それに、この先はヨルンドが守ってくれるし、ちゃんと管理していけば土地も豊かになるはずよ」明るい声を出そうとしたが、よりよい未来を確信したり望んだりできる根拠はどこにもないとわかっていた。

エマはアメの本心を見抜いていた。「別の略奪団が襲ってこなければ、そうでしょう……」苦々しく言う。

ベアトリスに脇腹を小突かれ、エマは母親に顔をしかめてみせたが、何も言わなかった。ベアトリスがアメに向かって言った。「でも……もしもほかの族長が襲ってくる危険が少しでもあるなら……どうか逃げて身を隠してください」

エマもうなずいた。「私たち、以前は果樹園に隠れていました。木の陰に身をひそめて敵がいなくなるのを待つんです。最悪の事態が起きたら、とにかく逃げてください」彼女とベアトリスは似た者母娘だが、エマは母親に輪をかけて気性が激しかった。二人ともアメにとっては大切な存在だ。

領民がそんなふうに常に恐怖を感じながら生きてきたことを思うと、アメの胸は張り裂けそうだった。

私たち家族が不在にしているあいだ、みんなはどんな恐怖と向き合ってきたのだろう？　アメは声をひそめてきいた。「最初にヨルンドが来たときもそうしたの？　傷つけられた人はいる？」

「隠れようとしたんですが、私たちのやり方をどこかで耳にしていたらしく、あの人たちは二手に分かれて谷の両側からやってきました」ベアトリスがアメの腕をそっと叩いた。「誰もけがはしていません。あの人は私たちに忠誠を誓うように言いました。誰も逆らいませんでした。そうしたら、あの人はいなくなり、あなたと一緒に戻ってきました。そういうことですから、あの人が新しい領主なのでしょう」

「ええ。実際には、ここが彼の領地になったのが先だけど。私との結婚は形式上にすぎないわ」

　それを聞いてベアトリスとエマが悲しげな顔になった。「そうじゃないかと心配していたんですよ」

ベアトリスがあきらめのため息をついた。

「でも、だからといって私がなんの役にも立たないわけでは……」

「あの人と話すときは気をつけてください、奥さま」エマの表情は厳しかった。彼女はもう子どものころ一緒に木登りをした、いたずら好きのよく笑う少女ではなかった。口元にはかつてはなかった厳しさがある。今も優しくて情熱的な女性だが、瞳にひそむ深い悲しみは、彼女が人生に失望しか見込んでいないことを示していた。「私たちはご領主の戦士のスカルデからすでに、あるものはすべて砦に持ってくるようにと言われています。拒めば……よくないことが起こると脅されました」

　アメの中で苦々しさが塊となって炎を上げた。私の領地、私の民が私を必要としている。私は父のように彼らを裏切ったりしない。「よくないことなんて、絶対に起こさせないわ」

　母娘がまた目を見交わした。アメの言うとおりであってほしいと思いながらも、彼女では罰を止められないかもしれないと考えているのだ。

　エヴルで自分を慕ってくれるこのわずかな人々を絶対に失望させない。アメはヨルンドを探し出して領民に対する要求を撤回させようと心に誓った。

「夫と話してくるわ。私の民が脅され、ひどい目にあわされているのを黙って見ているものですか」

　アメは大股で出口へ向かい、部屋を出る前にふと思いついてふり返った。

「そのあいだに庭を見てきてくれるかしら。何かの根が残っていたら、それを元に戻すところから始めましょう。今というより春のために。今夜はここにあるものでシチューをつくれるはずよ。冬の食料には手をつけさせないわ。別の方法を考えるから」

神が与えてくれないものは、楽観的思考でつくり出すしかない。

彼女の楽観的思考と夫とで。ヨルンドになんとしても道理をわからせなくては！

「直したい？　本気なの？」ヴァルダが崩れかけた南館を見ながら顔をしかめた。「でも……この石をほかの建物の修復に使えるのに」

ヨルンドは一瞬、頬の内側を噛んでから答えた。

「そうだが……ほかの建物の修復には町の古い防壁の石も使えるだろう。外の新しい建物は丸太で建てることもできる。とりあえず南館はこのままにして、ほかの建物の修復を急ごう」

ヴァルダが片方の眉を上げた。「いいけど、新妻を喜ばせることと何か関係があるのかしらね？」

ヨルンドが渋面を向けると、ヴァルダが冗談めかして両手を上げ、降参のしぐさをしてみせた。

「石工を探してるんだけど、スカルデの言うとおりで、農奴たちはあまり協力する気がないようだね」

「辛抱強くつき合うことだ」

ヴァルダの口元に小さな笑みが浮かんだ。「男世界で生きてきた女の中では、あたしは誰よりも辛抱強いと思うけど。それでも人の心は変えられない。神の意志をもってしても無理な話だよ」

「最近やけに難しいことを言うじゃないか、ヴァルダ。悩むなんて、らしくもない」

ヴァルダが大声で笑った。「よりによってあんたに〝悩んでる〟なんて言われたくないね」

ヨルンドはそれには反論しなかった。確かに彼は特別明るいたちではない。だが修復について念を押そうとしたとき、黒髪の小柄な女が野暮ったいスカートを揺らしながら猛然と近づいてくるのが見えた。

アメだ。驚くような速さで二人のあいだの距離を縮めてくる。実用本位のブーツが石畳を打つ音には決意が感じられた。そしてこわばった顎には怒りが。

彼女の目がヨルンドの目をとらえて細くなると、彼の背筋がぞわっとした。すでに相当の速さだったアメの足どりがさらに勢いを増す。ヨルンドの前まで来た彼女は頬を火照らせ、肩で息をしていた。アメのその様子にヨルンドは心配になるのと同じくらい妙な興奮を感じた。

「妻よ、何か問題でも?」

冷たく他人行儀な笑みを浮かべて彼女は顔を上げ、ヨルンドをじっと見た。夏の光を受けたその顔は目がくらむほど美しかった。

「夫よ、よくぞきいてくれたわ。あなたの戦士たちに厨房の食料を食べ尽くされて、今夜のシチューはひどいものになりそうよ!」

彼女が心配しているのはそれだけか?

ヨルンドは肩の力を抜いた。「食料が少ないことはスカルデから聞いている。しばらくすれば補充されるはずだ」

アメの鼻孔が膨らみ、両脇で手が拳になった。彼女を安心させようとしてかえってまずいことになってしまったことにヨルンドは気づいた。

「領民たちが冬のためにとっておいたわずかな食料を奪って? おなかをすかせた子どもたちから盗んで? 言わせていただくと、ご主人さま、この領地は私たちの責任であると同時に恩恵なのよ。奪えばそれなりの結果は免れないわ!」一語ごとに熱がこもり、最後の言葉は怒りの絶叫のようになっていた。彼女の声は中庭中に響き渡り、戦士たちがふり返る。

恥ずかしいとは思わないが……。

いや、恥ずかしい。こんなふうに面と向かってなじられるのは子どものとき以来だ。

相手が男だったら殺していたかもしれない。だがアメになじられると、彼女の期待に応えられなかった自分がいやになる。この状況をどうにかしようと、ヨルンドは中庭に目を走らせた。

「私の話を聞いているの?」アメの声には侮蔑と絶望の響きがあったが、ヨルンドは答えなかった。しばらくしてようやく探していた男が見つかった。

「スカルデ!」妻とは対照的な穏やかな声で呼ぶ。残っているわずかばかりの威厳を保つためだ。彼はこの問題をできるだけすばやく、そしてできるだけ後腐れなく解決するつもりだった。

スカルデがふんぞり返って歩いてくる。妻を喜ばせる必要がない身はいい気なものだ。

「食料補充の計画はどうなっている?」

スカルデは肩をすくめ、北欧語でヨルンドに伝えた。「明日までに農奴たちが残っている食料を持ってくることになってますよ」

ヨルンドが戦士をたしなめる間もなくアメが口を挟んだ。「ここは私の家よ。よそ者扱いされるつもりはないわ。昨夜、領主からフランクの言葉で話すようにと言われたでしょう! あなた、彼に逆らうの?」

スカルデはアメの言葉でもう一度言ったが、その目は石のようだった。アメはひるんでいない。むしろ怒りがさらに燃え上がったように見える。

「従わなければ罰が待っている、そうよね?」彼女はそう言うと、またヨルンドのほうを向いた。「それはどんな罰なの? ここの民は繰り返し襲撃されたとあなた自身が言っていたはずよ。もう彼らにはさし出すものなど何も残っていないわ!」

スカルデが口元を歪(ゆが)めて嫌悪感をあらわにした。

「俺らに隠している蓄えがあるんです。何日か前に隠し場所を見つけました。領主に秘密にして食料を保存するなんてありえないでしょう!」

「それは彼らと子どもたちが冬を乗りきるための蓄えよ。農奴たちは昔から家族のために食料をとっておくことを許されている。そうでなければ、みんな死んで春に土地を耕す者がいなくなるわ！」アメは瞳に金色の火花を散らしてどなりつけた。スカルデの肩に届くか届かないかの背丈しかない彼女がまっこうから立ち向かっていくさまに、ヨルンドは感心するばかりだった。彼のそばにいるときのアメは、ひどく神経質で怯えていることがある。だが、何もかもさし置いて勇敢になれるときもあるらしい。他人のことを思うときだ。自分で言っていたとおり、彼女は見かけより強いのかもしれない。

「週末には食料が届くと彼らに伝えてあるのか？」ヨルンドは疲れた声できいた。

スカルデは首をふった。「奴隷も同然の連中に、自由民が決めたことを説明なんかしませんよ」

ヨルンドは天を仰いだ。

この諍いは簡単に避けられたはずだ。ヴァルダならもっとうまく対処しただろう。彼女を尼僧院に同行させ、ここをスカルデに任せたのが失敗だった。ロロの気に入りだとしても、スカルデに対するヨルンドの忍耐は急速に失われていた。

ヨルンドは子どもに噛み砕いて説明するように言った。「彼らは奴隷ではない。土地に縛られていても我々の所有物ではないんだ。蓄えを出させるなら、子どもたちが飢えることはないと約束しなくては」

「もう一度やつらと話してきますよ」スカルデはようやく状況をわきまえて目を伏せた。

「いや！」ヨルンドはいらだちをにじませ、強い口調で命じた。「おまえは事態をすでに十分悪化させた。あとはヴァルダにやらせる」

去っていくスカルデの足どりには先ほどまでの自信はなくなっていた。

「あなたが話すべきだわ」アメがきっぱりと言った。「民たちは怯えているから領主が安心させないと」

「俺は彼らを裏切らない」ヨルンドはうなるように

言った。いずれ皆、彼に疑念を抱かなくなり、民を守る彼の能力も認めるはずだ。

アメが咳払いをした。「では……私が話します。ヴァルダではなく。私はエヴルの女主人だもの……。そうでしょう?」

ヨルンドは自分を罵った。農奴たちと話すのは当然、彼の妻のアメでなくてはならない。自分と副官しかあてにしない状況に慣れきっていたせいで、彼女の地位をすっかり忘れてしまっていた。

「君がそうしたいなら」自分の愚かさがあまりに恥ずかしくてしくじったことを認める気にもなれない。

「本当にこの先、食料は補充されるんでしょうね?」アメが疑わしげにきいた。

ヨルンドは信じられないというように彼女を見た。

「俺の言葉を疑うのか?」

アメの強気な顎がさらに高く上がる。彼女の負けん気がまだあることにヨルンドは安堵を覚えそうになった。

「せめてどれくらい補充されるのか教えてもらわなくては。何が配れるか、知る必要があるもの」

ヨルンドはどんな食料が届く予定か説明し、その長いリストを聞くうちにアメの肩から少し力が抜け、眉間の皺がほどけるのを見て自分を誇らしく感じた。

「では冬のあいだ、民を十分食べさせられるということね」彼女は言った。

「ああ、エヴルは何度となく襲撃され、残っているものも少ないはずだと予測できたから、準備はしてある。もっとたくさん自分で運んでくるか、不在のあいだに狩りをするよう言っておけばよかったのだろうが。とにかく、農奴から集めたものはあとで返す。収穫も控えている……。ああ、大した量ではないだろう。だが俺が準備したものと合わせれば、冬を越すには十分だ」実際、ヨルンドは長年かけて蓄えた銀や財宝のほとんどを新しい民のために使っていた。その財宝の大半にこの国の民の血がついていることを思えば、ほかの使い道があるはずもない。

彼はその忌まわしい考えをふり払って説明を続けた。「だが、荷を積むにも船がエヴルに着くにも相当の時間がかかる。領地と結婚のことが先決だと判断した。船荷は残りの戦士が命がけで守る。問題なく届くはずだ」

「戦士たちがもっと増えるの？」アメが目を見開き、あえぐようにきいた。

ヨルンドはうなずいた。「ああ……。だが、ほとんどの戦士は剣と盾を捨てて鋤と……」続けるべきかどうか決めかねて、彼は言い淀んだ。

「鋤と？」アメが小首を傾げる。ベールを着けなければいいのにとヨルンドは思った。そうすれば黒髪が彼女の顔のまわりに落ちるのが見られたはずだ。

「妻を手に入れたいと思っている……。ここに腰を落ち着けたいと考えている男たちは多い」

アメが気色ばみ、一歩後じさった。「まさか彼らに請け負ったりしていないでしょうね……」首筋が赤く染まる。「農奴は子を産ませるために交換される牛ではないのよ」

「わかっている」ヨルンドはため息をついた。彼女と話すたびに岩の上で足を踏み外しているような気分になる。「君の力が必要だ」

アメの目が丸くなった。ヨルンドは一歩近づいて彼女の手をつかんだ。その小ささは二人が違うことを思い出させたが、放すことはできなかった。

「俺たちと君たち、二つの民の血を結びつける必要がある。この土地は分断されていて、俺たちが力を合わせなければうまくいかない。ほかの部族が俺たちの弱点を見つけて攻め込んでくるだろう」

「あなたたちがそうしたように」アメの口調は苦々しかったが、受け入れの境地もうかがえた。

ヨルンドはそこに希望を見いだした。

「ああ。俺たちは内輪の小競り合いと、弱気な王と、西の部族からの圧力に気づいて利用した」それについてはなんの後ろめたさもなかった。これが人生だ。残忍で容赦ない。勝つために戦い続けてきたからだ。だが単独でそれはできない。ロロとジゼラ王女が熱心に結婚の仲立ちをしているのはそのためだ。二つの民を結ぶために、俺たちのような結婚は増えていくだろう。ロロは北欧人にもシャルル王にも口出しされない国をつくることを望んでいる。そのためには、ノルマンディの全土を精神的にも掌握する必要がある。家族の安全がかかっていれば男の忠誠心は増す。そして民たちが力を合わせて興せば領地はより繁栄する。君から女たちに話してくれないか？　俺の戦士たちをせめて伴侶の候補として考えてみてほしいと」

「そうすることで彼女たちは何が得られるの？　自由ではないわよね」アメが不平がましく言った。

彼女は俺と結婚することでそれを手放したと思っているのか？　自由を？

ヨルンドは否定したかった。彼女にはしたいことをする自由があると言いたかった。彼女は妻として家事をとり仕切るが、彼はアメをとり仕切りはしないと。だが、それは完全な真実ではない。アメはエヴルの女主人だ。民に対する責任があり、その義務は彼への誓いと分かつことができない。

俺は彼女に何がさし出せる？

「庇護（ひご）だ」

アメはがっかりしたというように寂しげな笑みを浮かべながらもうなずいた。「そうね、庇護は大切だわ。特に、この不確かな時代には」

「それと……」ヨルンドは親指で彼女の温かい手をなぞり、もっと与えることができたらと必死に考えた。アメの目がちらりと手を見下ろし、それから彼の顔に戻ってきて無言で問いかけた。

何が与えられる？　幸せか？　そんなものは誰にも約束できない。

二人のあいだの空気が熱く、そして重くなった。アメの唇がかすかに開くのを見てヨルンドはキスしたくなった。せめて喜びを与えたい。だが彼女はあまりに無垢だ。俺は彼女を怖がらせるだけだろう。

「それと？」アメの声は小さくて弱々しく、夏のそよ風にも吹き飛ばされてしまいそうだった。日ざしの中だというのに、ヨルンドの肌が粟立った。

「献身だ」その声はかすれていた。彼の剣と庇護は常にアメのものだ。

女がほしがるものがほかにあるだろうか？

「ああ」アメの口から息がもれた。彼女はうなずいて一歩下がった。二人のあいだには底なしの亀裂があるようだった。「彼女たちに話してみるわ。でも、私の女性たちには忠誠心と敬意も必要だと戦士たちに伝えてちょうだい」

彼が侮辱したとでも言うように、アメの言葉は辛辣だった。彼女は体の前で両手を組み合わせ、さっきヨルンドが触れた肌を親指でなぞっている。彼の視線に気づくと、頬を赤くして身を翻し、薄茶色のスカートを蹴りながら館に戻っていった。

その午後遅く、農奴たちが食料を積んだ荷車を砦に運び込むのを、ヨルンドは感嘆の目で見ていた。彼らが進んでそうしたとは思っていない。農奴たちはわずかに残った蓄えをさし出しながら、不安そうな目をしている。アメを信頼するからこそ、不平も言わずすぐさま応じたのだ。話をしたのがヨルンドだったら、彼らが信じたかどうかは疑わしい。だが、彼の妻を信頼しているのは明らかだった。彼女がヨルンドを信じるなら、彼らもまた、怯えながらも信じるということだろう。


自分は信頼に足る男だと妻に証明するため、ヨルンドはその後も働き続けた。砦の改修をしていないときは、砦と町に新鮮な肉が行き渡るよう、森で狩りをした。町を襲った連中に奪われ、農奴たちには狩りをする道具も武器もない。彼らに渡せるほどの武器ができるまでは、ヨルンドと彼の戦士が狩りをするしかなかった。

そのあいだアメは砦の中を整えた。広間の家具は並べ替えられ、庭も以前よりこぎれいになった。

農奴の態度に大きな変化は見られない。おそらく、約束どおり食料が運ばれてくるかどうかを見極めようとしているのだろう。

妻がよそよそしいのもそのためと思われた。食事中もほとんど話そうとせず、たいていは彼を避けていた。ヨルンドを信頼することは正しいと証明されるのを待っているのだ。

三日後、食料と家畜と残りの戦士をのせた船が到着すると、ヨルンドはほっと息をついた。

12

先週から募り続けていた不安は、アメが長々と吐き出した安堵(あんど)の吐息の中に消えていった。彼女は砦の門(とりで)から、町に入ってくるヨルンドの船を見ていた。エマが駆けてきてアメの隣に立つ。二人は笑みを交わすと、抱き合って歓声をあげた。

彼は私の期待を裏切らなかった。

アメの胸の中で弱々しい希望が花開いた。ヨルンドは約束を守ったのだ。

抱擁を解いたとき、エマの目には涙が光っていた。

「お許しください、奥さま。私……信じていませんでした……」ひび割れた声で言い、首をふった。

アメは彼女の手を握ってぎゅっと力をこめた。

イトン川を切り進んでくる竜船の姿に、人々は何度恐怖を覚えたことだろう。今日、太陽は輝き、辺りには野の花の芳香が満ちている。船は希望と富を運んでいるが、いつもそうだったわけではなく、そのことはアメよりもエマのほうが詳しいだろう。

「許すことなんて何もないわ。船が予定どおり到着したことを神に感謝しましょう」

神だけでなく、領主の夫にも感謝するべきだろう。彼は嘘をつかなかった。貞節な夫ではないかもしれないけれど、父だってそうだったし、男の人なんてみんなそんなものだろう。少なくともヨルンドは私を殴っていない。今のところは。

背後から複数の馬の蹄の音が聞こえ、エマがアメから離れた。ヨルンドだ。ヴァルダと戦士を数人従えている。

彼はアメとエマの横で馬を止めた。「ここにいたのか。探していたんだ。食料が届いた」

アメは手をかざしてまぶしい朝日をさえぎった。

「そのようね」

彼女の中の意固地な部分が夫に礼を言うことを拒んでいた。民の命を守るのが彼の務めなのだし、私がどこにいたかはわかっていたはずだ。船の接近を告げる角笛が鳴り響いたとき、アメは農奴たちと庭で働いていた。猪が描かれたなじみの緑の盾が船腹に並んでいるのを見て、戦士たちはすぐさま肩から力を抜いたが、農奴たちはもたらされたのが飢えか救済か確かめるために駆け出していった。

ヨルンドは鞍上で身じろぎ、しわがれた咳をした。「ああ、それで……君も来るかい？　皆に食料を配るのは君に任せたい。ここの家族のことは君が一番よく知っているだろう？」

では、私の仕事を全部ヴァルダに委ねたわけではないのね？

ヴァルダに与えられる役割について考えるたび、

聞こえてくる苦々しい声。アメはそれをふり払った。

「もちろんよ！　すぐに……」厩のほうを向いて口をつぐむ。ルナはすでに鞍をつけられて待機していた。ヨルンドが馬から下りてアメと一緒にルナに歩み寄る。彼女には助けが必要だとわかっているのだ。アメは感謝する一方で、自分がどれほど情けない女に見えているのかと考えるといやでたまらなかった。彼の愛人の前なのに。

ヴァルダの馬はルナよりもずいぶん大きいけれど、彼女はその馬に乗るのに助けなど借りないはずだ。

アメは脇腹をつかまれ、軽々とルナの背に持ち上げられた。すぐにヨルンドは行ってしまい、ヴァルダがにこっと笑って手綱をさし出した。アメも笑みを返した。彼女につっけんどんな態度をとる本当の理由など何もないのだから。

一行が町の船着き場に到着したときには、すでに荷下ろしが始まっていた。たくさんの家族が集まり、すがるような目で見つめている。アメがヨルンドに信頼を寄せることに疑問を抱いていた者は多いはずだ。食料は必ず届くからと、彼女は聖書にかけて誓わなくてはならなかった。それでも、最後の食べ物をさし出す領民の目には恐怖があった。

戦士たちが馬を下り、広場の餌箱につないでいる。アメもルナから下りてぽんぽんと肩を叩いた。長旅のあとなので、今はときどき砦のまわりをゆっくり走らせるだけだが、ルナもそろそろ遠出をしたがっているはずだ。

「私がつないでおきましょう」ヴァルダが言う。彼女の人なつこさがアメには意外で仕方なかった。

北欧の女性は嫉妬しないのだろうか？　愛人がほかの女性と結婚しても気にしないの？

もちろん、私は何も気にしていない。ヨルンドに夫になってほしいと望んだことはないのだから。

でも、ヴァルダは？

「ありがとう」アメは手綱を渡し、船のほうへ歩いていった。彼女の姿を見て人々が安堵の笑みを浮かべる。アメは一歩ごとに民の信頼の重みが増すのを感じた。

ヨルンドが隣に来てアメと歩調を合わせる。その気遣いに彼女は混乱した。私は彼を憎むべきではないの？　彼を避けるべきなのでは？　この数日、あらゆる場面で彼と目を合わせることを拒んできたように。でも、これほど希望にあふれた美しい日に彼のそばにいると、背中に興奮の震えが伝い下りるのを止められない。

「みんな嬉しそうだ」ヨルンドが穏やかに言った。

アメは暴走する自分の考えにいらだち、ぶっきらぼうに答えた。「おなかをすかせて冬を過ごす必要がなくなったんだもの。嬉しいに決まっているわ」

ヨルンドが足を止め、アメの肘をつかんで自分のほうを向かせた。「俺は領民たちを絶対に飢えさせない」彼の顔は真剣そのもので、心からそう思っていることが伝わってくる。アメは彼に対する敬意が膨らむのを抑えようとした。敬意など抱いたら、あとでつらくなるだけだ。無言でうなずくと彼の手をふりほどいて一歩下がった。

「それなら、あなたが直接話してみんなを安心させるべきだわ」すねたような口調が自分でもいやだと思いながら、アメはヨルンドからさっと離れた。

ヨルンドはいらだたしそうに目を光らせたあと、悪態をついて顔を背けた。「俺は君に手を上げない。そう言ったはずだ」つぶやくように言う。

「驚いただけよ……。ごめんなさい」自分の態度を本当に申し訳なく思い、アメは低い声で言った。約束を守った彼に感謝こそすれ、すねるなんて。

私はどうしてしまったの？

二人はまた歩き始めたが、二人のあいだの空気は濃厚な緊張感で満ちていた。

「食料の配給は君に任せる。領民に冬の蓄えを返し、残ったものは砦で保管する手配をしてほしい。来年植えつける種もある。どうすればいいかは君がよく知っているだろう？　あとは服地か。これは君が好きに使ってくれ。尼僧院からあまり……着るものを持ってきていないようだから」ヨルンドはアメの服とベールをちらりと見てから咳払いした。「俺は舵取りのアルネと話をしてから狩りに出かける」

裁縫は特に好きではないが、もっとましな服をつくったほうがいいのはアメにもわかっていた。彼女は心の中でそれを仕事のリストの一番最後につけ足した。

ヨルンドは舵取りの男の肩を気さくに叩き、しばらく話したあと、アメに小さくうなずいてから狩りへ向かった。

彼が言っていたとおり、食料の配給はアメだけに任されていた。信頼してくれたことに感謝するべきだと思うが、数人の戦士と狩りに行く夫を見送っていると胃の中に酸っぱいものがこみ上げる。そこにはヴァルダもいたからだ。

アメはそれを無視した。私には任された仕事がある。一人にしておいてくれるなら、ヨルンドが百人の女性と床をともにしたってかまわない。

彼女は目を輝かせる領民たちのほうを向き、深く息を吸い込んだ。

昼近くまでかかったが、食料を配り終えることができた。農奴たちに冬の食料を返し、蓄えが少ない家族には補充もしたので、皆寒い季節を乗り越えられるはずだ。遠い農場の家族には荷車で食料を運ぶ手配もした。

それでもまだたくさんの動物や野菜や穀物や種が残った。アメは必ずベアトリスとエマの指示を仰いで保管するようにと伝えて砦に運ばせた。以前のように、戦士たちに食料庫をめちゃくちゃにさせるつもりはなかった。

全部片づくと、アメは鍛冶屋を訪ねた。砦のいろんな道具に修理の必要が生じていたからだが、ふと思いついて結婚指輪のサイズ直しも頼んだ。指輪はいつも首にかけているものの、これでは変だという気持ちが日ごとに強くなっていた。指輪の重みで紐がすりきれてきたので、もう十字架を着けることもないだろう。

その後、主立った家族を訪ね、困っていることや必要なものがないかきいて回ったが、それも午後の早い時間には終わったため、ルナに運動をさせることにした。捕虜ではないとお墨付きをもらったことだし、せっかくなので砦から遠く離れた町外れを目指した。子どものころのようにちょっと無茶をしてみよう。さっきヨルンドに不満をぶつけたことからしても、頭をすっきりさせたほうがいい。

アメはルナを全速力で走らせた。丘を上り、果樹園の反対側へ向かう。この年になって初めて手に入れた自分の馬と、その馬がくれる自由が嬉しかった。ルナの蹄の音に合わせて心臓が脈打った。力が血管の中を駆け巡り、生きていることへの感謝の気持ちがわき上がる。食料を手渡したり、古い友人たちに会ったりしたのがどれほど楽しかったか。

必要とされ、役に立てたのは何年ぶりだろう。荷物でも、交換のための所有物でもなく、意思を持った一人の女になれた。アメの胸が幸福感でいっぱいになった。

風が吹きつけてベールが飛ばされそうになったので、アメは笑い声をあげてそれをとり、十字架の入っているポケットに突っ込んだ。服を変えなくてはいけないのは確かだ。でも、いつももっと急ぎの用があってそちらに時間を使ってしまう。それに結婚が無効になれば、この服もあとで必要になるだろう。その考えは思ったほど心を慰めてくれなかったし、確信も持てなかったが。

　きっとエヴルを恋しく思うだろう。

　ルナに速度を落とさせると、林の中に子どもが二人いるのが見えた。何年も前にアメがしていたように、木に登り、林檎(りんご)をとっている。アメは微笑(ほほえ)んで手をふった。最初は恥ずかしそうにしていた子どもたちも笑って手をふり返してきた。一人の少年が木から下りて近づいてきた。

「この馬は林檎が好きですか？」少年は痛々しいほどやせていた。服は何度繕われたかわからないほどで、膝あてもすりきれている。

「ルナは林檎が大好きだと思うわ」アメはにっこり笑った。帰る前にこの子の名前をきき出して貧しい家族のリストにつけ足そう。もちろん、まだリストにのっていなければの話だ。アメは全領民の状態を把握することを自分に課していた。

　少年は腰にぶら下げていた袋から林檎を一つそっととり出し、ルナの鼻先に近づけた。ルナが嬉しそうに匂いを嗅ぐ。だが次の瞬間、耳をぴんと立て、片側に首を巡らせた。

　いくつもの蹄の音が迫ってきて、少年がびくりとした拍子に林檎を落とした。それと同時にヨルンドと彼の戦士たちが空き地に入ってきた。

「止まれ！」ヨルンドが号令をかける。戦士が馬を止め、少年も凍りついた。ヨルンドたちに気づいて葉むらの下に駆け込んできたほかの子どもたちとともに逃げようとしていたのだ。「一人でこんなところまで来て何をしている？」ヨルンドが轟(とどろ)くような声で言うと、アメの背筋に震えが走った。

「ルナを少し走らせようと思って。この子がルナに林檎をくれていたところよ」アメは震える少年のほうを向いて優しく話しかけた。「そうよね？」

とした。少年は袋の中に手を突っ込み、別の林檎を出そう

「ルナなら落ちた林檎で十分よ。傷がついた林檎が好きなの。きれいなのはあなたが食べなさい」

少年は落ちた林檎を拾い、ルナの口元にさし出しながら、しきりに戦士たちをうかがっている。アメの心は痛んだ。領民たちをもう一秒たりと怯えの中で暮らさせたくない。特に子どもたちは。彼女が守るし愛するということを知ってほしい。彼女がここにいる限り、皆安全だと。

二冬は。そう考えるとアメの体はこわばった。私はそのあと、彼らを見捨てられるのだろうか？

ヨルンドが馬から下りて歩いてきた。声が少し穏やかになっている。アメに向けられた目は心配そうだった。「次からは護衛なしに出かけないでほしい。君道中で襲われてからまだ一週間もたっていない。君のことが心配なんだ、アメ」彼女の心が飛び上がったが、それは恐怖のせいではなかった。ヨルンドが彼女の名前を呼んだその口調のせいだ。優しいだけでなく、その下に何かがある。何か熱っぽくて粗野なものが。それがアメの心に火をつけたのだ。

「ごめんなさい。誰かに伝えておくことを考えつかなかったわ」実際、彼女は自分の立場を忘れていた。見習い尼僧の彼女にはなんの価値もなく、予定を人に伝える理由もなかった。足かせとなるのは時間内に与えられた務めを終わらせることだけで、アメはそれがうまくできた試しがなかった。

「も、もう行ってもいいですか？」傍らの少年が消え入りそうな声で言う。アメがいてもヨルンドたちが恐ろしいらしい。

「家族の名は？」ヨルンドがきくと、少年が今にも泣き出しそうに顔を歪めた。

「お礼を言いたいから教えてくれるかしら？」アメはつけ足し、目顔でヨルンドを非難した。彼には無

視されたが。

「父さんはオドです。果樹園の東の農場に住んでいます。あの、り、林檎はとってもいいと前に言ってくださいましたよね……。僕たち、たくさんはとっていません」アメが力づけるように微笑んでも、少年はすっかりひるんでいた。

アメが口を開く前にヨルンドが答えた。少年の不安に気づかず、無頓着に言う。「これからもとってかまわない。ヴァルダ、この子に兎(うさぎ)を二羽持たせてやってくれ。家族に渡させよう」

ヴァルダが馬から下りて鞍の後ろにくくりつけていた兎の中から太ったのを二羽つかみ、少年に渡した。少年は感激したように目を丸くして受けとった。

「それと……家族に伝えるんだ。明日の夜の宴に来てほしいと」ヨルンドはそう言ってからアメのほうを向いた。「エヴルの全領民のために宴を開こうと思う。我々の戦士への忠誠と歓待に感謝するために。

どう思う、妻よ？」

「すばらしい考えだわ」アメは驚くと同時に嬉しかった。領民と友好関係を築くのに、宴はいい方法だ。

「ありがとうございます、領主さま」少年はよろよろとおじぎをして東の方向に走り出した。彼が興奮した声で友だちを呼ぶのを聞いてアメは微笑んだ。隠れていた友人たちが顔をのぞかせると、少年が兎を高々と持ち上げ、宴のことを伝えた。

ヨルンドがアメの期待を超えるのは、今日これで二度目だった。彼は少年に対して優しかったし、辛抱強かった。領民に冬の蓄えを返すという約束も守った。もしかしたら私はなかなかいい夫をあてがわれたのかもしれない。

ばかね。彼は務めだからしているだけよ！

アメはヨルンドたち一行を見た。「狩りはうまくいったみたいね」

兎のほかにも猪と鹿が三頭ずついて、鹿は男たちが肩に乗せた棒にぶら下がっている。

ヨルンドはうなずき、ぼんやりとルナをなでた。その手がアメのドレスをかすめ、蛇の模様が彫られた青銅の腕輪が、柔らかな木漏れ日を反射する。厚手の毛織物越しなので触れられているのはそれほど感じないが、その親密で優しい手つきにアメの胃が反転した。

「家に帰るかい？」ヨルンドに静かにきかれ、アメは無言でうなずいた。

ヨルンドはアメと並び、先頭に立って馬を走らせた。アメがルナを疾走させているのが見えたときは、誰かに追いかけられているのではないかと一瞬、肝を冷やした。彼女はただ楽しんでいただけだとわかってほっとしたものの、船のそばにいた戦士たちには一言言っておくべきだろう。彼女に一人で遠出をさせるべきではなかったと。

「何を考えているの？」アメが隣からきいてきた。

ヨルンドは驚いて彼女を見た。彼が何を心配していようと、アメが気にする必要はないはずだ。

「別に」

「本当に？　眉間に皺が寄っていたから、何か気がかりなことがあるのかと思ったわ。私が護衛も連れずに出かけたことをあまり怒っていなければいいのだけど。二度とこんなことはしないと約束するわ」

彼女はかなり落ち込んでいるようだった。

〝私は捕虜なの？〟アメにそうきかれ、彼は違うと答えた。彼女は今、あれは嘘だったと思っているに違いない。

「君の行きたいときに行きたいところへ行ってかまわない。だが、この辺りはまだ安全とは言い難い。砦を出るときは護衛をつけるのがいいだろう。よければ……」ヨルンドはためらった。アメは彼の提案を侮辱ととるかもしれない。フランクの女は北欧の女とは違う。だが、先日アメは怯えきっていたし、今も彼の怒りを警戒している。ヨルンドはそんなふうに思ってほしくなかった。「教えようか？」

「教える？」

「武器の使い方や護身術を。俺でよければ」

ヨルンドが驚いたことに、アメは笑い声をあげた。

「なんですって？　でも……私には無理じゃないかしら。そもそも、あなたが私を守ってくれるのではなかったの？　あなたがいれば十分なはずでしょう？」アメの表情にはからかい半分の陽気さと信頼がまじっていた。アメから征服者ではなく庇護者と見られるようになったことが、ヨルンドにとっては意外なほど誇らしかった。

「もちろんそうだが……戦い方を知っていれば、俺がそばにいなくても不安にならないかもしれない。自分のことをもう……弱いと思わなくなるだろう」

アメは唾をのみ込んで地面に目を落とした。相反する二つの考えのあいだで決めかねているように唇を噛む。「でも、あなたがしているようにはできないわ。私には力もないし、体格だって違うもの。試してみることに意味があるのかしら？」

「剣の扱いに必要なのは力よりも腕の長さや俊敏さだ。それに俺が考えていたのは組み技や短剣での防御だ。襲われたときに相手をかわして逃げるための簡単な技のことだ」

アメは抑えきれなかった笑い声をぐっと押し戻した。「あなたならそう言うでしょうね。山のように大きいんだもの」

アメのはしゃいだ様子に、ヨルンドの頬が緩んだ。彼女にもっと笑ってほしかった。特に、彼と一緒にいるときは。笑うとアメの顔全体がぱっと輝き、今みたいにそのまわりで巻き毛がはねると、よけいに楽しそうに見える。彼女はまるで森の精のようで、さっきも二人きりだったら、馬から下ろさせてキスをしていたかもしれない。だが、スカートにちょっと触るだけで満足しなければならなかった。たこだらけの指で触れる毛織物はざらついていて、いつか彼女が閨に招いてくれるかもしれないと思い直させた――じっとおとなしく待っていれば。

ヨルンドはアメのスカートから意識をそらし、会話に戻った。「俺の半分ほどの大きさでも、俺やほかの男たちに引けをとらないくらい無敵な盾の乙女を知っている。引けをとらないどころか、俺たちをしのぐ者もいる――ヴァルダのような」アメが眉をひそめたので、ヨルンドは一瞬、女の副官をよく思っていないのだろうかと訝った。フランク人は、女は戦うべきではないと考えている。彼は友人のために言い添えた。「彼女の強みは速さと柔軟性だ。ヴァルダを相手に訓練したおかげで俺の持久力と反射能力は十倍にも鍛えられたんだ」彼の話を聞くうちに、アメの首筋に赤みがさした。


「持久力が……。そうでしょうね」アメは彼の視線を避けてつぶやいた。

俺は何かを見落としているのかとヨルンドは自問した。女も男と変わらないくらい有能で知的だと思っていることをわかってほしいだけなのだが。それに訓練をすれば、二人で過ごす時間も増える。この三日間ほとんど言葉を交わす機会がなく、自分が彼女の信頼に足る男だと証明したい一心で砦の修復と備蓄に専念していた。「それに、俺に戦い方を教えてくれたのは、古今東西で最も優れた戦士だ」

アメはその言葉に興味を示した。茶色い瞳の中の琥珀色の斑点を輝かせて彼のほうを向いた。「お父さま？」

ヨルンドの体がこわばった。あの悪党からは何も学んでいない。反面教師として以外は。

だが、アメがそのことを知る必要はない。ヨルンドは彼女の瞳に警戒心が浮かんだのに気づいて表情もまた慰めを求めていたはずだと。だが、彼は間違った人間に頼ってしまった。いつのまにかヨルンドは誰にもしたことのない話をし始めていた。「盾の乙女たちは自分たちのそばにいるようにと言ってくれた。そうするべきだったと今ならわかる。だが、俺は父親のもとに身を寄せた。ただ……父は道義心のない男だった。ロロが俺を見込んで仲間に加えてくれたおかげで父のそばから離れられたんだ」

「気の毒に」優しく言うアメの顔には、同情心が刻まれていた。ヨルンドが明かしたつもりのないことまで彼の言葉から聞きとったのだろう。アメはため息をついて目を閉じ、顔を太陽のほうへ向けた。「父親にはひどくがっかりさせられることがあるわね」彼女がヨルンドのほうを向いて目を開けた瞬間、彼は焼き印を押しつけられたように感じた。「あの人たちの行動にどれほど影響を受けたとしても、私たちは両親とは別の人間だわ」

を和らげた。「いや、母だ。この世に生を受けた中で最も優秀な盾の乙女だよ。恐れを知らない女だった。母が戦いで命を落としたとき、俺は途方に暮れた」深く息を吸い込み、母のことを考えるといつもわき上がってくる自尊心で胸を満たした。一度は間違いを犯して道を外れてしまったが、今の彼を見たら母は誇りに思ってくれるはずだ。

「お母さまが亡くなったとき、あなたは何歳だったの？」

「十三だ」

アメが悲しげにうなずいた。その目には気遣いがあった。「お気の毒に。私も同じころに母を亡くしたのよ。もう少し小さかったかしら。そのあと、宮廷のジゼラ王女に仕えるようになったの。姉代わりの王女のおかげで私はつらい時期を乗り越えることができたわ。あなたには誰がいたの？」

あのころの彼の気持ちがアメにはわかるのだ。彼ヨルンドはうなずくことしかできなかった。閉じ込められた感情が塊となって喉にこみ上げ、目が熱くなる。アメの言葉が深く突き刺さり、心が血を流していたが、不思議と穏やかな気持ちだった。アメはあんなに無邪気そうに見えて、苦しみというものを理解しているらしい。彼女が男の怒りを恐れるのは父親のせいだろうかと考えると、そのろくでなしを引き裂いてやりたい気分になった。

アメは前方に顔を向け、しばらくして静かに言った。「考えてみるわね、護身術のこと。でも私はヴァルダではないし、あなたの時間が無駄になってしまうかもしれないわ」

君と過ごす時間が無駄になることはないとヨルンドは言いたかった。だが、過去の苦しみをこらえていた喉が痛み、家に着くまでもう一言も発することができなかった。

まるでアメに斧で切りつけられたようだ。彼女と過去の話をしてはいけない。心が痛みすぎる。埋もれさせたままにしておくほうがいいこともあるのだ。彼女に心の内をさらして自分を恥じるのはもうやめよう。

ほかのことはともかく、あのころのことだけは。

今夜の広間に威圧感はなかった。まだ片づかず、雑然としているものの、アメはそれほどびくついていなかった。ヨルンドのことを少し知って恐ろしくなくなったせいだろう。彼女がくつろぐと、ほかの人たちも肩の力を抜いているように見えた。

気楽に言葉を交わす戦士と農奴たちさえいる。アメはまだ二つの民の結婚を後押しするところまではいっていなかった。自分の結婚が長く続くかどうかもわからないのにそうするのは偽善のように感じるからだ。でも、ヨルンドの庇護のもとにいれば困ることはないと農奴たちに断言していた。

彼女は傍らのヨルンドを見た。ヴァルダが戦士の一人と腕相撲をするのを見ている。彼女が勝つと吠えるように笑った。ヴァルダはにっと笑ってカップの中の飲み物を相手の頭にかけた。負けた男は濡れそぼつのを気にするふうもなく、むしろ笑い声を響かせると、手をふってヴァルダのほうに蜂蜜酒を散らした。

アメは思わず微笑んだ。北欧人の楽しみ方はちょっと変わっているが、悪くない。彼らが交わす言葉には思惑も駆け引きも隠されていない——少なくともアメにわかる範囲では。ただ、夫の関心を引いているのがまたヴァルダだということは少し妬ましかった。だって失礼でしょうと、心の中で考える。こんなふうに妻の鼻先で愛人を囲うなんて。

それでもアメは夫と会話をすることにした。今日の午後、林の中で彼が心を開いてくれたことが理由かもしれなかった。

ヨルンドはアメと同じ年のころに母親を亡くしたと言っていた。そして父親の話をしたとき……彼が言葉にしない苦しみが瞳に現れていたように思えた。苦しみ以外のもの——屈辱感も。

それは、アメ自身もよく知る感情だった。

アメは深呼吸をして、あまり詮索しているように思われない話題を探した。「ヨトゥンソンというのはお父さまの名前なの？　それとも愛称なのかしら？」北欧人は家族の姓より愛称で呼ぶことを好むと聞いたことがあった。

ヨルンドが驚いた顔でふり返った。これまで食事中に彼女から話しかけることはほとんどなく、食べ終わると同時に寝室へに引き上げていたからだろう。

「父の名を名乗るつもりはない……」ヨルンドは一瞬、言葉を切った。「だから、母の名に少し手を加えて男の名にして使っている」彼の笑みにアメは全身が温まるように感じた。「母はアングルボザと呼ばれていた」

アメがきょとんとすると、彼はつけ足した。

「すまない、説明が必要だな。アングルボザはロキ神の妻の一人で、ヨトゥン――巨人族なんだ。ただし……俺は北欧の高貴な家族の出ではない」

「あなたが……」アメは頬を染めた。「その……背が高いから、そういう愛称を使っているのかと思ったわ」ヨルンドにぶしつけな女だと思われませんようにと祈る。

彼は笑った。「ああ、俺が長身で気性が荒いから。確かにそれもある」

アメがたき火のそばで彼の年齢を聞いて驚いたときも、ヨルンドは似たようなことを言っていた。あの驚き方はすごく失礼だったかもしれないと気づき、アメは今さらながら身をすくませた。「ごめんなさい。私、何も考えずに話してしまう癖があって。特に疲れているとそうなるの。昔からそのせいで何度困ったことになったか」

ヨルンドは真面目な顔になり、体をわずかにアメのほうへ寄せた。「俺と話すときは心配しなくていい。俺は思ったままを話す女が好きだ」

広間の話し声が遠のき、アメはヨルンドの生き生きとした青を見つめ返すことしかできなかった。何を言えばいいのかよくわからない。

ありがたいことに、彼が先に話してくれた。ヨルンドの声は釣り針にかかった魚を慎重に引き寄せるように、静かで優しかった。「それに、確かに母の家族は皆、かなり背が高い。母の曾祖母(ひいばあ)さんは雪男に口説かれたそうだ。キスをするのにオークの木に登らなければならなかったとか。君は木に登らなくても俺にキスできるから、心配は無用だ」

アメの肺から空気が抜けて渦巻き、体が熱くなった。彼はまた私にキスするつもりだろうか？　それとも、私からキスをするよう誘っているの？　体が傾くのを感じて、アメは思わず卓の端をつかんだ。

彼女はぎごちなく笑った。「あなたたちの神様や巨人の話をもっと聞きたいわ。とても……興味深いもの」

ヨルンドは鷹揚な笑みを浮かべてうなずいた。

「君の望むことならなんでも」

彼らの神や、神話や、伝説はおとぎばなしのようでいて、アメたちの世界と奇妙に似ているところもあった。たとえば最後の審判の予言はキリストの再臨を思い出させた。北欧の伝統では、それは魂の審判というより神々の戦いへとつながっていくのだが。言い回しにも似ているところがあった。オーディン神は〝すべての者の父〟であり、未来を見越す全知全能の存在だった。

それを聞くと、ヨルンドたち北欧人もまったくの他人ではないような気がしてくる。

二人は夜遅くまで話し続けた。アメが気づいたときには、広間の人影はまばらで、もうとっくに床に入っていなければならない時刻になっていた。

「もう行くわ」椅子から立ち上がると、蜂蜜酒のせいで少し足元がふらついた。

「一緒に行こう」ヨルンドが物憂げに微笑んで立ち上がり、アメの肘に手を添えた。アメは逆らわず、寝室までつき添ってもらった。

寝室まで来ると、彼女はふり向いてヨルンドを見上げた。頭がくらっとして体が揺れる。「おやすみなさい、ヨルンド」そう言いながら、彼はまたキスをしようとするだろうかと考えた。

「おやすみ、アメ」ヨルンドは静かに言うと、自分の部屋がある下の階へ下りていった。

アメは止めていた息を吐き出した。白い息が松明の明かりの中を上っていく。ヨルンドがキスをしようとしなかったことに不思議な失望を覚えていた。

13

翌日、ルーアンからの使者が泥まみれで到着した。

「失礼いたします。ノルマンディよりロベール伯爵の書状をお届けに参りました」フランク人の若者は丸めた羊皮紙をさし出した。背筋をぴんとのばし、ヨルンドが受けとるのを辛抱強く待っている。使者としてはいささか肩に力が入りすぎだが、好青年のようだとアメは思った。きっとこの地位についたばかりなのだろう。

ヨルンドが眉をひそめ、林檎をかじりながらきいた。「ロロからということか？」

「あの……そうです……」使者は緊張した面持ちで唾をのみ、広間の戦士たちに困惑の目を向けた。男たちは使者を無視して朝食をとっている。総領からの重要な知らせなどどうでもいいらしい。「ただ……ロベール伯爵とお呼びすることになっておりますので」ヨルンドがさらに顔をしかめるのを見て、使者の言葉から力強さと明確さがわずかに失われた。

あんなふうに領主の言葉を訂正するなんてずいぶん世間知らずな青年だとアメは思ったが、ヨルンドが受け流したのでほっとした。

「なんと書いてある？」ヨルンドが林檎にかじりつくと、骨を砕くような鋭い音がした。アメは夫のほうを見て笑みを隠した。彼はわざとこの青年を怖がらせているのだろうか？　でも、彼の表情に怒りはなく、少し退屈そうなだけだ。たぶんほかのことを考えているのだろう。今日は予定がつまっており、夜の宴までに広間の屋根の修理も終わらせなくてはならない。

だがヨルンドは彼女と目が合うとウインクをして

みせ、すぐに素知らぬ顔に戻った。アメは驚いて笑い声をもらしそうになった。北欧のその習慣については昨夜教えてもらった。〝聖なる知恵〟のために自ら片目をくり抜いたオーディン神をまねる、ふざけ半分のしぐさらしい。

ヨルンドが語る北欧の神々や習わしの話を、アメは大いに楽しんだ。ヨルンドをとり巻く世界に触れて彼自身のことも少し理解できたような気がする。黙り込んでいるときの彼は恐ろしげだが、実際には行動を起こす前にさまざまな選択肢を探っているだけなのだ。彼はふざけたり辛辣な冗談を言ったりすることもある。他人をけなすうぬぼれ屋を笑い物にするのが好きらしい。おそらく、彼自身の生まれが高貴ではないからだろう。

忙しい一日が待っているというのに、疑うことを知らない若者をからかって楽しむなんて、北欧のユーモアのセンスは変わっていると思うが、アメはそれが嫌いではなかった。いたずらをしてみたい気はあるけれど、結果が怖くて行動に移せないアメの中の悪魔が興味を覚えるのだろう。

ただ、忙しい一日というのは、アメにとっても同じだ。宴を控えてすることはいくらでもあり、一刻も早くとりかかりたい。本来ならもう厨房の様子を見に行っているはずなのに、単純な言伝一つまともに伝えられない若者につき合わされるなんて。

彼は巻物をさし出したまま、今では汗をかき始めていた。「さあ……私は読んでおりませんので。本当です」

ヨルンドが退屈そうにため息をついた。「だが、聞いているはずだ」

青年が目をしばたたく。「あの……はい。伯爵はこちらをお訪ねになるそうです」

「いつだ?」ヨルンドはそうききながら、林檎の芯を放り捨ててパンをちぎった。彼の大きな手にかかると、パンはひとたまりもなく、その手を見つめる使者の顔から血の気が引いた。

ヨルンドはさし出された巻物を相変わらずとろうとしない。やがて青年は震え始めた。「その……次の満月の前、でしょうか?」

これ以上見ていられず、アメは手をのばして巻物をつかんだ。「ありがとう。返事を考えるので、そのあいだ火にあたっていてちょうだい」安心した使者がよろよろと離れていくと、アメはヨルンドを見た。「ちょっと不親切じゃないかしら」彼女は柔らかい口調で言った。

「確かに。だが、次回はあいつもあんなぶざまなまねはしないだろう」ヨルンドは愉快そうにパンから目を上げた。アメは呆(あき)れたというような表情をして巻物を彼のそばに置いた。ヨルンドはそれを彼女のほうに押し戻した。「読みたければ読めばいい」

「でも、あなたあての手紙だわ」

「俺は字が読めない」ヨルンドが肩をすくめる。

「そうなのね」アメは驚いた顔をしないようにした。字を読めない人は多いし、ヨルンドは北欧の戦士で彼女のような高貴な家の生まれでもない。それに北欧ではルーン文字を使うから、彼らにとってアルファベットにはなんの意味もない。それでも、読んだり書いたりする喜びを知らないのはつまらないだろう。神に仕える暮らしのその側面は、アメにとって大きな喜びだった。特に昔の原典の彩飾模様は美しい。家に伝わる古い書物や文書を探すことをアメは今日の用事のリストにつけ足した。

アメの親指の下で柔らかな音がして封蝋(ふうろう)が割れる。羊皮紙を開くと、ジゼラ王女の字が現れた。「ロベール伯爵とジゼラ王女は新領の行幸でこちらにもお寄りになるそうよ。次の満月の前には到着するはずだと。次の訪問地へ向かう前に二、三日滞在したいとおっしゃっているわ」

ヨルンドは了承の印に息を吐き出し、カップの中の飲み物を飲み干した。彼は今にも立ち上がっていってしまいそうだ。アメは焦った。

「ごめんなさい！」

椅子から立ち上がりかけていたヨルンドが長椅子に座り直して眉をひそめる。「なんの謝罪だ？」

「あなたは字が読めると勝手に思ってしまってごめんなさい。おそらくルーン文字なら……」

ヨルンドが苦々しく笑った。「ルーンだろうとなんだろうと同じだ。ロロもそれを知っているから、いつも使者に内容を教えたうえでよこすのさ」火のそばの青年を見て彼は顔をしかめた。「あいつは使い物にならなかったが」

アメは彼の視線を追って微笑んだ。「あなたを見て怯えてしまったのよ、ヨルンド・ヨトゥンソン」

ヨルンドがくるっと目を回してみせたので、アメは思わず小さな笑い声をもらした。ヨルンドが頬を緩め、柔らかな表情で彼女を見た。ヨルンドはときどき陰鬱に顔をしかめたり声を荒らげたりするが、アメに乱暴なふるまいをしたことは一度もなかった。彼女はからかったりいやみを言ったりするけれど。

アメは思いきって言ってみた。「習ってみたい？西フランクの貴族はみんな読み書きを教わるの。租税に関する文書がたくさん宮廷から送られてくるし、大事な技能なのよ。あなたさえよければ……私が教えましょうか？」ヨルンドにイエスと答えてほしかった。アメは教えることが好きだった。尼僧院での暮らしの中で一番恋しいものの一つだ。もう一つはのどかな庭づくりだった。でも、ヨルンドに読み書きを教えるのは……。

一本の蝋燭を挟んで向き合う二人を想像する。金髪の頭を上げ、感謝と賞賛のこもった温かい表情を彼女に向けるヨルンド。またウインクを……。

ヨルンドが小首を傾げてじっとアメを見ていた。

私、何かした？　うっとりとため息をついたの？

ああ、そんなことしていませんように！

ヨルンドはじっくり考えてから口を開いた。「俺は君たちの宮廷に税を納めない。ほかの族長たち同様、ロロと直接やりとりをする」

アメは先日の契約書を思い出し、父のブーツに首を踏みつけられているように感じた。西フランクの貴族がこの領地をそう簡単にあきらめると考えているなら、ヨルンドは間違っている。父はヨルンドが字を読めないことを知っていたのだと、アメは今気づいた。父は敵について徹底的に調べる人だった。

ヨルンドが彼女のほうへ体を寄せて言った。「だが……君が護身術を習うと言うなら、俺も読み書きを習おう。それで、どうだい？」

「あなたのほうが優秀な生徒になりそうだわ」アメは恥ずかしそうに微笑んだ。

「では、今夜から始めよう」

「今夜は宴があるわ」

「抜け出して君の部屋へ行く時間はあるはずだ」

そう言われてアメのおなかの辺りが熱くなった。小さくうなずいた瞬間、興奮の熾火（おきび）が炎となる。彼と二人きりで過ごすと思うと楽しみだが、そう感じること自体が奇妙だった。

いかにも不承不承というように、ヨルンドがため息をついて立ち上がった。「だが、そのためにはそろそろ仕事を始めなくては。特に屋根の修理には手間がかかるからな」

アメはさっとうなずいた。「私も……。そうだわ、鍛冶屋に支払いを――」アメが言い終わらないうちに、ヨルンドが財布を彼女の前に置いた。

「必要なものは全部買え。その中に金庫の鍵も入っている。中身は妻の君がやりくりしてくれ」

「あら、私はそんなつもりで言ったのではないわ！」とんでもないことを要求したと思われたのではないかと、アメは恐怖を覚えた。

「それが北欧人のやり方だ」ヨルンドはきっぱりと言ってから肩をすくめた。「いずれにせよ、俺も君に任せるほうが気が楽だ」

「それなら……ありがとう」ヨルンドが歩き去るあいだ、アメは財布をじっと見ていた。これほどの裁量を任されるのは初めてだ。財布を手にとり、そうっと開くと、鍛冶屋への支払いをしても十分余るだけの銀貨と重い鉄の鍵が入っていた。

これをアメに託したときのヨルンドは、重荷を手放せて嬉しいと言わんばかりだった。アメは去っていく彼の広い肩を見つめながら、どうしてそんなに簡単に私を信頼するのだろうと考えた。私はそれだけのことを何もしていないのに。

二年後には、この結婚はおそらく終わり、アメは尼僧院へ戻ることになる。そして彼女はそれを望んでいるはずだった。ただヨルンドを拒み続ければいいだけだ……。もし何かの理由で拒みきれなくても、彼女が母のように妊娠しにくい可能性は高い。その場合も、ヨルンドは結局、彼女を追い返すだろう。

あと二年ですべては終わる。

それが本当に自分の望むことなのか、アメの訝る気持ちは日ごとに大きくなっていた。

ヨルンドは満足そうに広間を見渡した。人があふれ、笑い声が響いている。アメは長椅子と卓を斜めに配置していた。これなら移動も楽だし、座って食べる場所も十分にあり、そのうえ戦士と領民が隣り合って座らざるをえない。若い女の農奴が戦士たちと冗談を言って笑い合っている姿は未来への希望の光にも見えた。

町から運び込まれた竪琴や太鼓が音楽を奏でている。卓に飾られた野の花が芳香を放ち、松明の光の中で生き生きと輝いている。蜂蜜酒と湯気を立てる食べ物が厨房から次々と運ばれ、誰もが上機嫌だ。このために何年も過酷な戦いをしてきたのだ。これこそ母が俺に望んだものだ。母にこの光景を見せたかった。

ヨルンドは急ぎ修理されたばかりの屋根を見上げ、カップを掲げた。「乾杯（スコール）、母さん（モウディル）」低い声でつぶやいて一口飲んだ。

カップを置くと、アメがこちらを見ていた。ヨルンドをまねてカップを屋根のほうに持ち上げてから一口飲む。その指で何かが深紅の輝きを放った。

「サイズを直したのか」

アメはカップを置くと、恥ずかしそうに指輪をなでた。「ええ、あなたが手配すると言ってくれたけれど、とりあえず鍛冶屋に預けて……」

「よかった」彼はアメの言葉をさえぎって彼女の手をつかんだ。「君が俺の指輪をはめてくれてよかった」アメに受け入れてもらえる日がまた一歩近づいたような気がする。エヴルの領主として催す最初の宴には完璧なおまけだ。

ヨルンドは彼女の手を上げて自分の口に近づけた。ゆっくりと慎重に、まるで逃げ足の速い貴重な獲物を追いつめるときのように。一つ間違った動きをするだけで彼女はぱっと飛び去ってしまい、これまでの苦労が水の泡になるだろう。彼はそっとアメの手の甲にキスをした。

彼女は目を丸くしてヨルンドの顔を凝視している。やがて下唇を噛（か）んだのを見て、ヨルンドの血が勝利に沸き立った。それはどんな蜂蜜酒よりも甘く酔わせてくれた。母の死後、自分の家族を持つことが彼の望みだった。

アメとなら、夢見てきた暮らしをつくれるのではないか。平和と仲間と子どもたちと……愛のある暮らしを。ヨルンドは現実離れした夢にふっと笑った。

今夜は人生で最良の夜だ。そして、まだ終わっていない。

「君の寝室へ行って……レッスンを始めるかい？」

アメをからかわずにいられない。だが、彼女の顔に浮かぶ警戒心と赤みを見ても笑わないようにした。

「本気なの？」彼の肩越しに何かを見て、アメの頬がさらに赤くなる。だがヨルンドは妻の顔から一瞬たりと目をそらすつもりはなかった。目をそらせば、必死につくり上げてきた二人の絆が壊れてしまう気がした。視線を戻したアメの目には困惑の色があった。「ヴァルダは……気にしないかしら？」

「ヴァルダ？　彼女が何を考えようと俺の知ったことじゃない」二人が抜け出すことをヴァルダがどう思うか、なぜ彼の妻が気にしなくてはならない？　領主夫妻がともに宴からいなくなるのはまずいと思っているのか？「それに何か問題があったとしても、彼女なら対処できる」

ヨルンドはもう一度アメの手を親指でなぞった。


その感触に引きつけられてアメが視線を落とし、小さくうなずいた。騒々しい広間をそっとあとにするあいだ、彼は人生最大の勝利を味わっていた。

ヨルンドはずっとアメの手を握っていたが、寝室に着くと、暖炉と蝋燭に火をつけるためについに放した。あまりにたくさん蝋燭があるので、彼に変わった女だと思われないか、アメは心配だった。こんなにたくさんある理由をきかれませんようにと祈る。

ヨルンドは火をつけ終わると、卓を暖炉に近づけ、その前に椅子を二脚並べた。

アメは前もって用意していた書き物の道具の箱を持ってきた。今夜が計画したとおりになるかどうか定かではなかったけれど。

実際、彼は私に何を望んでいるのだろう？　もっと心配なのは私が何を望んでいるのかということだ。

アメは宴たけなわの広間で分かち合ったあの親密

な瞬間が忘れられなかった。ヨルンドが屋根に向かってカップを掲げたとき、アメの理解が正しければ、あのとき彼は母親と乾杯していたはずだ。アメはそのしぐさに心を動かされた。

優しいしぐさだった。

でもヨルンドが彼女の手をつかんだのは、優しいしぐさではなかった。彼の話し方は何かをほのめかすようで、まるで二人で宴を抜け出して罪深いことをしようと誘っているみたいだった。たとえば……キスとか？　アメは彼とのキスをたびたび思い出してはうっとりしていた。彼の唇の感触や、舌の動きや、腕の力強さ。彼女の中の不道徳な部分がもう一度キスされたいと願っていた。でもそれはもっと先に進みたいと誘うことなのでは？

とはいえ、私はもう十分誘っていないだろうか？　ヨルンドは指輪に気づいていた。彼女自身、どうしてサイズを直したのかよくわからないが、協力の意思表示だと考えるようにしていた。彼があれだけの気遣いと忍耐を示してくれたのだから、協力するのは当然だ。彼が人生に望むのは安らぎと豊かさだけのようだから、反対できるはずもない。

それに彼は一瞬のためらいもなく、ヴァルダをかまう必要はないと断言した。ヨルンドがアメの手にキスをしたとき、ヴァルダは傷ついたような目でこちらを見ていた。自分が原因だと思うと気が引けた。妻なのだから彼の愛情を受ける権利はあるとしても。

あるわよね？

ヨルンドは席について待っている。アメが箱を置いて隣に座ると、二人の腕が触れた。彼はわざとこんなに椅子を近づけたのだろうか？　誘惑しようとしているみたいだと思ったが、実際に誘惑されたことがないので確信は持てなかった。

アメは少しためらい、咳払いしてから話し始めた。

「口語から始めるのがいいんじゃないかと思うの」

口という言葉からさまざまなイメージを連想し、落ち着かない気持ちになる。「ロロからの手紙も口語で書かれているわ。あなたが流暢に話している言葉のことよ」

ヨルンドが隣で身じろぎをすると彼の大きな体から熱が伝わってきた。アメは尼僧院で学んだ教授法に意識を集中しようとした。彼にどんなふうに教えるか細かく考えたのに、念入りに立てた計画は風に舞う羽根のように散り散りになっていた。

彼が字を学ぶことに同意したのが今でも信じられない。それも彼女から習うことに。アメの父親は──というか、ほとんどの男の人は、女が自分のほうがよくわかっていると考えるだけで侮辱ととる。でも、ヨルンドが強い女戦士に育てられたと聞いて、申し出るだけ申し出てみようと思ったのだ。

「二つの言葉を生まれたころから話している」彼は肩をすくめ、自分の特技を一蹴した。

「そのあとで、あなたが望むならラテン語も教えてあげられるわ。宮廷や書物で使われている言葉よ」

ヨルンドはうめき声を抑えようともしなかった。

「まさか結婚式で司祭が延々としゃべっていたあの死んだ言葉じゃないよな？」

「残念ながら、その言葉よ。でも、とても役に立つわ……」アメはそう言ったものの、あまり自信はなかった。結婚式という言葉に、あのときのキスを思い出して首筋が熱くなり、思わず手であおぐ。

「ここにはずいぶんたくさん蝋燭があるが……窓を開けたらどうだ？　少し風を入れよう。天気も穏やかだし、星明かりで字も見やすくなるだろう」

「いいえ、曇っているから……光はないわ」アメはきっぱりと否定し、これ以上彼が食い下がってこないことを願った。「それに、しなくてはならないことを後回しにしようとしてもだめよ。私に字を教えさせてくれると約束したでしょう？」

「ああ、そしてその代わりに俺が護身術を教えることを」ヨルンドの顔は笑っていなかったが、その瞳にいたずらっぽい輝きがあるのは間違いなかった。

アメは咳をして集中しようとした。護身術を教えるという言葉がこんなに……肉欲的に聞こえるのはなぜ？「ではまず、一つ一つの文字と、それが表す音を見ていきましょうか」

アメは早めにレッスンを切り上げた。新しいことを習うには時間がかかるし、辛抱も必要だと経験上わかっている。大人は特にそうだ。ヨルンドには学ぶ意欲があり、挑戦を楽しんでいるようなのが嬉しかった。今は手持ちの古い麻布に炭で字を書いて教えているが、明日もっといい道具を探してみよう。それに略奪を免れた古い本がないか、ベアトリスにきいてみよう。

「じゃあ、今度は君の番だ」ヨルンドが言った。

彼が立ち上がると、アメは蝋燭の炎のようにびくっとした。体がヨルンドを意識しすぎていて、ちょっとした動きにも反応してしまう。彼が椅子と卓を脇に寄せて広い場所をつくったが、アメはなぜか部屋が狭くなったように感じた。これからヨルンドに触れられるのだということしか考えられない。

アメは首をふって頭をはっきりさせようとした。これはただのレッスンよ！　そもそも彼は私を床に連れていきたいなんて思っていないかもしれないわ。それについて考えてみたの？　彼の行動を最初から完全に誤解していたかもしれないと？

「何から始めるの？」

「まずは手をつかまれたときの逃げ方をやってみよう」ヨルンドの手が一瞬にして万力のようにがっちりと彼女の手首をつかんだ。アメは驚きと恐怖にすくみ上がり、とっさに後ずさった。

ヨルンドはもう一方の手でそっとアメの手首をなでて彼女の動きを止めた。

「すまない。こんなふうに脅かすべきではなかった」アメがおどおどと目を上げると、ヨルンドは悪態をついて彼女の手を放した。顔をしかめ、金髪を刈り上げたこめかみをかく。

アメは一歩近づき、背筋をのばした。「私は大丈夫よ。逃げ方を教えて」

ヨルンドの口角に笑みが浮かんだ。よからぬことが始まるらしい。「相手に手を離させるんだ」

「でも、どうやって?」

「痛みを与えて。すばやい攻撃こそ最高の防御だ」

アメは眉をひそめた。私をからかっているの?

「戦士でもない私があなたみたいな男の人に痛みを与えられるとは思えないけれど」

「俺のような男でも簡単に痛みを与えられる箇所がいくつかある。股を足か膝で蹴るのが一番有効だが、それは相手も警戒しているだろう。だが、足を思いっきり踏みつければ相手を驚かせられて、そのあと膝蹴りもできる」彼はいかにもそこに敵がいるようにその動きをしてみせた。「さあ、やってみて」

アメは言われたとおりにした。感心なことに、ヨルンドは彼女の弱々しい動きも、バランスの悪さもばかにしなかった。

彼は腰に手をあてて体をゆっくり横に揺らした。

「体の軸を探すんだ」

アメは彼の細い腰をじっと見てしまったあとで恥ずかしくなり、とにかく何か言ってごまかそうとした。「あなた、よくそうして体を揺らしているわね……。何か考えているときや確信がないとき……」

ヨルンドは一瞬驚いたような顔をしてから笑った。

「そうかもしれない。自分の体の軸を確かめているんだろう。子どものころ、体がどんどん大きくなって自分の変化についていけないことがあった。動きの鈍さは死にもつながる。戦場でまごつかないように体の軸を確かめるのが癖になったんだ」

「ずいぶん小さいときから戦ってきたのでしょうね」アメは気遣うようにきいた。体も成長しきっていないうちから戦わなければならなかったなんて。

ヨルンドは彼女の言葉を聞き流し、もう一度動きを見せた。「踵で思いっきり相手の足を踏むんだ。そして膝を勢いよく上げる。相手の腕をつかんだらもっと力をこめられるし、狙いも定められる」

アメが彼の腕をつかんだ。「こう？」信頼のこもった大きな目で見上げる。

ヨルンドは今朝、別れてからずっとアメのことを考えていた。自分を追い込んで休みもとらずに働き続けたのは、屋根を修復し、彼女がかつて愛した家のせめて一部でも返してあげたかったからだ。

彼女はエヴルを愛している。その民を、土地を愛している。アメの愛があまりに屈託がなくて寛大だから、ヨルンドはつい喜ばせたいと思ってしまう。行く先々で優しさと喜びをふりまき、そして相手からも愛されているアメ。

彼自身は絶望と苦しみ以外の何を西フランクにもたらしただろう？　辛酸をなめさせた相手に忠誠を求められるはずがない。

戦士と農奴の平和の架け橋になれるのはアメだけだ。彼らにヨルンドが領主であり庇護者であると認めさせるためには、信頼を寄せられる母なる存在が必要だ。二人の結婚を提案してくれたジゼラ王女は賢明だった。ヨルンドは彼女に感謝していた。

今アメに腕をつかまれて見上げられ、ヨルンドは戦いに勝利した気分だった。アメは彼を信頼している。民に彼を信じるよう説き、ヨルンド自身もその信頼に応えた。二人はともに家をつくり、夫婦としての関係を築こうとしている――アメが彼を寝室に入らせたことがなんらかの指標となるなら。

アメは今夜、キスをさせてくれるのではないか？

手ではなく唇に。ヨルンドはキスしたかった。彼女を誘いたかった。彼に触れられてアメの瞳に温かい情熱が激しく燃え上がるのを見たかった。

ヨルンドは体を前に傾け、アメのピンク色の唇をじっと見た。抗いきれず、唇と唇を触れ合わせる。

アメの唇は温かくて柔らかかった。その唇が少し開いてかすかな息をもらし、ヨルンドの腕をつかむ手に力がこもる。アメが目を閉じたのでヨルンドは彼女の唇を自分の唇で覆い、口の中の熱い息を吸い込んだ。舌と舌が触れ合うと、アメは低い声をもらして目を開けた。開いた瞳孔に映るのは驚きと……欲望であってほしい。

何年も襲撃を繰り返してきたが、アメの茶色い目に浮かぶ琥珀色の斑点はどんな金や宝よりもまぶしかった。ヨルンドが彼女の丸い尻をつかむと、アメがびくりとした。

思わぬ強さで足を踏まれて爪先に激痛を覚え、ヨルンドはとっさに体を引いた。次の瞬間、アメの膝に急所をとらえられ、目の前で稲妻が光った。

ヨルンドはうずくまり、さらなる攻撃を受けないように体を丸めて肩で息をした。

誘惑もこれまでだ。

「ごめんなさい！」アメは息をのみ、彼の前に膝をついた。「本当に、本当にごめんなさい！　試験だと思ったの！　私……あなたはよけるものと！」

「俺は……そう……した……」ヨルンドはうめき、顔をしかめずに息をするための力をかき集めた。「合格だ……。今夜はこれで……終わりにしよう」

おそらくそれが一番だ。忘れたのか？　彼女は無垢で、俺は巨人だということを！

先を急がず、辛抱する。待てばいいのだ。長い目で見れば、その価値はある。

彼女にはその価値がある。

「おやすみ、アメ」ヨルンドは安心させるように微笑むと、足を引きずりながらできるだけ威厳を保って出口に向かった。

「おやすみなさい、ヨルンド」

　彼は扉を開けながらふり返った。ひどくおどおどしているアメを見ると、力づけずにいられなかった。

「今夜のレッスンは上出来だった。君は賢くてすばらしい女だ、アメ。君を妻と呼べる自分が誇らしいよ」彼が笑ってウインクすると、ほんのり赤く染まっていた彼女の頬が真っ赤になった。それだけでなく、口の端に嬉しそうな笑みも浮かんでいる。

　それで十分だ。

　今日が人生最良の日であることに変わりはない。

　ヨルンドはいつ以来かわからないほど久しぶりに明日を待ち遠しく思った。

14

「ああ、ごめんなさい！　邪魔をするつもりはなかったの！」アメは動揺して半裸の夫を見つめた。

　もうかなり日も高いのにまだ寝室にいる夫を見て、彼女は驚いていた。そうはいっても、彼女自身この数日は起きるのが遅くなっている。夜のレッスンが始まってそろそろ一週間。一晩に使う蝋燭(ろうそく)の量は日ごとに増えていた。

　読み書きのレッスンも護身術のレッスンも、その合間にする会話も楽しかった。話題は町と砦(とりで)の今後や懸念だ。気安い友情が育ち始めていることもそうだが、正直に言うなら、夫がヴァルダと過ごす時間が減っていることもアメには嬉(うれ)しかった。ヨルンドはヴァルダを広間に残して妻の部屋にやってくる。

もしかしたらレッスンのあとでヴァルダの部屋を訪ねているのだろうか？　アメの中の邪悪な心がそうでないことを祈り、彼はヴァルダを袖にしたかもしれないとさえ想像していた。

最初のレッスン以来キスはしていないが、彼がキスをしてくるかもしれないと感じたことはあった。自分から唇を押しつけて、待つつらさを終わらせてしまおうかと考えたことも二度ほどある。

アメは昨夜もまた眠れぬまま無駄に寝返りを繰り返し、私がキスをしたら彼はどうするだろうと想像していた。アメはこのありあまった活力をもっと有意義に使おうと決め、略奪を免れて隠されたものがないか砦中を調べることにした。そして最後にやってきたのがヨルンドの寝室だった。

「何か用か？」ヨルンドがたずねた。

上半身裸の彼は窓辺に立ち、髭を剃っていた。その姿を見て口の中がからからになり、アメは唇を湿らせた。すぐに出ていかなければならないのに、足が岩になったみたいに動かず、彼女はただ……見つめていた。

ヨルンドは恐ろしいくらい鋭い刃を喉にあて、ゆっくりと正確に動かしている。両頬の髭はすでにそられ、昨夜まで短い髭でざらざらしていた肌はなめらかになっていた。石鹸水の入った容器が台の上に置かれ、磨かれた金属の板が壁に立てかけてある。彼がそれをたまにちらっと見るだけなのは、何も見ず髭を剃ることに慣れているからだろう。

「私……」アメはその光景にすっかり心を奪われ、何を言えばいいのかわからずにいた。ヨルンドに気づかれずに彼を見つめられる機会はあまりない。鷲を思わせる彼の青い目は、アメのすることを何一つ見逃さないからだ。

彼女は魅入られたように歩み寄った。私が隣に立ち、好奇心のままヨルンドの胸に手を滑らせたら、彼はどうするだろう？　またキスをしてくるだろうか？　たくましい腕で私を抱き寄せ、唇で私の唇をなぞるだろうか？　このあいだみたいに、じらすように、うっとりさせるように？

アメの頬が熱くなった。睡眠不足を恨むのはあとにしよう。

ヨルンドが彼女の部屋をあとにしてからまだそれほどたっていないのに、日の光の中で見る上半身裸の彼はうっとりするようで、彼に触れることしか考えられない。筋肉質の広い胸を見ると、心臓が速駆けを始め、血液が朗々と歌い出す。彼は美しくて、息をのむほどすばらしくて……私のものだ。私が手を伸ばしさえすれば……。

「何かあったのか、アメ？」ヨルンドが彼女のほうをちらりと見た。アメがすぐそばにいることに驚き、目を見開く。彼は刃を下ろして台の上に置いた。ヨルンドの目が、彼女には答えようのない答えを求めてアメの顔を探った。

「ここは以前、私の部屋だったの」アメはとっさに言った。ほかに言う言葉をまったく思いつかなかったのだ。

「いい部屋だ」彼女の思いを推し量るように、ヨルンドが慎重に言う。「二部屋に分けてあるから小さいが。君は階上の大きい部屋を使うほうがいい」

彼女は焦がれるように外の景色を見た。この高さからだとあの木は見えない。「そうかもしれないわね。もう一つの部屋は母が使っていたの」

「なるほど」

「あなたは以前から髭を剃っていたの？」彼は私のために髭を剃っているのではないか？　そんな奇妙な考えがふと脳裏をよぎった。

「ああ」ヨルンドは手近にあったタオルで頬に残っている石鹸を拭った。

アメはばかげた失望感を抑えてうなずいた。彼が自分のために髭を剃っていると思うなんてどうかしている。

想像力がさまように任せると、ヨルンドが肌にあてる麻のタオルを見て猫のように彼に体をこすりつける自分の姿が脳裏に浮かび、アメは頭をふった。

私はどうしてしまったの？

北欧の男性はたいてい髭をたくわえていて、それが彼らを際立たせている。アメは好奇心を抑えきれずにきいた。「なぜ？」

「剃らないと父親にそっくりだからだ」ヨルンドの答えは単純明快だったが、それ以上の問いを拒んでいた。アメはそのメッセージを受けとり、彼に関するほかのささやかな情報とともに心の奥にしまった。

彼のことを少し知るたびに、好奇心が増す。

私がキスをしたら彼はどうするだろう？　私が飛び上がって彼の首に腕を回し、唇に唇を押しつけたら？　彼は驚くだろうか？　喜ぶ？　ヨルンドの舌が彼女の舌をなぞるところを想像して、アメの心臓が激しく脈打った。

「ここに何か必要なものでもあるのか？」ヨルンドにきかれ、アメはまた白昼夢にうつつを抜かしていたことに気づいて赤面した。

尼僧院でも何度そのせいで叱られたか。ただ、今回の夢はずっと罪深い。ヨルンドに自分からキスをしたり、彼がキスを返したりすることを妄想していたのだから。それも、二人が夫婦で彼に跡継ぎが必要だからではなく、彼がそれを、私を求めているからだと。

「私の隠れ家のことが気になって」いつまでもぐずぐずこの部屋にいる本当の理由を言うわけにはいかない。本来ならさっさと出ていき、ヨルンドがいなくなってから戻ってくるべきだったのだ。でもそれでは髭を剃る彼が見られなくなってしまう。

「隠れ家？」ヨルンドが眉をひそめた。

今後はもっと慎重にならなくてはと、アメは思った。目の前のものを見逃していたことに気づくのを嫌う男性もいる。「ええ……。襲撃を受けたとき、前の家令がここに何かを隠したかもしれないとベアトリスが言っているの。その後も何度か荒らされているから、何も残っていないかもしれないけれど」

大型の棚は以前と同じ部屋の隅に置かれていたが、彼女の幼いころの持ち物はもうそこにはなく、ほとんど空なので簡単に動かせるはずだった。アメが押すと棚が滑り、長年使われていないことを示すように、石床の上に埃の筋ができた。これなら何か残っているかもしれない。

小さな入り口が現れた。アメが松明をとろうとふり返ると、筋肉の壁にぶつかった。

ヨルンドの金色に輝く固い胸だ。

ああ！　今、唇が彼の淡い赤褐色の胸毛に触れなかっただろうか？　心臓が止まりそうになり、アメは思わず二歩後ずさった。

だが、ヨルンドは気にするそぶりさえ見せず、アメの腕をつかんで支えながら奥の暗闇に目を向けている。「隠し部屋か？」

「というか、物置ね。曾祖父は設計図に仕掛けを紛れ込ませるのが好きだったの。カロリング王朝のために宮廷や修道院を設計していて……。もう昔の話だけど」母国の没落について考えるのは悲しかった。

ヨルンドが彼女の腕を放すと、アメは彼の温かい指の感触を恋しく思った。

「なるほど」だが、口角が下がった口元を見る限り、ヨルンドがアメの曾祖父のいたずらに感心したふうはない。「それで、君は子どものころここに隠れていたのか？」彼は蜘蛛の巣だらけの暗闇をのぞき込んで言った。

アメは目をそらし、なるべく明るい口調で答えた。

「子どもってこういうところが好きでしょう。秘密の冒険が」あのころ自分が本当は何から逃げていたのか考えないようにする。

暴言と拳。

彼女が顔を上げると、ヨルンドが何か理解したようにゆっくりうなずいた。「松明を持ってこよう」

「ありがとう」

ヨルンドはまもなく戻ってきた。アメが松明を手に暗闇へ入っていくと、狭い空間の奥に大きな箱が三つ置かれていた。アメは横の古い壁伝いに松明を動かして鉄製のホルダーを探した。そこに松明をさして両手をあけると、箱のほうに向き直った。

「では、何が残っているか見てみましょう」

膝をついて最初の箱の蓋を持ち上げる。蜜蝋を引いた麻布で丁寧に包まれた母のドレスが出てきた。

「出すのを手伝ってもらえるかしら?」遠慮がちにたずねる。「ほかに用事がなければ」

「大丈夫だ」ヨルンドはぎごちなく背中を丸め、うめき声をもらしながら狭い空間に体を押し込むと、箱をつかみ、ひょいっと外に出した。

アメは次の箱の蓋を開けて叫んだ。「思ったとおりだわ!」繊細な品にそっと指を走らせ、すぐに蓋を閉める。それでなくてももろくなっているはずなので、湿った空気をあてたくなかった。

ヨルンドが戻ってきた。「それも運び出すのか?」

「お願い!」彼女は微笑み、ヨルンドがその箱を明るいところへ持ち出せるように脇へよけた。「全部出してもらえるかしら。残りはあと一つだから」彼女は最後の箱の中をのぞいた。急いで投げ込まれたと思われる銀器が入っていた。

最初の襲撃時に命を落とした家令に、アメは密かな祈りを捧げた。彼はできる限りのものを守ろうとしてくれたのだ。父には不相応の配慮だとしても。あるいは家令は、領主の所有物を守ろうともしなかったらあとでどうなるかと考えたのかもしれない。

そんなことは想像するだけで恐ろしいと、アメは身をもって知っていた。

ヨルンドが最後の箱を運び出せるよう、彼女は小部屋を出た。

驚いたことに、ヨルンドは運び出した箱を開けてもいなかった。北欧人の財宝好きは有名だが、やはりヨルンドは普通のバイキングではないらしい。数日前、自分の金庫の鍵もアメに渡している。アメは金庫を一度開けてみたものの、中の膨大な銀貨におののき、そそくさと閉じてしまった。

ヨルンドにならって自分の持つ富については隠し立てしないことに決め、アメはまず最後の箱を開けた。銀器がつまった箱だ。彼はそれを見て少なからず興味を示した。

次にアメは母のドレスと宝石が入った箱を開けた。

「君はこれを着るべきだ」ヨルンドが言う。アメはむっとしないようにした。彼女は相変わらず見習い尼僧時の服とベールを毎日着けていた。服づくりは始めているが、庭仕事やヨルンドとの夜のおしゃべりのほうが楽しくて、ついそちらを優先してしまう。彼の言うとおり、エヴルの女主人としてはもっといい身なりをするべきだとしても、それが一番大切なこととは思えないのだ。でも、母の服を着るのはいいかもしれない。母と過ごした幸せな日々を思い出せそうだ。私がもっと……私らしかった日々を。

そして最後に、アメにとっては一番価値のある箱に震える手を伸ばした。彼女が蓋を上げると、ヨルンドがのぞき込む。彼の体温と、石鹸の香りに覆われた肌の匂いが感じられた。

ヨルンドの影が箱の上に落ち、彼が失望の息を吐き出すのが聞こえた。

まるで一番の友人を侮辱されたようで、アメは彼をにらみつけた。読み書きを習っているのに、この古書の重要性がわからないなんて。「そんな顔をしないで！　これはうちの家族に伝わる本と巻物よ！　美しくて貴重で……ペルシアのビザンツの学者が書いた写本もあるのよ。聖地の書き物には歴史と信仰がつまっているんだから。書いた人たちの名前はとっくに忘れられていても、ほら、本はまだ残っているわ。曾祖父が描いたこの建物の設計図だってあるかもしれない。それがあれば、南館を輝かしかったころの姿に戻せるはずよ」アメはヨルンドの素肌の胸に指を突き立て、自分のかすれた声に動揺しながらも続けずにいられなかった。「あなたには大したものに見えなくても、金や銀よりよほど貴重だわ。私たちが守って大切にしなくてはいけないものよ。私にとっては、あなたのたくさんの財宝より価値があるの。大切で、美しくて、とにかく重要なの！」

ヨルンドが無表情に彼女を見下ろした。アメはただただ彼にわかってほしかった。自分が大切に思うものを彼にも大切に思ってほしい。彼女が人生に求めるものをヨルンドにも求めてほしい。彼女を求めてほしい……。

自分を落ち着かせようとすると胸が大きく上下して、手が勝手に拳になる。ちょっと刺激を受けるだけで体が破裂しそうだ。「本のこととなると、私……熱くなってしまうの」

ヨルンドは彼女を見つめ続けている。青い瞳は銀器に反射するサファイアの光のようにまばゆかった。すると、彼が突然顔を近づけてキスをしてきたので、アメは完全に虚を突かれた。ヨルンドは彼女の腰に腕を回して抱え上げ、自分の体に押しつけた。

アメの心臓が激しく彼の胸を叩き、いつのまにか彼女はヨルンドにしがみついていた。彼の鼓動を自分の胸で感じたいという衝動は切迫していて耐え難いほどだった。この数日、何度も何度も想像していたとおりに彼の首に腕を回して引き寄せる。ヨルンドの唇に押しつけた唇はすでに開き、彼の舌を待ち焦がれていた。

ヨルンドが無言で彼女の望みをすべてかなえると、アメは低い声をもらした。

彼はアメの臀部をつかむと同時に彼女を壁に押しつけ、脚を自分の腰にかけさせた。アメが本能的にもう一方の脚を巻きつけると、ヨルンドがうめいて下腹部を押しつけてきた。

ヨルンドの手がアメの体をさまよい、頬をなぞり、ベールをつかんで床に投げ捨てる。もう一方の手がアメの腰から上がっていき、胸の膨らみを覆う。彼の唇は熱くて獰猛だった。まるでアメを燃やし尽くそうとするかのようだ。彼女の体と心と息を同時に奪おうとするかのようだった。

アメは喜んで自分を明け渡した。この数日間、二人のあいだで輝いていた熾火がいっきに炎となり、彼女の全身を燃やした。

「俺がほしいか？」ヨルンドがキスの合間にかすれた声できく。

そうしながらアメの首の後ろで何かを引っ張っている。服の結び目だとアメは遅まきながら気づいた。

「複雑な……結び方なの……」キスとあえぎを繰り返しながら声を絞り出した。

ヨルンドはうめくように悪態をついた。「こんな醜い服！」次の瞬間、きめの粗い服と麻の下着をつかみ、アメの胸の前でいっきに引き裂いた。

アメの胸があらわになると、ヨルンドはすぐに唇を押しあてた。固くなった胸の先端が彼の熱い口の中に含まれる感覚は衝撃的で、アメの全身の血管が震えた。考えも体の動きも制御できなくなり、彼女は頭をのけぞらせて放縦な喜びに浸った。

ヨルンドがスカートをたくし上げ、アメの腿に冷たい空気とざらついた指が触れた。ヨルンドのなめらかな唇とたこのある手の感触があまりに対照的で、アメは体を弓なりにしてその両方を求めた。

そのとき、女性の声が階段から呼びかけてきた。

「ヨルンド！　まさかまだ寝てるんじゃないだろうね？」

ヨルンドが夢から覚めたように、破れたアメの服を恐怖の目で見つめる。彼は青ざめ、次の息を吐き出すあいだに彼女から手を離して扉に駆け寄った。

放り出されたアメは壁に手をついて体を支えた。頭がくらくらして体が揺れる。絶望の息を吸い込みながら、服の残骸でなんとか体を隠そうとした。

ヴァルダが階段を上りきったとき、ヨルンドはすでに戸口の手前にいたが、彼女がアメとヨルンドの二人を、そしてどちらも服を着ていないことを見たのは、その驚きの表情からして確かだった。

「すぐに行く！」ヴァルダの目の前でぴしゃりと扉を閉めながら、ヨルンドが吠えるように言った声が石壁に反響した。

ヨルンドは閉めた扉に両腕をつき、頭を下げて肩で息をしている。アメは恥ずかしさと情けなさで息がつまるように感じながら、破れた服を抱きしめた。ヨルンドは私と一緒にいるところを見られて後悔に打ちのめされているのだ。

やがてヨルンドは扉から離れたが、アメのほうを見ようとはしなかった。

「すまない」小さな声で言いながらチュニックと長靴をつかむと、歯を食いしばって手早く身に着けた。

彼は怒っている。

私に怒っているの？　妻といるところを愛人に見られたから？

ある意味、それは筋が通っている。アメはあまりにもみじめだった。

ヨルンドは部屋を出ていった。後ろ手に扉を叩きつけて。

アメはしばらくそこに立ち尽くし、これほどの情熱とこれほどの怒りを向けられるようなことを、私は何かしたのだろうかと考えた。始めたのは彼でしょう？　私は彼を受け入れて義務を果たそうとしていただけだったはず。

いいえ、それは違う。私も彼にキスをしたかったのだから。

それ以上のことを望んでいたのだから。

冷たい恐怖が彼女の全身を覆い、口からすすり泣きがもれた。私のほうが彼をよりたくさん求めていた。母のほうが父をよりたくさん求め、よりたくさん愛していたように。

私は何をしてしまったの？

15

畑の雑草を抜いていたアメは顔を上げ、変わり続ける砦（とりで）を見やった。

だいぶ堅牢（けんろう）になってきた。元からある石の館のまわりに木製の壁が立ち、入り口には大きくて重々しい門戸がしつらえられた。今は扉が開け放たれ、出入りが自由にできる。アメが子どものころと同じだが、この防壁はあのころよりずっと強固で高く、頼りがいがありそうだった。壁のまわりには高い矢来が巡らされ、見張りたちがそれに沿って歩き、何キロも先まで目配りしている。

エヴルを狙いやすい町と思う略奪団はもういないだろう。民が絶え間ない襲撃を恐れる必要はなくなったのだ。砦は以前より格段に大きくなり、町をしっかりと守っていた。

以前の館はゆっくり崩れゆく栄光と富の時代の遺物だった。だが今はその石造りの建物に新たな命が吹き込まれたようだ。新しくつけ足された堂々たる木材の構造物が、かつてはなかった金色の温かさと安心感を醸し出していた。

建築中の建物の屋根の上にヨルンドの姿があった。丸太に鋸をあてる彼の裸の背に日ざしが降りかかる。鋸のリズムに合わせて彼の筋肉が動くのを、アメは魅入られたように見ていた。

彼は熊のように大きかった。隣にいる北欧人が軟弱に見えるほどだ。それでも、一つ下の階にいる男に鋸を渡して鎚を受けとる彼の動きは正確かつ優雅だ。動きに合わせて腹筋が収縮するさまを見て、アメはため息をもらした。体が温かく溶けたようになり、奥のほうが鈍く疼いた。

アメは彼のキスを思い出して唇を湿らせた。最初の二回はとても優しいキスで、情熱をわずかに感じさせるだけだった。でも最後のキスは……吹き飛ばされるようだった。彼女はなすすべもなくそのキスに屈し……もしかしたら何もかも許していたかもしれない……。それが何かはわからないけれど……。

〝鍵穴に鍵をさす〟

それがどういうことにせよ、そこから子どもができることはアメも知っていた。それは彼女の望むものではない。そんなことになれば、尼僧院へ戻るという希望は永遠に絶たれてしまうだろう。アメは尼僧院に戻りたかった。ヨルンドもヴァルダも忘れたかった。ヨルンドがかき立てる常軌を逸した情熱を捨て、もう一度穏やかに生きたかった。

そうよね？　もちろん、私はそう望んでいるわ！　ブーツに首を踏まれて生きたくない。でも、ヨルンドの妻としての暮らしはそんなにひどいものなの？

アメはため息をつき、泥だらけの手を見下ろした。

自分が何を望んでいるのか、もうよくわからない。

望んでいるのは、彼の寝室でされたあのキスでしょう！　あれは……衝撃的だった。

あのとき、アメは思わず背を弓なりにして体を彼に押しつけていた。思考と呼べるものは夏の風に吹き飛ばされ、めくるめく熱と欲望だけが残った。アメは彼がほしかった。その切迫感や欲望は何もかも焼き尽くすようで、服を引き裂かれたことさえ気にならないほどだった。

ヨルンドが戸口に駆け寄ったとき、彼女はやめないでと思っていた。押しつけられていた大きな体が突然どこかに消え、嘆くような声を出してしまった。なんて恥さらしなの。でももっと恥ずかしいのは、ヨルンドがいなくなってずいぶんたったあとでもまだ彼を求めるように体が疼いていたことだ。

日がたつにつれ、結婚前の暮らしに戻れるという信念がばからしく思えてくる。アメはエヴルの女主人としての役割と務めをごく自然に受け入れていた。敬虔な見習い尼僧のそれよりよほど簡単だった。いつも忙しくて友人たちに囲まれており、何かにつけて祈る暮らしや隙間風の吹く寄宿所を恋しく思う気持ちはもうどこにもない。

たぶん尼僧院長の言ったとおりなのだろう。アメにはもっとふさわしいほかの生き方があるのだ。

この結婚を拒んで終局を待つより、受け入れたほうがいいのではないだろうか？　それもさっさと。母のように妊娠しにくい体質ならなおさらだ。ぐずぐずしていると、将来の幸せを――少なくとも充足感を得る機会が失われてしまうかもしれない。

でも……ヴァルダがこの家に住んでいることを受け入れられるだろうか？

たぶん……。自分は母よりも強いと思いたかった。

少なくともヨルンドの不義は最初からわかっていることだ。私には心構えができていると、アメは自分を説得した。母のように傷ついたりしない。私自身がそんなことはさせない。

夫のほうに顔を上げると、ヨルンドがじっとこちらを見ていた。彼がためらいがちに手をふってきたので、少し驚きながらアメもふり返した。

夫を見つめるのが癖になりつつあるようで恥ずかしかった。突然喉が渇いておなかが痛み出した気がするのは空腹のせいだろうか？　まだ午後の半ばにもなっていないけれど、夕食まで働き続けられるように、厨房（ちゅうぼう）でパンか果物を食べてこよう。

アメは立ち上がり、前掛けで手の泥を拭って広間に向かった。

建物に入ると、厨房からどすんと音がして、すぐにかちゃかちゃという音が続いた。何か大きなものが壊れたような音だった。アメは足を速めた。エマかベアトリスが何かを落としたのかもしれない。片づけるのに手を必要としているかも。

厨房に足を踏み入れた瞬間、乳棒と乳鉢が転がってくるのが目に入った。音の出所はこれだったのだ。

そのとき、部屋の奥で人の気配がした。アメの好奇心はすぐに恐怖に変わった。調理台の上でエマが男に押さえつけられている。

男はヨルンドの戦士だった――たしか、スカルデという名前だ。汚い手でエマの口を塞ぎ、もう一方の手をスカートの中に入れていた。エマは抵抗しているが、相手は大男だ。それが全体重と力で彼女を押さえつけ、馬乗りになろうとしているのだ。

「彼女を放しなさい！」アメはどなった。

男は顔を上げて動きを止め、それから面白がるように鼻を鳴らした。「俺はあんたのだんなの命令に従っているだけさ！　さっさと出ていくんだ。それとも一緒に楽しむかい？」とんでもないこの男は、エマの上から動こうともしない。彼の手の下でエマが苦しそうに声をもらすのが聞こえた。

ヨルンドが命令した？

アメの背中を炎が伝い下りた。私はエヴルの女主人だ。こんなことは許さない！

絶対に！

「彼女を放しなさいと言ったのよ！」アメは床から乳鉢を拾って投げた。それは完璧な弧を描いてスカルデの額をとらえ、鈍い音をたてた。スカルデが大声をあげて床にうずくまり、流血した額を押さえる。

エマはそのすきに調理台から下り、泣きながらアメの腕の中に駆け込んだ。

「なんの騒ぎだ？　スカルデ？」ヨルンドがヴァルダとともに駆け込んできた。

「やつらとつき合えと言ったでしょう！　子どもをつくれと」スカルデが額を押さえたままどなり散らした。ヨルンドは目を見開いてその場を見回した。

事情を察すると、彼の顔から血の気が引いた。

「あなた、本当にこんなことをするよう部下に命じたの？」アメは激怒し、裏切られたように感じていた。「あれだけのことのあとで？」

「俺は彼女たちを襲えなどとは言っていない。つき合うことを勧めただけだ」ヨルンドがヴァルダのほうを向いた。「全員を集合させろ」

ヴァルダはすすり泣くエマを心配そうに見ていたが、領主の命令にうなずき、足早に去っていった。

ヨルンドはアメをじっと見つめた。「俺がきっちり始末をつける！」

アメはエマを抱きしめ、夫をにらみつけた。「もしあなたがそうしないなら、私がするわよ！」具体的に何をするのか、当然考えがあるわけではない。だが、絶対にそうすることだけは決めていた。

ヴァルダによって砦の男たちが集められた。チュニックを着て腰から剣を下げたヨルンドを先頭に、一行はエヴルの中心部へ向かった。アメとしてはあんな目にあったエマを一緒に行かせるのはいやだったが、ヨルンドは譲らなかった。少なくとも、エマを襲った男は手首を縄で縛られている。これからある種の懲罰が行われるのだろう。

町の中心部に着くと、エヴルの全住民が集まっているかのようだった。

「みんなが見ているわ」エマの怯えた目には涙が光っていた。人々が抱く心ない考えから自分を守るように、彼女は体に腕を巻きつけた。

このような出来事がエマの評判をどんなふうにおとしめるかはわかっている。アメはエマを抱き寄せた。「彼の悪事とあなたの勇気をみんなにわからせるの。私が絶対にそうさせるから」

エマが傷ついた顔を少し上げたので、アメは彼女のことを誇りに思った。

一行は広場で止まった。アメの父ならこういうときは壇上に上がるはずだが、ヨルンドはそうしなかった。それでも肩と頭はみんなの上にある。彼がねめつけるように戦士たちの顔を見回したので、アメの背筋に震えが走った。

「はっきりさせておく。おまえたちは俺の戦士で、ここにいるのは俺の民だ。民を守るのは戦士の務めであり、俺の責任だ。男だろうと、女だろうと、子どもだろうと、民が戦士に傷つけられたときは、傷つけた戦士に即刻、徹底的な罰を科す。つまり追放か死のいずれかだ。俺はおまえたちにエヴルの民と家族になることを勧め、エヴルの女たちにもそのような関係について考えてみることを勧めた」彼はその言葉を吠えるように言い、深みのある声はやすやすと群衆に届いた。「だが、無理強いは絶対に認めない。いいか？　俺たちは今、新たな国を築こうとしている。新たな独立民の故郷を。腐敗した西フランク王国の統治とも、浅ましい略奪とも無縁の国を。この国の名はノースマニアだ」彼はエマを見た。「これから皆、ノースマニア人として俺の庇護のもとで暮らしていくんだ」ヨルンドが戦士たちを見た。彼らは憎悪の目でスカルデを見ている。「ここでは道義と正義が法だ。俺がそれを守らせる」

ヨルンドは、皆が彼の言葉を理解するのを待った。領民は目を見交わし、手で口を覆って何か話している。群衆のあいだにゆっくりと理解の輪が広がっていくのが見えた。彼らは打ちひしがれたエマと縄で縛られた戦士を交互に見た。

「今回」ヨルンドが続ける。「一人の戦士が俺の命令を誤解した。幸い、乙女の美徳が傷つけられることはなかった」アメは怒りのあえぎをこらえ、夫をにらみつけた。

だからといってスカルデを無罪放免にするつもりではないでしょうね？

ヨルンドの目は、俺の心臓をつかみ出すのはもうちょっと待ってくれと懇願していた。アメは食いしばった歯のあいだから息を吸い込み、彼が話し終わるのを待った。

ヨルンドは囚人のほうを向いた。「彼は俺の民を襲った罪で罰せられなければならない。スカルデ・ウルフソン、おまえをこの領地から追放する。今後、境界内で目撃された場合、とらえられて絞首刑に処せられる。わかったか？」

「こんなところ、最初から来なきゃよかったんだ！」スカルデが唾を吐いた。手首が乱暴にひねられたあと、ようやく縄がほどける。縄が地面に落ちるとすぐさま歩き去り始めた。「子守女と臆病者の軍隊なんか、おさらばできてせいせいする――」

ヨルンドは二歩で追いつき、スカルデの腕をつかんで自分のほうを向かせた。「まだ話は終わっていない！」うなるように言うと同時に殴りつけてスカルデを泥の中に吹き飛ばした。ヨルンドがヴァルダにうなずくと、彼女がにっと笑った。

「十人ずつ二列に！」ヴァルダが号令をかける。

アメはヨルンドに駆け寄った。「何が始まるの？」

群衆に背を向けて小さな声できいた。

ヨルンドの声は硬くて鋭かった。「やつに罰を与える。慈悲は無用だ。裏切り者はこうなる。これが俺のやり方だ」戦士たちがスカルデのそばで二列に並んだ。ヨルンドは声を低くしてアメに言った。

「見るに堪えないようなら砦に戻るんだ」

私のことを弱虫と思っているのね。

アメは首をふった。「私はここにいるわ」

スカルデがよろよろと立ち上がると、最初の戦士が蹴り倒した。彼が立ち上がるのを待って向かいの戦士が拳を繰り出す。スカルデは痛めつけられながら、戦士の列のあいだをゆっくり進んでいった。一人の戦士が少なくとも一度は殴るか蹴るかする。次の戦士は必ずスカルデが立ち上がるのを待ってから制裁を与えた。最後には、スカルデの顔は見分けがつかないほど腫れて血だらけになり、這(は)って進まなくてはならないありさまだった。あとのぬかるみには、吹き飛んだ歯が埋まっていた。

野蛮な罰だったが、アメの中の不信心な部分はそれに満足していた。彼女の友人を襲おうとしたのだから、スカルデが罰を受けるのは当然だ。それに、彼の行為はこの地では受け入れられないとヨルンドが皆に示したのも正しい。

アメの気持ちは定まった。

もう尼僧院には戻らない。あそこは彼女のための場所ではない。アメには彼女の領地、民……そして夫に対する務めがあった。

二人のあいだには信頼が育っていた。そして今日、彼はエヴルの領主にふさわしい男だと自ら証明してみせた。先代の領主よりもよほどふさわしいと。

彼にも過失はある——もちろん、ヴァルダのことだ。だが、アメはそれでも彼を受け入れたいと思った。それについては自分でも驚いていたが。

ヨルンドがヴァルダとの関係を除いては道義的で、なおかつエヴルを立派に収めているなら、領民にとっては優れた領主ということになり、アメには彼を支える義務があるはずだった。

エヴルには平和がふさわしい。二年後、アメの父に領土が返却されてこの地が平和になるのか？　ならない。

アメに残された決断は、決断と言えるほどのものでもなかった。

ヨルンドを夫として受け入れる。そしてそれは早ければ早いほうがいい。子どもができるのに——できるとして——どれほどの時間がかかるかわからないからだ。すぐに行動を起こさなくてはならない。そうしなければ、エヴルに平和が訪れることはない。

16

「彼らはまだ俺たちを恐れている」ヨルンドは低い声で言った。狩り帰りのヨルンドたちが通りかかるのを見て、父親が二人の娘を家へ入らせる。狩りの首尾は上々だったが、もう一度町を豊かにしようと額に汗するヨルンドたちを、地元の民たちはいまだに恐怖と疑念の目で見ていた。

彼らを責められるか？

二日前に仲間の女が襲われたばかりなのだ。

ヴァルダがその家族のほうを見てうなずいた。

「スカルデを罰したところで、彼らがあたしたちを受け入れるには時間がかかるだろうね。それはあんただってわかっているはずだ」

「あまり長くかからないよう祈っていたんだが」

ヴァルダが笑った。「結婚してまだ数週間だろう。統治は始まったばかりじゃないか。一年もしないうちにみんなの忠誠を得て、こんな不安定な時期のことなんて忘れてるさ」

「俺もおまえのような自信がほしいよ」

ヴァルダが赤銅色の眉を上げた。「それはこっちの台詞だよ」

彼はふんと鼻を鳴らして受け流し、砦に入った。外の防壁は完成したが、内側の南館はまだがれきが山積みの状態だ。この建物をどうするか、決断をこれ以上先延ばしにはできない。門をくぐり、廃墟を通り抜けながら、ヨルンドは重いため息をついた。ここが空き地になったらアメは動揺するだろう。だが、それ以外の手があるとは思えなかった。

アメを傷つけるのが彼の習いになりつつある。

スカルデを罰した日以来、ヨルンドは彼女を避けていた。疲れのせいにして夜のレッスンを中止し、一昨日、昨日と長時間かけてエヴルの農場を回った。そして今日は夜明けから狩りだ。

嘘ばかり。すべては妻と顔を合わせるのを避けるためだった。

正直に言うなら、彼は己のふるまいをどうしようもなく恥じていた。

自分も大して違わないことをしておきながら、スカルデを罰する彼は何者なのか？

スカルデがエマを襲ったまさにその日、ヨルンド自身もけだもののようにふるまった。欲望に焼かれ、無垢の妻の気持ちなど考えもせず奪おうとしたのだ。羞恥心が蛇のように彼の胸に巻きついていた。

あのあと、アメは今にも壊れてしまいそうだった。くすんだ尼僧服は胸の前で破れ、スカートは皺だらけになっていた。それは以前目にした彼女の恐怖を思い出させた。俺は父親と同じなのか？

唾を吐き出すと、不快感が舌に絡みつく。

アメがこれまでヨルンドのことを野蛮な異教徒と思っていたとしたら、民の面前で処罰を下す彼を見てその思いは確信となったはずだ。アメには思いやりがあり、キリストの愛と慈善を信じている。彼の残忍な報復を認めるわけがない。たとえ、それがスカルデのような男に対してであっても。

だが、領地を守るためにはああしなければならなかったのだ。スカルデは罰せられなければならなかった。それも厳しく。ロロの古い友人の息子で、荒っぽいところを直してやってほしいと託されていたとしても、この処置に異論は出ないはずだ。秩序のない集団は機能しない。

あれはエヴルの民に対する明確な意思表示だった。どんな不正も逸脱も認めないと。もっと早くあの男の腐った根性に気づいてさえいれば。父と苦い年月を過ごしたのだから気づいてしかるべきだった。だが、すっかり妻に気をとられていたのだ。

アメの言葉に耳を貸していれば。民と直接話して安心させ、はっきり指示を与えるべきだと言われたのに聞き流してしまった。自分の道義心と行動で示せば十分だと思ったのだ。農奴たちには、ヨルンドが彼らや戦士たちに何を求めているかわかりにくかっただろう。道義心を欠いた一人の男のためにヨルンドの評判が地に落ちたのは、彼自身の過ちであり、他人の過ちではない。

ヨルンドは自分のおぞましいふるまいを罰するために気を失うまで誰かに殴ってほしかった。ヴァルダに頼むか？　彼女はヨルンドがしたことを見ている。彼はあのとき、なんとかアメが品位をとり戻す時間を稼ごうとしたが、手遅れだった。ヨルンドは今、ヴァルダをちらりとうかがった。彼女はあの日から明らかによそよそしくなっていた。

いや、どんなふうに自分をおとしめたか、人に話せるものではない。いくら自業自得とはいえ、あまりにも屈辱的だ。

ヨルンドは馬から下り、待っていた農奴に手綱を渡した。ありがたいことに、アメの到着以来、町から来る働き手が増え、砦の作業は日を追ってはかどるようになっていた。

彼は中庭を通り抜けながらアメの姿を探した。円塔を見上げると、いつものように彼女の部屋の鎧(よろい)戸(ど)は閉まっていた。彼女は隙間風を病的にいやがり、どんな天気だろうと窓を開けようとしない。

「なんでなの？」ヴァルダが穏やかな口調できいてきた。「彼女を探しては避けてるよね？　彼女がほしいんでしょう？」

自負心を前面に押し出してヨルンドは背筋をのばした。「彼女は妻だ」自分がどういう意味でそう言ったのかはわからない。友は目を細くして彼を見た。

「わかってるよ……。彼女はここを統治するための足がかりにすぎないって言ってたけど、彼女を見てるときのあんたときたら、この空に彼女以外の太陽も月もないみたいな目をしているよ」

ヨルンドは天を仰いだ。「吟遊詩人気取りか？　おまえの弓と同じくらいお粗末な詩だな」

ヴァルダは肘でヨルンドのわきを軽く突いた。

「彼女のことが大切なら、一緒に過ごす時間を増やすことだね。減らすんじゃなくて」

「いつから愛の専門家になったんだ？　一生どんな男も近づけないと誓ったんじゃなかったのか」

ヴァルダは突然足を止め、傷ついたような笑みを浮かべて彼を見た。ヨルンドは一瞬、言いすぎたかと思った。ヴァルダ自身のことに口を出すのは彼らしくないことだった。ましてや揶揄(やゆ)するなど。「どんな男もってわけじゃないし、一生ってわけでもない。だけど今は、あんたの友人兼右腕でいいよ。それで友人としてはこれを言わなくちゃと思ってるんてるね」

だけど、最近、あんたの夜は前よりたちが悪くなってる。

ヨルンドが歯を食いしばると、顎の血管が浮き出た。どうして彼女はそんな話をする？　「すぐに治まるさ」いつも治まるのだからと、彼は自分に言い聞かせた。波と同じで、寄せるときがあれば引くときもある。引くときを待てばいいだけのことだ。

ヴァルダは彼のほうに一歩近づいて声をひそめた。

「三日続けて夜中にあんたを起こしてるんだよ」

「おまえの眠りを邪魔して悪かったよ」ヨルンドはうなるように言って歩き去ろうとしたが、ヴァルダが彼の腕をつかんで引き寄せた。

「ばか！　あたしがそんなことを気にすると思うの？　あんた、彼女の名前を呼んでたんだよ。知ってた？　大声で叫んでたんだから！」

ヨルンドは首をふって目を伏せた。アメの夢を見たのは覚えている。だが、名前を呼んでいたとは。

「あんたは彼女が好きなのに、なんでか心配してる。彼女と話すんだ。そうしたらきっとよくなる」ヨルンドが不服そうな声を出すと、ヴァルダが乱暴に彼の腕をふった。「あたしはあんたのことを知ってるんだ、ヨルンド。あんた自身よりよく知ってるんだよ。とにかく彼女に本当のことを話しな！」

「意見を聞きたいことがあるの……あなた」アメは建物の入り口に立ち、カップを手に驚いたような目で二人を見ていた。

ヴァルダが先に動き、ぱっとヨルンドから離れた。「獲物の処理をしてくるよ」そう言うと、アメに頭を下げ、反対の方角へ向かった。

「狩りのあとで喉が渇いているだろうと思って」アメがカップをさし出した。「一緒に来てくれる？」

いつもの後ろめたさに骨が疼き、ヨルンドはぎごちなく笑ってカップを受けとった。アメはさっと向きを変えて屋内に向かう。ヨルンドは尻尾を脚のあいだに丸めた犬のような気分でついていった。

アメは母親のドレスを着ていた。朽ちた葉のような美しい赤のドレスは彼女の黒髪によく似合い、誘うように体の曲線を浮かび上がらせていた。ヨルンドは喉の渇きを覚えて蜂蜜酒をあおり、彼女の体の艶めかしい凹凸から目をそらした。

どうして俺は彼女の尼僧服を引き裂いたりした？

自分で自分の苦しみをはるかに、はるかに大きくしてしまった。

気をそらすために室内を見回すと、アメはまた忙しくしていたらしく、あちこちに装飾品や家具が置かれていた。ヨルンドの新しい家は日ごとに心地よくなり、それは彼や彼の部下だけの功績ではなかった。アメは実によく働いていた。このわずかな期間に銀器が出され、卓と長椅子が清潔に、そして美しくなっている。アメが一日かけて油で磨いたに違いない。かがみ込んで卓を磨き上げる彼女の姿を想像すると、また血管に火がつくようで、ヨルンドはあまりに簡単に熱くなる自分をなじった。

アメは主卓の前に立つと、感覚のない彼の手からカップをとり、おかわりをついだ。「狩りはうまくいった？」彼女はカップを渡しながらきいた。

そしてこわばった笑みを浮かべ、卓の上に広げた紙を指し示した。傍らには、火のついた蝋燭が二本置かれている。

〝本のこととなると、私……熱くなってしまうの〟

あの日、彼女の言葉になぜあんなに激しく反応してしまったのか、ヨルンドはいまだによくわからないでいた。自分がもうそんなふうに何かに魅了されることがなくなったからか？　財宝にはもうなんの興味も感じないし、戦や、征服や、栄光も同じだ。あまりにもたくさんの死と悪意を見てきたので、そんなものはむなしい勝利だと悟っている。だがアメは、黴と埃の匂いしかしない黄ばんだぼろぼろの羊皮紙を愛しているのだ。他人には醜くて無用にしか見えないものを愛している。

真実の愛。心からの情熱的な愛。

ヨルンドは彼女に自分のこともそんなふうに求めてほしかった。それなのに、盗人のようにそれをくすねようとした。力尽くで奪おうとしたのだ。欲望ともっと深いものを、はるかに手に入れにくいものを混同して。

アメが大きな羊皮紙を赤ん坊のようにそっと持ち上げるのを、ヨルンドは重い気持ちで見ていた。

「最初にこの館を建てたときの設計図よ」彼女は優しい手つきで羊皮紙を蝋燭に近づけた。

ヨルンドは繊細な線画をのぞき込んだ。どこか愛らしく、小さな文字がびっしり書き込まれている。かろうじて文字とわかるが、ヨルンドには理解しようもない。アメのほうを見ると、その茶色い瞳には興奮の輝きがあり、彼女は今まで以上に美しかった。

「元の建物の石はほとんど使えない……」

どうして俺のこの愚かな口はいつもいつも彼女の楽しみを台無しにする？

幸い、アメは彼が否定的なことを言うだろうと予測していたようだった。「ええ。でも、私に考えがあって……検討してみてくれないかしら？」彼女は不安そうに唇を噛んだ。ヨルンドが耳を貸すはずがないと思っているのだろうか？ アメがこの分野の知識と技術を持っていることは明らかなのに？

「続けて」

アメは微笑んだ。ふっくらとした唇が横に広がり、白い歯がのぞく。「自分で設計してみたの」

彼女は動物の皮を広げた。一面に先ほどのと似たような印や絵が書き込まれている。新たな南館の設計図だ。ヨルンドは空を旋回する鷲になって建物を上から眺めているような気分になった。

「もっと石が必要だけど、こんなアーチにすればそこまで必要ないし、元の館の装飾的な感じも出せるはず……。それに新しい厩と戦士たちの住まいを外につくれば、広さはそれほど必要ないわ。元々そうだったように、砦を家族の住まいにするの」

「すばらしい」ヨルンドは感心したようにうなずいた。〝家族〟という言葉がいつまでも頭の中で反響し、幸せな未来をほのめかした。

アメは首筋を赤く染め、誇らしそうににっこり微笑んだ。「あなたから戦士たちに、この設計図に沿って南館を直すよう頼んでくれないかしら？」

「だめだ」

アメの両肩ががっくりと落ち、首が痛むかのようにうなだれた。俺はどうしていつもこんなふうに彼女をいたぶる？　ヨルンドはすぐに後悔に襲われ、思わず手をのばしてアメの手をつかんだ。

「俺ではうまく説明できないからだ。だが、君ならできるだろう」

「私にさせてくれるの？」アメが息をのんだ。

「ここは君の家でもある。ヴァルダに話してみてくれ。彼女が手を貸してくれるはずだ」ヨルンドはつながれた二人の手を見た。彼の手はスカルデを殴ったせいで関節のまわりが紫色になっており、彼女の手は白くて傷一つない。アメの体がこわばったので、彼は手を離した。

「これを片づけて彼女と話してくるわ」

俺の手の痣を見て気分が悪くなったのか？　くそっ！　どうして俺はいつも口実なしに彼女に触れられない？

ヨルンドが少し離れると、アメはすぐさま羊皮紙をかき集めた。

ヨルンドはうなずいた。彼女を引き止めたかったが、自分にそうする権利がないこともわかっていた。彼女に触れてはいけなかったのだ。

アメは部屋を出かけて考え直し、ヨルンドのそばに戻ってくると深く息を吸い込んだ。羊皮紙の束が腕からこぼれそうになっている。「あの……お礼が言いたくて……。エマのためにしてくれたことの」

ヨルンドが背筋をのばすと、首の筋肉がぴしっと音をたてた。

礼を言うのはアメの優しさだが、自分には優しくされる価値がない。アメへの欲望を抑えきれない見下げ果てた男だ。自分の部屋の壁に彼女を押しつけて彼女の純潔を無理やり奪う寸前だったのだ！

胃の中の蜂蜜酒が酸っぱい。

領民とアメを守る務めが、ヨルンドの肩に重くのしかかっていた。今までは誰かを思いやる必要もなく、気楽に生きてきた。だが妻をめとった今、自分が弱くなったように感じる。彼女はとても小さくて弱々しい。スカルデなら、エマにそうしたようにアメのことも押さえつけられたはずだ。何時間かけて護身術を教えたところで、百戦錬磨の戦士が相手となればアメはあまりにも非力だ。

アメへの欲望は弱まっていないが、この数日の出来事で二人の関係が損なわれてしまったのではないかとヨルンドは危惧していた。

謝罪をし、できるだけ早く許してほしいと願ってきた。少なくとも、アメは彼と同じだけの情熱を示していたが、だからといってヨルンドが自分をおぞましく思わないわけではない。情欲に身をやつしたのは自分もスカルデも同じだ。

あの言語道断の一件以来、ヨルンドは岩をのみ込んだような気分だった。スカルデが忠実な従士だったことはない。だがヨルンドは愚かにも彼に分不相応な信頼と責任を与えてしまった。野放図で思い上がった戦士をまっとうな人間に、ロロが望む指導者に変えたかったのだ。

あのろくでなしのせいで、民の中で育ちかけていた自分への信頼がふり出しに戻ったと思うと、筋肉がかっと熱くなり、追いかけていってあのぼろぼろになった体から命を絞り出してやりたい気分になる。追放では甘すぎる。死でも生ぬるいくらいだ。

　あんな失敗は二度としない。残りの戦士の中でよく知らない者については、自ら人格と評判を調べるつもりだ。もっと早くそうするべきだった。スカルデのような男を民と――彼の妻と！――同じ屋根の下で暮らさせる前に。

　あのときアメを追いかけたのは、オーディンの導きだったのか。彼女が手をふり返してくれたことに励まされ、もっとちゃんと謝ろうと思ったのだ。自分が恥ずかしいのと腹立たしいので謝罪もそこそこに部屋を出てしまったが、あれは不当だった。

　アメの叫び声が聞こえたとき、ヨルンドは邪悪な大蛇ヨルムンガンドが彼の胸に頭を突っ込んできて、心臓をのみ込んだように感じた。

　堅固な防壁の内側に野獣がいるなら、その防壁になんの意味がある？

　ロロの指示とはいえ、あんな性悪を一緒に暮らさせたヨルンドに、アメも民も失望したはずだ。

　アメは今、彼を見つめている。まだ答えを待っているのだ。ヨルンドは咳払いをして肩をすくめた。

「務めとしてしたことだ」

「ええ、でも……あなたは立派だったわ」アメが微笑んだ。ヨルンドが彼女の身の安全をないがしろにしたのは立派だったというように。

　ヨルンドの顎と首筋が痛いほどこり固まった。彼は剃ったばかりのなめらかな頭に手を走らせた。するとあの朝のことが思い出された。たこだらけの彼の手の下にあるアメのなめらかな肌。ヨルンドは火傷をしたように、頭からぱっと手を離した。「俺はしくじった。褒めないでくれ」

「この世で一つ確かなことがあるとしたら、いつの世にも悪人はいるということだわ」アメは小さな声で言った。穏やかな目に優しさと励ましをたたえ、ヨルンドの腕に手を触れる。「季節を変えることができないように、悪人の行動も変えられない。あなたはいい人だわ。あなたなら信頼できる、平和を守ってくれると民にもわかったはずよ。みんなが望んでいるのはそれだけだわ」

ヨルンドの全身が張りつめた。彼はいい人ではない。欲望と怒りに駆られたけだものだ。ヨルンドは肩をすくめてアメの手を払った。「俺は夫としても出来損ないだ」

彼の自責の言葉にアメが目を見開く。彼女は何か言おうとしたが、その言葉は戸口で響いた叫び声にさえぎられた。エマとベアトリスが息を切らして庭から駆け込んできた。かごから野菜が飛び出しそうになっている。「ご到着です！　伯爵と王女さまが！　船でエヴルに……。すごい数の船です！」

17

ヨルンドの言葉について考えている時間はなかった。〝出来損ないの夫〟が何を意味しているかはわかっている。彼はヴァルダとの不貞を告白しているのだ。できればその話はしたくなかった。

そのうえ、大事なお客を迎えなくてはならない。アメはベアトリスとエマが不安そうに目を見交わしたことに気づいていた。戦士たちが集団で到着する――それも北欧の戦士たちが。二人はそのことに動揺しているのだ。ほかの民たちも心配しているのは想像に難くない。アメが自分は怯(おび)えていないし、あなたたちも怯える必要はないと示す必要があった。

「では、お迎えの支度をしなくちゃね！」アメは明るく言って羊皮紙を卓に戻し、手の埃を払った。

「エマ、これを私の部屋に戻しておいてくれるかしら。ベアトリス、伯爵と王女が到着したときにお出しする温かい飲み物と蜂蜜ケーキを用意してちょうだい。ジゼラは昔からそれが好きなの」

　アメとヨルンドが外に出ると、鞍がつけられた軍馬が引かれてきた。ヨルンドはその馬に軽々とまたがった。

「私もルナで一緒に行ってお出迎えしなくていいのかしら？」

「時間がない」ヨルンドは体を乗り出して腕を広げ、ためらいつつ言った。「俺の馬で一緒に行くか？」

　体の中で蝶が羽ばたくように感じながら、アメはうなずいて彼の腕の中に入っていった。大きくて温かい手に腰をつかまれ、足が宙に浮いたかと思うと、次の瞬間、彼女はヨルンドの前に横向きに座っていた。彼は体を後ろにずらしてアメがゆっくり座れる場所をつくった。それでも不安定に思え、彼女はヨルンドの暗色のチュニックをつかんだ。

　空の色をした瞳とアメの視線がぶつかり、彼女は二人のあいだに稲妻が走ったように感じた。アメの手がチュニックを握りしめる。ヨルンドの喉仏がごくりと動くのが見え、彼女の視線はチュニックのV字形の襟元からのぞく肌に下りていった。

　もし今このチュニックを引っ張って彼にキスをしたら？　彼がしたように、この生地を二つに引き裂いたら？　彼は喜ぶだろうか？　私が彼にキスされて喜んだように？　アメは乾いた唇を舌で潤した。

「いいか？」ヨルンドのうなるような声に、アメは一瞬、キスをする準備ができているかときかれたのかと思った。

「ええ」彼女はささやくように答え、ヨルンドのたくましい首筋から柔らかい唇へ視線を上げた。

　彼が手綱を揺すって舌を鳴らすと、馬が進み始めた。アメはきゃっと叫びそうになって唇を噛んだ。馬は恐ろしいほどすばやくヨルンドの指示に反応し、どんどん速度を上げていく。アメはヨルンドのチュニックにしがみついた。彼は手綱を片方の手でまとめて握り、もう一方の手でアメを抱き寄せた。アメは固い筋肉の壁と背後から伝わる熱にほっと息を吐き出した。ヨルンドと一緒なら絶対に落ちることはない。

風が顔を打つ。幸い、今朝はベールをかぶらず髪をきっちり編んでいる。少しほつれたってかまわない。嵐の中を駆けていても気にならないだろう。こうしてヨルンドの腕の中に収まり、清潔で濃い匂いに包まれていると、大切に守られているように感じる。ただの思い込みだとわかっていても、つかのまのことだとしても、彼に寄り添う口実ができて嬉しかった。

あの寝室での時間がアメの中の何かを目覚めさせていた。彼を求める気持ちは日ごとに切迫している。もう一度キスしてほしい。もう一度私と情熱に我を忘れてほしい。

二人は猛然と町を抜け、領民たちを追い越し、伯爵の船団を目指した。二十隻近くある船のほとんどが町の外の船着き場に停泊しており、町の中心部に向かって川沿いに延々と野営が設置されている。

ロロとジゼラとともに到着したのは数百の男女と馬、荷物を満載したたくさんの荷車だった。これなら、アメが全員の食事を用意する必要はないだろう。それにエヴルの民とのあいだで物々交換が始まるかもしれない。そうなれば皆にとって実りの多い訪問になるだろう。

ヨルンドが馬の速度を少し落とすと、通りすがりの民が笑いかけてくるのが見えた。みんな、二人を本当の夫婦と思っているのだ。体も心も結ばれた夫婦だと。アメはもう一方の手を鞍ではなくヨルンドの腰に回した。彼は驚いてわずかに身を硬くしたが、すぐにアメをもっと強く自分のほうに引き寄せた。アメは体の内側が溶けていくように感じた。妄想に浸っていられるのもあと少しだけだとわかっていたから、ヨルンドは必要に迫られて彼女を馬に乗せたのではなく、別れ難かったからだと想像を巡らせる。彼女に触れられたかったからだと。アメがヨルンドに触れられたいと思っているのと同じくらい。

だが、その白昼夢は短命だった。

船着き場が目前に迫ってきた。威容を誇る伯爵の竜船には赤い帆がなびき、金獅子が船首を飾っている。ヨルンドの軍馬によく似た大きな牡馬が引かれて傾斜路を下り、その後ろに見目のよい灰色の虚勢馬がいた。

ロロとジゼラが傾斜路を下りきったところに立っていた。ジゼラは相変わらず美しかった。金と銀色のビザンツ錦のドレスに夏の陽光が降り注ぎ、まるで内側から輝いているようだ。

「ロロ、友よ、よく来てくれた！」二人のそばまで来ると、ヨルンドが叫んだ。アメはその言葉と口調の気安さに驚いて息をのんだ。

幸い、伯爵のほうも同じくらい親しげだった。

「ヨルンド！」大声で呼ぶと、手を叩いて大きな音を出す。

ヨルンドは馬から下りるとすぐにアメのほうへ腕をのばした。ヨルンドがいなくなった馬の背はひどく高く思え、アメはそそくさと彼の腕の中に飛び込んだ。おかげで優雅には下りられず、地面に足が着く前にヨルンドの体にぶつかってしまった。彼が鋭く息を吸い込んだので、アメはあわてて謝った。

ヨルンドはアメの腕をとり、伯爵と王女のほうへ向かった。ジゼラに再会できたのが嬉しくてアメは満面の笑みを浮かべた。ジゼラも温かい笑みを返してくる。もちろんいつもどおり、アメの笑みより格段に上品な笑みだったけれど。

「久しぶりだな。ようやくおまえの妻にも会うことができた。はじめまして、レディ・エヴル」ロロが言った。

ロロも大柄で、身長はヨルンドと変わらない。黒の濃い髭と髪を西フランクのスタイルより少し長くのばしている。広い肩まで届く髪には灰色がちらほらまじっていた。ヨルンドよりずいぶん年上だが、肩幅は広くて腰は細く、威圧感がある。首には金色の十字架がかかっているが、アメの手をとってキスをしたとき、その腕にはヨルンドのと同じような北欧の腕輪がはまっていた。

「伯爵、ようこそおいでくださいました」アメは頭を下げてから王女に微笑みかけ、もう一度おじぎをした。「ジゼラ王女、お元気そうですね」

ジゼラ王女の緑色の目が輝いた。「会えて嬉しいわ、アメ」

ジゼラ王女は美しく優雅だった。宮廷の女性の中には、この完全無欠な存在を前にして嫉妬を侮蔑にすり替えずにいられない人もいたが、アメは絶対に感じの悪いふるまいはしないと決めていた。王女のそばでは確かに自分を野暮ったく感じるとしても。

今だって、とアメは微笑みながら考えた。王女が一歩前に進み出てアメの両頬にキスをした。王女は金色の液体のようなドレスと、銀色の毛皮で縁どられた紫色の外套を着ていた。金の王冠が押さえている繊細なベールから編んだ金髪が透けて見えている。

「新しい家を見せてくれ！」ロロが吠えるように言って颯爽と牡馬にまたがった。

一行は伯爵の側近の護衛と従者だけを連れて砦に向かったが、それだけでも堂々たる隊列で、戦士や備品は富と力の川となってエヴルを縦断した。エヴルの民は畏敬の念に打たれて目を伏せ、隊列の進むさまを不安そうに見つめた。

アメの民たちにとってもこの隊列を目にするのはいいことだ。ここにいるのは、時の移ろいの中で一瞬だけ光って消えていく野蛮な襲撃団ではない。新しい領国が誕生したのだ。

「教えてちょうだい。結婚生活はどう？　わたくしが選んだ巨人は気に入って？」ジゼラが蜂蜜ケーキを口に入れながら小さな声できいた。わかっているわよと言うように金色の眉を高く上げる。

アメが思いきって夫のほうをうかがうと、彼は暖炉の反対側でロロと話し込んでいた。軽食が置かれた小さな卓のまわりに、毛皮で包まれた椅子が並び、温かみのある雰囲気が醸し出されている。帰り道に雨が降り出し、一行は土砂降りになる前になんとか砦の中に駆け込んだところだった。

ヨルンドの注意が珍しくほかに向けられているこのあいだに、アメは夫をつくづくと眺めた。「彼はいい人です」その言葉は虚ろで無意味に聞こえたが、ほかの言い方をしたら、二人が本当の意味で夫婦でないことを明かしてしまいそうで怖かった。「彼は立派なエヴルの領主です。高潔で、勇敢で……」

「ハンサム？」ジゼラがからかう。

アメは思わず笑った。蜂蜜ケーキを持って部屋を訪ね合い、夜遅くまで宮廷の策略や遠い国々についておしゃべりしたあのころに戻ったようだ。

その記憶はわき上がると同時にすえた匂いを発した。「どうしてこんなことをなさったの？　この結婚のことです。私は神に仕えると決めていたのに」

ジゼラの顔に同情心と一抹の罪悪感が浮かぶ。「理由はたくさんあるわ。でも、私はあなたにとって最善のことをしたかっただけなの。信じてちょうだい」

アメはかろうじて聞きとれる声で言った。「私は結婚したくなかったのよ」

「ええ、そうね」ジゼラはアメの手をとり、美しい顔に真剣な表情を浮かべた。「でもアメ、あなたが尼僧院で一生を終えるなんてもったいなさすぎるわ！　ロロは今、何よりも忠臣を必要としていて、私はあなたを信頼しているの――父の狡猾な廷臣の誰よりも。あなたはここにいるのがふさわしいわ。レディ・エヴルになるのが」ジゼラが深呼吸をしたので、アメは身構えた。悪い知らせが伝えられようとしているらしい。「あなたのお父さまの再婚はうまくいっていないという噂があったの。彼があなたを連れ戻して取り巻きの一人に売りつけるのは時間の問題だった。絶対にそんなことはさせられないと思ったからロロに相談したの。彼は当時、その……わたくしの父に対して圧倒的な説得力を持っていたから。信じて。わたくしはあなたのためを思ってこうしたのよ」

アメの目の奥が涙で熱くなった。彼女はうなずき、ジゼラの手を強く握った。友人は私を裏切ってはいなかった。彼女にできる唯一の方法で守ろうとしてくれたのだ。

父に関する噂には驚かなかった。唯一の跡継ぎであるアメをあんなに簡単に教会へ渡すような愚か者ではない。おそらく父は、また必要になるまで娘を遠ざけておきたかったのだろう。アメが正式に誓願を立てられずにいたのは、それも理由だったのではないだろうか――彼女の疑念とは関係なく。尼僧院は再びアメを世に出すまでの監禁場所でしかなかったのだ。「そうだったんですね」

父から逃れられたと思うなんて私は愚かだった。今や、アメの自由は妊娠するかどうかにかかっていた。ヨルンドと完全に夫婦にならなければ、二年のうちに妊娠することはない。スカルデの処罰のあと、アメは彼を受け入れると決めたのに、ヨルンドのほうが彼女を避けていた。ヴァルダと狩りに出かけたり、農場を訪れたりしてばかりいる。アメとのレッスンもやめてしまった。疲れたと言って。

どうすれば彼を誘って妊娠につなげられるのだろう。そもそもそれが何を意味するかもわかっていないのに!

ジゼラはため息をついた。アメの懸念を明らかに誤解している。「時間をかけるのよ。わたくしもロロと結婚した当初は彼のことが大嫌いだったわ。彼と幸せになれるはずがないと思っていたの。でも、時間がたつうちにバイキングの夫を愛し、敬うようになった。あなたもきっとそうなると思うわ。ロロはわたくしの女官には優秀な従士しかあてがわないし、ヨルンドはその中でも最も優秀だと誓ったわ。わたくしを信じて。尼僧院での味気ない人生をあきらめてよかったときっと思えるはずだから」

「埃っぽい崩れかけの建物に閉じ込められていないだけでもよかったわ」アメは苦笑し、数メートル先で雨漏りを受け止めている器を見た。水がどんどんたまっている。もうそろそろベアトリスに容器を変えさせなくてはならないだろう。

「ロロと結婚したあとエヴルを通ったけれど……」ジゼラが思い出して真顔になった。「とても悲惨だったわ。誇りを持って。あなたたちはとてもよくやっている。こんなに短期間でこれだけ再建したのだもの。それに、ここはあなたのものよ。それを忘れてはいけないわ。ここはあなたの家なの。かつてお母さまの家だったように……。誰もあなたから奪えない。あなたのお父さまにも」

自尊心がわき上がり、アメは背筋をのばした。

「そのとおりですね。ありがとうございます、ジゼラ。私によくしてくださって」

領地を守りたいなら妊娠するしかない。少なくとも、ヨルンドの部屋でのあの情熱的な朝以来、結婚のその部分を恐れる気持ちはなくなっていた。でも、ヨルンドに彼女を避けるのをやめさせるためにはどうすればいいのか……それがわからなかった。

ジゼラの微笑みが、とりとめのない物思いに浸っていたアメを現実に引き戻した。「お礼を言うことなんて何もないわ。わたくしによくしてくれたのはあなたのほうよ。ほかの人のように陰でばかにしたり、庶子と呼んだりしなかったもの。いつも忠実な友人でいてくれた。幸せになる資格がある人がいるとしたら、それはあなたよ」

アメは鼓動一拍分も待たずにきいた。「ヴァルダのことを何か知っていますか？」

ジゼラは一瞬眉をひそめたが、すぐに思い出したようだった。「ヨルンドの右腕の盾の乙女ね？」

アメはうなずき、後ろめたそうに夫をちらりと見た。彼は相変わらずロロとの会話に集中している。

「たしか、彼女には姉妹が二人いたはずよ。どちらも盾の乙女じゃなかったかしら……。ロロに昔から忠誠を誓っている盾の乙女の系列で……」

「ええ、でも、ヨルンドとヴァルダの関係は？」アメは鋭くたずねた。

ジゼラの眉間に皺が寄る。「恋人どうしなの？」

アメは捨て鉢に肩をすくめた。「確信はないけれど……そうだと思います」

ジゼラは何か考えるように小首を傾げた。「ロロはそんなこと何も言っていなかったわ」アメの不安をとりのぞくのは簡単だと言うようにぱっと明るい顔になる。「気をもむ必要はないわ。大事なのは妻よ。愛人なんてすぐに忘れられる存在だもの。ロロの愛人のポッパは、今ではわたくしの大切な友人よ。たぶん、ヴァルダもそうなるのではないかしら」

ロロの〝第一夫人〟のことは宮廷中の人間が耳にしていた。バイユーの伯爵の娘ポッパとロロは北欧の伝統に則って結婚したという。ポッパは息子を二人もうけ、ロロはすでに彼らを跡継ぎと宣言していた。ジゼラとの結婚は政治的なもので、ロロの統治に正当性を与える目的でしかなかった。

アメは、ヨルンドが同じことを求めていませんようにと願った。

「それを受け入れられるかどうか……。母は……そのために壊れてしまったから」

それ以上言う必要はなかった。「その気持ちはわかるわ。でも、傷つくかもしれないという不安のために、幸せになれる可能性を手放さないで。こういうときは正直になるのが一番だわ」

ヨルンドとヴァルダの関係について二人のどちらかに率直にきくことを思うと、気分が悪くなりそうだった。「あなたの言うとおりでしょうね」アメは顎が痛くなるほど歯を食いしばって笑みをつくった。

ジゼラは蜂蜜ケーキをつまんでおいしそうに頬張ると、ため息をついて椅子の背にもたれた。「もういい加減にしなくてはいけないとわかっているけれど、とってもおいしいんだもの」

アメは微笑み、銀のグラスを持ち上げて中身をたっぷり喉に流し込んだ。考えなくてはいけないことがたくさんあった。

ヨルンドのキスに彼女は魅了されていた。彼の腕の中にいると、自分が生きていることをまざまざと感じる。まるでこれまでの人生は、感覚を一つどこかに置き忘れたまま生きてきたみたいだ。突然、世界がより明るく、よりにぎやかになり、以前はなかった可能性と香りが満ちあふれていた。

ヨルンドが同じだけの情熱をこめてヴァルダにキスをしていると考えると自分が哀れに思えてくるが、彼にやめてほしいと頼めるはずもない。貞節な男人などそもそも存在しないのではないか……。たとえ妻を愛していても。ロロがジゼラを愛しているように。美しいジゼラがほかの女性と夫を共有しなくてはならないなら、アメがヨルンドを誘惑してヴァルダから引き離すなど無理な話に思える。それに、二年後、領地が父に返還されたらどうなるのだろう？　父がアメを尼僧院に戻らせるはずがない。つまり、彼女はまた別の男の人に嫁がされるということだ。取り引きの材料として。エヴルとヨルンドの努力の結晶は、一番高い値段をつけた相手に褒美として与えられるのだ。

どうしてもヨルンドを私の床に来させなくてはいけない。それも今夜。自分からそう要求してでも。未来がそこにかかっているのだから。

屋根の裂け目とそこから降り込む雨滴に目をやると、残酷な考えがアメの決心にしみ込んできた。

母はそれが受け入れられず、心を病んだのだ。

その不快な考えを消し去るために、気力をかき集めて自分に言い聞かせた。私は母ではないわ！

18

ロロ夫妻が到着したあと、アメがいつもより頻繁にこちらを見ていることにヨルンドは気づいていた。この日の午後、アメはほとんどずっと友人と話し込んでおり、彼はなかなかロロとの会話に集中できなかった。二人は自分のことを話しているのか？　アメがちらちらとこちらを見ているのはそのせいか？

彼が盛りのついた動物のようにふるまったことを、アメはジゼラに話しただろうか？　そう考えると、彼の体はすくんだ。

ロロとジゼラが到着したので、その夜は宴が開かれた。二人がここを離れるまで、これが毎夜繰り返される。準備は整っており、供する食べ物も十分あるが、天気のせいで広間は人がごった返し、祝宴気分にわずかに水をさしていた。

　伯爵と従士たちには修復が終わったばかりの西館を使ってもらうことにした。アメは円塔を勧めていたが、西館のほうが広くて身のまわりの世話をする農奴たちの場所もあるし、円塔より状態もよい。館の修復はほとんど終わっているので、今後はかつて〝まし〟だった建物のさらなる手入れをすることになるだろう。たとえば広間の雨漏りの修繕とか。修復を急がせたせいで新たな修復が必要になっているが、それは大したことではない。

　ロロは宮廷を埋め尽くすほどの家具を持参しているから広い場所を渡して好きにしてもらうのが一番だろう。彼らは、アメがこれまでに過ごしてきた夜よりもよほど快適な夜を過ごすはずだ。

　ヨルンドは罪悪感をふり払った。

　建て直しには時間がかかる。


「もう寝るとしよう」ロロが宣言したので、ヨルンドは妻から目をそらした。その夜、何度となくそうしてきたように。

「ほう？　まだ宵の口だが……」

「妻を床に連れていけ。宴が始まってからおまえがそのことばかり考えているのはお見通しだ。俺が今夜早めに寝るのは、遅ればせながらの結婚祝いと思えばいい」ロロは笑って立ち上がった。ジゼラも立ち上がり、穏やかな笑みを浮かべて夫の腕に手を添えた。

　ヨルンドは一抹の後ろめたさを覚えながら二人を見送った。彼らが早めに引き上げる必要はない。ヨルンドが今夜――というか、まだしばらく、妻を床に連れていくことはないからだ。責任は彼にあるが、男の自尊心から友にそう認められなかった。

「ヨルンド、ききたいことがあるのだけど、いいかしら？」アメが不安そうに声をかけてきた。

ふり返ると、彼女が思いがけず近くにいたので、ヨルンドはほっとした。さっきまでジゼラの隣に座っていたのに、彼女が去ってヨルンドのそばに移動してきたらしい。あいた席をつめるのは普通のことだとしても、アメが自ら隣に来てくれたことに彼は奇妙な感動を覚えた。「もちろんだ」

「ロロには別の奥さまがいるわよね――王女以外にも。それはあたりまえのことなの？　男の人が複数の妻を持つことは……北欧の伝統なの？」アメの顔は真剣そのものだった。

俺にももう一人妻を持たせたいのか？

ヨルンドはそうでないことを願った。一人の妻を喜ばせるのにも苦労しているのに、二人目どころではない。自分に失望する女は一人で十分だ。「王や族長の中にはそうする男もいるが……そんなによくあることではない。なぜきく？」

アメはじっと彼を見つめた。もっとほかの説明を期待しているようだが、ヨルンドには見当がつかなかった。やがて彼女は顎をぐいっと上げた。「私はレディ・エヴルの称号を誰かと競いたいと思わないし、私たちの子どもに別の誰かと財産を争わせたくもないわ。そんなことになったら、民は……侮辱ととるだろうし、受け入れ難いと思うはずよ。でも、それは私が決められることではないのでしょうね？」ねめつけるように目を細くした。

ヨルンドは頬を緩めた。少なくともその部分については彼女を安心させられる。「俺はほかの妻は持たない。称号を巡って君が誰かと張り合うこともなければ、不愉快な思いをすることもない。それに誓って言うが、俺たちの子ども以外に財産を受け継ぐ子どもはいない」

アメは目を閉じて深呼吸をした。そして目を開けたとき、雨粒を払う猫のようにぶるっと身震いした。

「ありがとう」

彼女が礼を言う必要などなかった。ヨルンドを駆り立てるこの欲望がほかの女に向くことは今も、この先も決してない。哀れなアメ。自分が彼から何を受けとったかまったくわかっていない。

この気まずい会話を終わらせたくて、ヨルンドは目をそらした。

アメが彼の腕に手を置いた。炎に引きつけられる蛾のように、ヨルンドの視線は彼女の白い手から腕へ、繊細な鎖骨へ、そして美しい顔へと上がっていった。

「ほかにもあなたと話したいことがあるの――二人きりで。私の部屋で話せるかしら。もう下がってよければ」アメは唇を噛み、ヨルンドの答えを待っている。その瞳は不安げだったが、同時に温かみと……希望があった。

アメが俺と二人きりになりたがっている。

ヨルンドの肺にどっと空気が流れ込んだ。彼は木皿を脇に押しやった。「もう用はない。行こう」

また自分と一緒にいたいと思ってくれるアメの気持ちは、どんな財宝より貴重だ。彼女の信頼をとり戻すには何週間もかかると思っていたのに。

彼の言語道断のふるまいのあと、こんなに早く授業を再開する気になってくれるとは。特に読み書きを学びたいわけではないが、アメと過ごすあの時間がとにかく恋しかった。彼女が授業を再開したいと望み、それ以外望まないと言うなら、ヨルンドは喜んで受け入れるつもりだった。アメにノーと言う自分が想像できない。特に彼女と二人きりになることには。それで彼女を求めるこのつらさが和らぐのかさらに過酷になるのかはわからないが、いずれにせよアメに抗うことなど不可能だった。

アメの部屋へ行くと、すでに床が整えられていた。鎧戸はいつものように閉まって布に覆われ、暖炉には火がついている。小さな卓の上に何も置かれていないのを見て、ヨルンドの心は沈んだ。

授業をするわけではないのか。本当に〝話し合う〟ことが目的なのかもしれない。備蓄のことか、延々と続くロロのための宴についてか？ いずれにせよ、長い話し合いになればいい。できれば不愉快な話し合いではなく、退屈な話し合いがいい。

「話というのは？」ヨルンドはそうたずねてから、数本の蝋燭に火をつけた。

アメは椅子に座ると、大切な話し合いに挑むように両手を決然と膝に置いた。

「座ってくれるかしら？」向かいの椅子を示す。

残念ながら退屈な話ではないらしい。

ヨルンドは少しうなだれて腰かけた。

アメは椅子の上で身じろいだ。首筋が赤くなっている。「あなたを……夫として受け入れる準備ができたことを伝えなくてはと思ったの」彼女はそう言うと、力をこめてうなずいた。自分自身に対してその決断を確かめるように。

なんの話だ？

次の瞬間、ヨルンドは胸を殴られたように感じた。

夜とぎ。

王女に何か言われたのか？ 領地のために完全な夫婦にならなければならないと？ ヨルンドは深々と椅子に座り込んだが、心はさらに重くなっていた――そんなことが可能だとしたら。

「だめだ」彼は息を吐き出した。「それでは足りない」

「えっ？」アメは煙が目に入ったかのように目をしばたたいた。「どういうことかしら？ 受け入れる心づもりができたら伝えてほしいと、あなたが言ったのよ。だから……心づもりはできました」彼女の頬はさらに赤くなり、そこにはかすかな怒りがまじっていた。「拒絶はできないわ！ 私はあなたの妻だもの。私では……。でもあなたの部屋にいたとき、もう少しで……」ヨルンドがぎごちなく体を動かすと椅子がきしんだ。自分がもう少しで何をするところだったかは、わかりすぎるほどわかっている。アメは自分を落ち着かせようとしてか、深く息を吸い込んだ。「あなたは跡継ぎがほしいはずよ」

「もちろん、跡継ぎはほしい。だが、俺の考えは変わっていない。君に受け入れてほしいのではない。俺を求めてほしいんだ」必要なのは、夫と床をともにしなければという妻の義務感ではない。そんなふうに思われていると考えるだけで吐き気がする。「君に俺と同じ気持ちになってほしい。君の欲望がほしいのであって、義務感がほしいわけではない。俺は本気で言っている。いつまでも待つと」

彼を見つめるアメの口が驚いたように丸くなった。彼女はヨルンドのほうに身を寄せて限りなく小さな声で言った。「あなたは私を求めているの?」

「全身全霊で」ヨルンドの喉はざらついていた。その告白をさせたのは彼の哀れな希望だった。アメの目がヨルンドの目をとらえた。琥珀色の斑点が暖炉の炎の光を受けて火花を散らしたように見えた。

彼女は何も言わない。ヨルンドは張りつめた空気に耐えられず、立ち上がって部屋を出ようとした。

「私もあなたがほしいわ」彼が歩き出す前に、アメがあえぐように言った。

それは今まで聞いた中で一番すばらしい言葉だった。だが、ヨルンドは信じきることができなかった。

「王女に言い含められたのなら……」

「いいえ」アメはさっと首をふった。「不安はあるわ……。それは否定できない。私たちはとても違うし……結婚についての考え方も明らかに違っている。でも私たちには不思議な相性のよさがあって、それで、私は本当にあなたを求めているの。だから……私たち、完全な夫婦になるべきだと思うの。それも早ければ早いほうがいいわ」最後の言葉を言いながら彼女の目に不安の陰がさしたが、すぐにそれは消え、ためらうような笑みが浮かんだ。

　こんなぶっきらぼうでつたない誘惑は初めてだ。

　アメが彼を求めている。ただし、全身全霊ででではない。彼女の世界では、愛や家族は結婚の理由にならない。ヨルンドのように下賤の育ちとは違うのだ。彼が未来に愛を求めるのは財宝を求めるようなものかもしれない。アメは彼の人格を認めているし、よい夫になり、彼女を裏切らないと知っている。アメは平和な人生を望み――いつもそう言っている――ヨルンドは彼女にそれを与えられると証明した。では、二人のあいだの熱は？　彼はただアメの情熱的な心を目覚めさせただけだ。それなのにこんな報酬を得られるとは幸運な男と言うしかない。

　自分の部屋に戻るべきだ。

　だが、ヨルンドはそこまでできた男ではなかった。

　アメは彼が聞きたかったたった一つの言葉を口にしてくれた――彼女もヨルンドを求めていると。こんな彼なのに、二人はこんなに違うのに。

　焦がれる思いは彼の骨をせっついていたが、ヨルンドは手をのばすことを拒んだ。

「私……緊張しているの」椅子に座っているアメは首をほとんど真後ろに折るようにしてヨルンドを見上げた。「始め方がわからない……」

　ヨルンドはアメと最初にこの部屋に来たときのことを思い出した。彼女は嫌悪感をあらわにして言ったのだ。〝あなたは普通の人ではないもの！〟

「自分が普通の大きさでないことは知っている。だが……」彼女を傷つけないと約束しそうになったが、無垢なアメにそんなことを誓えるのかと思い直した。

「それでも俺は普通の男だ。見せよう」

　アメはせめて自分がしようとしていることをわかっていなくてはならない。ヨルンドはそう考えた。

　彼は武器を外して卓の上に置くと、手際よく服を脱いでいった。

そして一糸まとわぬ姿になって初めてアメを見た。彼女の目が小さな顔を覆い尽くしそうなほど大きくなり、まじまじと彼の股間を見る。まるで熱い風呂につかったように顔と首筋が真っ赤に染まっていた。

ヨルンドの雄々しい状態を見て、アメの目が驚いたようにさっと彼の顔に上がる。ヨルンドは笑いそうになるのをこらえた。彼女は無垢だろうと思ってはいたが、まさかこんなことも……。

「夫婦の交わりのことは知っているんだろう?」

「ええ、知っているわ」彼女が唇を湿らせると、ヨルンドの頭に残っていたわずかばかりの血液が猛烈な勢いで下に下りていった。「しばらく宮廷で暮らしていたもの」それですべての説明がつくと言わんばかりだ。

もしかしたらつくのかもしれない。

「恋人がいたのか?」

アメが飛び上がるようにして立ち上がった。彼女の驚きは瞬時に怒りに変わった。「まさか!」

ヨルンドは両手を上げて降参のしぐさをした。

「侮辱したわけじゃない」

アメはごほんと咳払いして天井を見上げた。「鍵と鍵穴のことは知っているわ……」

鍵と鍵穴?

ヨルンドは混乱してアメを見た。縛られたいという意味か? まさかそれはないはずだ。

彼女の言葉の示すところが頭にゆっくりと浮かんできた。「ああ、なるほど」

つまり、道理はわかっているということか。だが、実践の経験はない。鍵を鍵穴にさし入れるような単純なことと思っているのだ。その理由はわかる気がしたが、アメにはもっと楽しんでほしかった。

彼女はヨルンドの体を見ている。自分が何を見ているか気づいたのだろう。はっと息をのむと、彼の頭上の天井に視線を移した。

「俺がほしいという気持ちは変わらないか？」そうききながらヨルンドの筋肉はこわばった。彼女は俺は拒むかもしれない。

どうして何度も何度も同じことをきくの？

アメは恥ずかしさのあまり気を失ってしまわないよう、夫の頭の少し上にある蜘蛛の巣のかかった天井を見つめた。裸の男の人を見るのも初めてなのに、その人と同じ部屋にいて話をしているなんて。

二人の視線がぶつかり、果てしない時間がのろのろと過ぎたように思えたころ、アメはようやく答えなくてはと気づき、うなずいた。

ヨルンドには恥ずかしいという気持ちがないの？

でも、私だって……。

神よ、お許しください。私は彼を見ることを楽しんでいます。

好奇心に駆られたアメの視線は何度となくヨルンドの腰の下へ引きつけられていた。体の中が奇妙に温かくなり、疼き始める。男女の交わりについては知っている——その理屈については。宮廷でいろんな噂話を聞いてきたから。でも、彼を見ると自分がこんなふうになるなんて想像もしていなかった。

ヨルンドの広い金色の胸が規則正しく上下している。傷跡と北欧人特有の刺青に覆われた体は、いかにも戦う人の体だ。腕はアメの腿よりも太く、ときおりその筋肉が収縮すると、見ている彼女の心臓まで妙な動きをした。脚は長くて床をしっかりと踏みしめ、胸と同じ濃い金色の毛で覆われて細い腰に続いている。大きさは破格だとしても、彼の体は見事なまでに整っていた。

ヨルンドのたくましくて大きな体に覚える恐怖は、なぜか、アメの熱い血をさらに熱くした。うっとりとため息をつき、ずっと彼を見つめていたかった。

ヨルンドが部屋を出ていこうとするのを見て、自分がどれほど彼を求めているか初めて気づいた。ヨルンドが彼女を求める以上ではないとしても、同じくらい彼を求めている。そんな恐ろしいことがあるのだろうか。ヨルンドが彼女を〝全身全霊で〟求めていると言ったとき、愛を求めるアメの魂は幸福感ではじけそうだった。

ヨルンドはもう私以外の女性に目を向けないだろうか？　ヴァルダと手を切るだろうか？

たぶん、そうはならない。それはつらいけれど、アメが彼を求めているのは事実で、嘘をつくことに意味があるとは思えなかった。

ヨルンドの声が彼女を現実に引き戻した。「最初は……痛いことがある。だができるだけそうならないようにする」彼の青い瞳は申し訳なさそうだった。

「その話は聞いたことがあるわ」

宮廷を駆け巡る〝あろうことか初夜に出血しなかった〟女性たちの噂。それは女性に対する過酷な批判に聞こえ、アメはいつもそそくさとその場を離れた。あそこに残っていたら、これから始まることについて今こんなに無知ではなかったかもしれない。

ヨルンドが近づくと、彼の体はアメのそばでぱちぱちと音をたてて燃える暖炉の炎にも劣らないほどの熱を放っていた。「君の番だ」

「私の番？」

「服を脱ぐんだ」

「ああ」膝ががくがくし始め、アメはためらった。服はどうやって脱ぐのだったか……。

「手を貸そう」ヨルンドが彼女のベールをとって椅子の上に放った。アメはドレスを留めていたベルトをほどいてそっとその上に置いた。

ヨルンドに促されるまま体の向きを変え、髪を一方の肩から前に流して背中の紐を彼のほうに向ける。アメが着ているのはたっぷりのひだと刺繍が施された母のチュニックで、その下には細身のシュミーズを着けていた。

ヨルンドは結び目を手早くほどいた。首の付け根に彼の唇が触れると、アメは思わず息をのみ、身を震わせた。チュニックが足元に落ちる。アメは大切な衣服を拾い上げて卓の上に丁寧に置いた。

下着とブーツだけの姿でヨルンドのほうに向き直ったアメは、初めて彼と会った夜を思い出した。あれからいろんなことがあったので、遠い記憶に思える。ヨルンドも同じことを思い出しているのだろうか？　アメを見る彼の顔には柔らかな笑みがあった。

アメはかがんで靴を脱ごうとしたが、ヨルンドが先に膝をついた。「俺にさせてくれ」

彼は片方ずつブーツを脱がせてからシュミーズの裾を持ち上げ、澄んだ青い目でアメに促した。

胸の先端がこわばり、アメはそこに触れる麻の感触を意識した。袖と襟の結び目を緩めると、彼の温かい指からシュミーズを受けとって脱ぎ、背後の椅子に落とした。

アメは落ち着かない気持ちで息を吸い込んだ。ヨルンドの目は彼女のへそや……一度も男の人に見せたことのない部分と同じ高さにあった。腿の付け根に熱がたまり、彼女は脚をぎゅっと閉じた。

一歩後ずさると、脚の裏に椅子があたった。

ヨルンドが顔を上げた。その目が暖炉の明かりをとらえて青い炎のような強烈な輝きを放つ。彼はアメのふくらはぎに腕を回して引き寄せた。「逃げる必要はない、スイートリング」

彼の声は宮廷の葡萄酒（ぶどうしゅ）を思わせる滑らかさだった。

今まで男の人にスイートリングと呼ばれたことはなく、特にヨルンドのようにそびえるほど大きな男の人にそんなふうに呼ばれるのはロマンティックだった。彼は今、まるで女王にかしづくようにアメの足元にひざまずいていた。

「俺は幸運な男だ」ヨルンドの手がアメのふくらはぎの内側をなぞる。膝にキスをされると、アメの内腿が粟立った。「脚を広げて」こんなふうに触れられていては抗うことなどできない。アメは言われたとおりにした。

ヨルンドの手がアメの腿の裏側からお尻のほうへ上がっていき、そこを優しくつかんでから腰骨をなぞって前に戻ってくる。アメの息は弾み、彼女は唇を噛んで喜びの声がもれそうになるのをこらえた。

ヨルンドはアメの腿の内側に唇をつけ、上へ向かって滑らせた。アメは息をつめて天井を見上げた。次は何が起こるのだろう。まさか……。

「ああ!」彼の舌に触れられ、くぐもったあえぎがもれる。アメはヨルンドの盛り上がった筋肉をつかんで体を支えた。

男の人の低い声が自分の脚のあいだで響く。アメは突然、体の内側が絞られるように感じた。それが何か考える間もなくヨルンドが立ち上がり、彼女を抱き上げて寝台に運んだ。

寝台に横たえられると同時に、ヨルンドの手が彼女の脚のあいだにさし入れられた。やがてアメは甘ったるい声をもらして身をよじり、自分でもよく理解できない解放を求めていた。

ヨルンドは彼女の脚のあいだに広い肩を埋めると、両手でアメのお尻をつかんで引き寄せて唇を触れた。

体が熱く潤い、引き絞られたようになる。アメはくぐもった声を出し、彼の舌に自分を押しつけることしかできなくなった。すぐに究極の喜びが全身を駆け抜け、彼女は震える熱の波に巻かれてヨルンドの名を叫んだ。彼の肩をつかみ、背を弓なりにして、衝撃と驚嘆の息を吐き出した。

でも……彼は私の中に入ってくるはずでは?

「これは……間違っていると思うわ」アメはあえぎながら鍵と鍵穴の話を思い出していた。

ヨルンドが顔を上げてみだらな笑みを浮かべる。

「いや、これで合っているんだ」

甘い熱に包まれてぐったりとしたアメは、至福のため息をついた。ヨルンドは彼女の腰を恭しいとも言える手つきでそっと下ろした。新しい藁のマットレスに体が沈み込み、アメは満たされたけだるい笑みを浮かべた。

ヨルンドが上半身のほうに来てアメの喉にキスをすると、新たな震えが彼女の背筋を伝い下りた。ヨルンドは優しく彼女の脚を広げさせ、そのあいだに膝をつく。彼の興奮の証に気づき、アメの体が心地よく疼いた。

彼の大きな体がすべての光をさえぎっていた。彼の真の強さとたくましさに気づいてアメの神経の末端にわずかな不安が生まれた。彼女は目の前で動くヨルンドの肩と利き腕を見つめた。

彼の動きには細心の気遣いと優しさがある。

そう気づくと、不安は消えていった。

尼僧院にいたころは、この経験をすることなく一生を終えるだろうと思っていたのに。

アメの人生はわずかな期間ですっかり変わってしまっていた。

彼女は息を吸い込み、これから起こることに身構えた。ヨルンドがアメに覆いかぶさるようにして二人のあいだの距離が縮まる。計算し尽くされた動きで、彼はアメの頭の向こうに手をついた。

アメはかすかな不快感を感じた。わずかに引き延ばされるような。でも我慢できない不快感ではない。彼女はほっとして微笑んだ。この結婚の契りの行為はそんなに大変なものではなさそうだ。特に、さっきのようにしてもらったあとでは。

それでも不思議に思える。宮廷の男の人たちはこんなことをするために、躍起になって女性と二人きりになりたがっていたのだろうか？

また低い声が聞こえたかと思うと、ヨルンドの腰が動き、その瞬間、アメの口から苦痛の悲鳴がもれた。そのときになって初めて、ヨルンドがまだ完全には彼女の中に入っていなかったのだと気づいた。でも今は、彼が自分の中にいるのを感じる。アメは鋭く息を吸い込んだ。

「すまない」彼がささやく。「痛むのは最初の一回だけのはずだから」

アメはうなずき、細い声を絞り出した。「私は大丈夫……。これで終わり？」

ヨルンドが北欧語で何か罵ったので、アメは眉をひそめた。変なことをきいてしまったのだろうか。

ヨルンドが腰を引いた。いや、アメがそう思っただけで、彼はまたゆっくりと体を押し出してきた。アメは体をこわばらせ、次の痛みを待ったが、それはやってこなかった。

「どうだい？」ヨルンドが肩で息をしながらきく。

アメは目をしばたたき、陰になっている彼の顔を見上げた。「えっ？」

「まだ痛むか？」ヨルンドの声は低くかすれており、アメの肌にざらついた息がかかった。

「あの……」アメは身じろぎして自分の中の感覚を探った。ヨルンドのうめく声が聞こえたので動きを止める。「痛くはないかしら」

「痛かったら言ってくれ」

「ええ……わかったわ」そう答えたものの、どう感じてどう答えるのが正しいのか……。

ヨルンドの息遣いが荒くなり、アメをさらに強く押さえつけてきた。彼女の喉にキスをし、唇のほうへ滑らせる。ヨルンドは今夜まだアメの口にキスをしていなかった。親密なキスはしたし、今は彼女と一つになっているが、口づけはしていない。

アメはどうしても口づけをしてほしかった。私の唇に彼の唇を強く押しつけてほしい。先日の朝、彼の部屋でしてくれたように。アメの服を引き裂き、彼女の体を疼かせたときのように。

アメは頭を起こして彼の唇を探した。二人の唇が出会い、彼の舌に舌を愛撫（あいぶ）されると、くらくらするようだった。ヨルンドが片手を二人のあいだに滑り込ませてアメに触れる。ヨルンドの指から彼女の脚の付け根に熱が注ぎ込まれた。

ヨルンドの腰の規則的な動きは、アメの中に興奮の疼きを引き起こした。そのざわめきが行き着く先はもうわかっている。アメは腰を持ち上げてヨルンドを迎えた。収縮するヨルンドの肩の筋肉をつかみ、大きな体の強さと優雅さを愛（め）でた。

再び体の内側が引き絞られる。アメは目を閉じ、自分でもよくわからないこの乾きを満たしてほしいと、持ち上げた腰で無言のうちに訴えた。ヨルンドの片手がアメの髪を、もう一方の手が彼女の腰をつかんだ。二人のあえぎがまじり合う。アメが目を開けると、ヨルンドが必死に彼女を見つめていた。

こんなふうに見つめられるのは初めてだった。この世にはほかに誰も、何も存在しないかのように見つめられるのは。このサファイア色の瞳に見つめられている限り、一生幸せに生きていける気がする。だが、体はもう限界まで引き絞られていた。アメは目を閉じ、全身を喜びの波に洗われながら叫び声をあげた。

ヨルンドの動きが速度を、激しさを増し、やがて彼も雄叫（おたけ）びをあげて自らを解放した。彼はアメを抱き寄せ、脈打つ彼女の喉に唇を押しあててうめいた。

アメはため息をついた。世の中とこの結婚に対する彼女の考え方は完全に変わっていた。二度と元に戻ることはないだろう。

19

ヨルンドは天井を凝視していた。動悸(どうき)が治まり、呼吸が元の速さに戻るのをじっと待つ。だが、かつての自分には二度と戻れない気がした。

世の中にこれほどの喜びがあるとは。ヨルンドは体も魂も焼き尽くされていた。

彼の人生は今や、大きく二つに分かれていた。アメ以前とアメ以降。それ以外のものに意味はない。どうでもいいことだ。今となっては。

アメのほうに顔を向けると、彼女もまた天井を見つめていた。彼がキスをした唇は赤く腫れ、巻き毛は絡まっている。ヨルンドが彼女の体から下りて寝台に横たわったとき、アメは毛布を引き寄せて二人の体にかけた。まあ、ヨルンドについてはできる限り、ということだが。彼女は今毛布を胸まで引き上げ、呆然(ぼうぜん)としていた。

アメと出会う前は、臆病で信心深い尼僧と結婚するなど死刑宣告を受けるにも等しいと思っていたが、まったくの見当違いだった。

彼女は積極的で敏感だった。無垢(むく)ではあったが、堅物ではなかった。彼自身のはやる気持ちを抑えるのが自殺行為に思えたほどだ。だが、そのかいはあった。彼女の二度目の絶頂を見られたのだから。少なくともヨルンドには彼女を喜ばせることができると知り、アメは心を許したのだ。

彼女のそばから離れ難いが、そうしなくてはならない。悪夢にさいなまれたとき、彼女の顔に浮かぶ恐怖なり同情なりを見るよりましだ。特に、最近はしょっちゅう夜中に目を覚ます。今夜もそうなる可能性は高いだろう。

それに危険なほど疲れているから、これ以上ここにいたら眠ってしまうかもしれない。

「もう戻らなくては」妻にというより自分に向かってつぶやいた。「自分の部屋に」

アメは毛布を胸元で押さえて体を起こした。その不必要な慎ましさは彼女をさらにか弱く見せた。

「でも……どうして？」

彼女に触れてなだめてやりたかったが、ヨルンドはその衝動に抗って立ち上がり、投げ捨ててあった服を拾った。「一人で寝るほうが好きなんだ」

「そう」アメは静かに応じた。

ヨルンドが体を起こしたときには、彼女はすでに反対を向いていた。薄明かりの中で、毛布が彼女の体の輪郭を浮かび上がらせていた。乱れた黒髪が肩と背中を覆い、ヨルンドの視線が肌に届くのをさまたげる。だが、ヨルンドがその肌を忘れることはないだろう。クリーム色の柔らかい胸の膨らみ。まどろみを誘う黒髪のラベンダーの香り。うなじにすり込まれた甘い麝香の匂い。すでに彼女が恋しい。

アメの隣に戻ってしまわないよう、彼はブーツを履く作業に意識を集中した。俺が自室へ戻ることに気を悪くしているだろうか？　むしろ、この巨体に寝台を占領されずにすんで喜んでいるのではないか。

いずれにしろ、夜中に彼女を恐怖に陥れることは互いにとって耐え難いだろう。

「おやすみ」彼はそう言って部屋を出た。

アメは無言だった。

どうして目が覚めたのかわからなかった。アメは突然、恐怖に襲われてぱっと起き上がった。心臓が激しく打ち、まるで何度も寝返りを打ったかのように寝具が体に絡みついている。部屋は暗闇に包まれていた。暖炉の火は赤い熾火になり、わずかな明かりがあるだけだ。闇に目をこらしても、何も見えなかった。

彼女は一人だった。

アメは寝台から下りて暖炉に薪(まき)をくべた。すぐに炎が上がったが、心は安まらなかった。肌が冷たくねばついていたので、急いでシュミーズを着て毛織物の上着を羽織る。悪霊にとりつかれたような感覚があったが、あまりにもばかげた妄想だと一蹴した。

壁のくぼみを暖炉にするというのはなかなかの思いつきだとしても、上部の石にあけられた穴は煙を吸い込む能力に難がある。今くべた薪が湿っていたのだろう、部屋が煙って涙があふれてきた。

アメはため息をついた。新鮮な空気が必要かもしれない。ちらりと窓に目をやってすぐに考え直した。

新鮮な空気を少し。必要なのはそれだけだった。外の空気を吸って戻ってくれば、そのころには部屋も暖まり、煙たさも薄れているだろう。

蝋燭(ろうそく)をつけようとは思わなかった。すりへった階段のことは自分の手の甲よりよく知っている。

階段が弧を描く箇所に来ると、ヨルンドの部屋の扉の下の隙間から、ちらちらと柔らかな明かりがもれているのに気づいた。

アメはためらった。だが、彼女が意を決する前に扉がつらそうにきしみながら開いたので、あわてて陰に隠れた。ヨルンドと顔を合わせることはできない。ついさっきのことのあとでは。

蝋燭も持たず、上着を羽織って暗闇の中にいるアメの姿は、彼の部屋の戸口からはほとんど見えないはずだった。彼女は目を見開いて待った。

どうして部屋へ逃げ帰らずそこにとどまったかは、誰にも――彼女自身にも――わからない。

好奇心のせいか、何かにとりつかれていたのか？　どんな理由にせよ、アメはのちにそれを呪うことになる。

蝋燭を手にヨルンドの部屋から出てきたのはヴァ

ルダだった。中にいる人物の目を覚まさせたくないというように、後ろ手にそっと扉を閉める。彼女は麻のチュニック一枚という姿だった。そのままふり返ることなく、廊下を横切って自分の部屋へ戻っていった。

アメは暗闇に立ち尽くし、閉じられた扉をいつまでも見ていた。座り込んでしまわないよう、両脇の石壁にしがみつく。爪がモルタルの中にめり込んで指先が痛んだ。

彼はヴァルダと過ごしていた。

私と過ごした直後に！

夫が不貞を働いているかもしれないと疑うことと、それが確かになることはまったくの別物だ。それもこんなに残酷な形で確かになるなんて。

あまりにも屈辱的だった。私一人ではだめなの？

悲痛な問いが脳裏に浮かぶ。

彼は嘘をついたのだろうか？　一日もしないうちに約束を破ったのだろうか？　アメは先ほどのヨルンドとの会話を最初から最後まで何度も何度も思い返した。彼は〝ほかの妻は持たない〟と誓った。〝君が不愉快な思いをすることもない。俺たちの子ども以外に財産を受け継ぐ子どもはいない〟と。

では、今のはなんだったのか？　真夜中の秘密の逢瀬。論理は屈折しているが、約束は守っているということなのだろうか？　アメの目を盗んでしていることだから。夫としての義務を終えたあとのことだから。

言葉としての約束は守っても妻の感情にまで配慮はしない。そういう意味では、ヨルンドはアメの父親とほとんど変わらなかった。いや、アメの父親は女とは約束さえしないけれど。

石壁と暗闇の圧迫感に息がつまり、耐えられなくなってきた。アメはできるだけ静かに階段を走り下りた。

円塔から中庭に出ると、胸いっぱいに空気を吸い込み、それを静かな涙とともに吐き出した。

自分の体を抱きしめて目を閉じる。つい数時間前には、ヨルンドの腕に抱きしめられていたのに。彼の手に触れられ、愛撫(あいぶ)されていたのに。あんなに独占欲をあらわにして押さえつけられ、欲望に全身を熱くしていたのに。今でもその欲望は骨の中に残っている。今でも彼に抱きしめられたいと思っている。そのことが、ヨルンドの変わらぬ不貞と同じくらいアメを傷つけた。

彼女は目を開けた。

朝日が昇り始めていた。赤とピンクの光線が空を満たしている。それは息をのむほど美しいと同時に不吉な光景だった。

アメは身を震わせて顔を背けた。

20

重装備の小隊が丘の頂上に達して止まる。すぐに知らせが入り、ヨルンドは朝食を切り上げて門の前に立った。件(くだん)の小隊が向かいの丘を下り、こちらにゆっくり進んできていた。

ロタール・エヴルの旗章と盾は皆が知っている。町の民は足を止め、かつては自分たちの誇り高い領主だった男が、今は彼のものではない土地を横切るのを目で追った。

アメがヨルンドの隣に立った。今朝、彼が妻と顔を合わせるのは、これが初めてだった。アメはいつもより早く一日を始めたに違いない。ヨルンドは彼女のほうを向き、笑顔で安心させようとした。頬にキスをするのも悪くないだろう。だが、彼女の顔を見た瞬間、そんなのんきな考えは跡形もなく消え去った。

肌は青ざめ、唇は硬く引き結ばれている。髪はきっちりと束ねられてベールで覆われていた。昨夜、肌を重ねた情熱的な女とは別人のようだ。

アメはヨルンドにも、近づいてくる父親にも声をかけなかった。エヴルに戻ってきた彼女が百人以上の農奴を抱擁したことを思えば、父親に対するこの冷ややかさの意味が察せられた。だがヨルンドは、アメの父親が幼い彼女を傷つけたことに前からうすうす気づいていた。結婚したあとの数日、彼女がどんな様子だったたか。乳をこぼしたときのあの怯(おび)えよう。母親の不調も含め、すべてが日常的な暴力の結果のように思われた。脳裏に浮かぶ陰鬱な情景に、彼は胃がよじれそうな怒りを覚えた。今朝のアメが彼女らしくないとしても不思議はない。


こんな男をどうして彼女に近づけさせられる？だが、西フランクの貴族を侮辱するのは政治的に許されない。

ヨルンドは近づいてくるロタールを観察した。条約締結の折りには、まさかこの男の娘と結婚するとは思っていなかったので、注意を払っていなかった。

かつては美丈夫と称されていたのだろうが、今のロタールには〝風雅〟という形容がふさわしく思われた。筋肉はない――戦士だったことがないのだろう。豊かな黒の癖毛は西フランクの宮廷の男にしては少し長めだ。国王のじりじりと後退する生え際へのささやかなあてつけかもしれない。いずれにせよ、彼は己の見かけに大変な誇りを持っているようだった。口髭(くちひげ)と髪は香油を塗り込まれて光り、ビザンツ錦の服には宝石をちりばめたブローチがついている。栗色(くりいろ)の牡馬(ぼば)にまたがり門に近づいてくる彼の手には、いくつもの太い指輪がはまっていた。

ロタールの小石のような目が娘夫婦の姿をとらえて鋭くなった。彼は馬の速度をわずかに上げて二人の前までやってきた。腿の骨の短さからして、小柄な娘と変わらぬ背丈のように思われた。ヨルンドのような大男を見下ろすことなどめったにないはずだから、この機会を大いに楽しんでいるに違いない。短躯で自信のない男にはよくあることだ。

「娘の結婚を祝うために参じた」ロタールの言葉には冷ややかな侮蔑の響きがあった。ヨルンドなど農奴も同然、エヴルの領主とは認めないと言いたげだ。ヨルンドにとってそんなことはどうでもよかったが、傍らで身をすくめる妻のことはそうはいかない。

「よく来てくれた、ロタール。だが、従者たちには外で待ってもらうしかない。ロロ伯爵が滞在していて使える部屋がないのだ。あなた方が来るとわかっていたら、日にちをずらすよう進言したのだが」

ロタールの冷酷な目が細くなった。「私の護衛を外で過ごさせろと？」

ヨルンドは笑顔をつくった。「そうだ」

「ありえない」

「ありえないことなど何もない。ご覧のとおり」ヨルンドは言葉を切り、満面の笑みをつくった。「恐れるようなものはないし、伯爵の護衛も俺の護衛もいる。あなたがここにいるあいだの防御は万全だ」

ロタールはすぐには答えずヨルンドをにらみつけたが、結局はうなずいた。伯爵の護衛に西フランクの貴族は守れないと主張できるはずもない。

「滞在中はお父さまの以前の部屋をお使いください」アメが憂鬱そうに言ったので、ヨルンドは渋面を向けた。アメが何も言わないでと言うようにかすかに首をふる。ロタールが現れてからアメは別人になったかのようだが、内なる力が失われたとは思えなかったし、ロタールの扱い方はヨルンドよりも彼女のほうがよく知っているはずだった。

だが、もしもロタールが娘を傷つけたり、彼女の気力を奪ったりしたら……。どこに隠れようと、ヨルンドの怒りをかわすことはできないだろう。

ロタールが外壁の上からわずかにのぞく円塔を見やった。ゆっくりと浮かんだ残忍な笑みが彼の顔を歪ませ、鋭い犬歯が現れた。「娘よ、おまえは今、あそこで眠っているのか？」

アメは険しい目つきでうなずいた。「ええ、今使える部屋の中ではあそこが一番いい部屋です。喜んでお譲りします」

ロタールは円塔から視線をはがし、嘲るように天を仰いでみせた。「おまえはそう言うと思っていたとも、娘よ。だが、階下の部屋で十分だ。従者たちには私から説明しておこう。長旅のあとなので疲れている。そんなところに突っ立っていないで、館に戻って軽食を用意したらどうだ？」手綱をくいっと引くと、彼は従者たちのもとへ戻っていった。

ヨルンドはアメのほうを向き、彼女の父親のぶしつけさを嘲笑おうとしたが、彼女はすでに厨房へ向かっていた。

ヨルンドは戦士の一人に歩み寄った。「やつを見張っておけ」ロタールとその従者たちのほうに頭を傾けると、戦士がうなずいた。

アメの態度が急に変わったのが気がかりだった。よそよそしくなり、内にこもっている。数時間前にはヨルンドの下で身をよじらせ、彼を引き寄せて魂に焼き印を残すような口づけをしたというのに。

円塔を見上げると、かつての領主の部屋以外、すべての部屋の鎧戸が開いていた。アメの父親の残忍な笑みがヨルンドの心に引っかかっていた。

どうしてアメは鎧戸を閉めきっているのか？ あそこから見える景色は息をのむほど美しいのに、なぜ閉ざす？

ヨルンドの知る限り、彼女はあの部屋で不眠に悩まされてはいないし……あそこで授業をしていたときも、居心地が悪そうにはしていなかった。アメは最初あの部屋をいやがったが、手入れのまずさのせいだろうと思っていた。もしかしたら手入れが原因ではなかったのか？　では何が、どうして？

ヨルンドは中庭に入り、広間へ向かった。妻を見つけて答えを聞き出すのだ。

ロタールのことは放っておけばいい。しきたりどおり邸内に案内することもないだろう。

あの男にとっては勝手知ったる建物だ。

アメは手桶の上にかがみ込み、父親に軽食を出すための銀器を必死に磨いていた。それは前夜の宴で使われ、まだ洗っていなかった。

父が好むのは最高級の食器のみで、まだ洗っていなかった。

ベアトリスとエマは食料庫をあさり、好みのうるさい前領主のために軽食をかき集めていた。傷一つない果物、熟成されたチーズと葡萄酒。だが、ここに葡萄酒はない。アメはベールからこぼれた巻き毛を払った。

どうして父がここに？　どうして今？　考えられる目的は何？

それでなくても危うい未来に対する不安が蔓のように心臓に巻きつき、体の力が奪われているのに。

「何をしている？」

ヨルンドの声に彼女は凍りつき、ゆっくりと体を起こした。哀れな過去を掘り起こしている暇はない。宮廷の葡萄酒に匹敵する飲み物をどうにかして手に入れなくては……。そんなことは無理に決まっているとしても。

「彼を恐れる必要はない。俺がいるのだから」ヨルンドの声は静かだったが、誠意が感じられた。本当に何も恐れなくていいのだろうか？　ヨルンドはまだあの契約の条件のことを知らない。

アメはため息をつき、銀器を磨く手を止めた。「私……つい昔の癖で」自分でもいやだったが、父を見た瞬間、かつての恐怖を思い出してしまったのだ。そうでなければ、小うるさい父の好みを満たさなければと考えるはずがない。

ヨルンドが調理台を回り込んできて、問いかけるというより静かに説明するように言った。「以前、暴力をふるわれていたからだ」彼は自分を抑えるのが難しいとばかりに両脇で拳を握っていた。昨夜、彼の部屋から出ていくヴァルダを見たのだから、アメはヨルンドを憎むべきだった。実際にその気持ちもあった。でも、彼に理解してほしい、慰めてほしいという別の気持ちもある。

ただ、ヨルンドが父に挑んでも話は複雑になるだけだ。「そんなにしょっちゅうではないわ」

「では……君のお母さんは？」大きな手が彼女の手を包んで手桶から出させた。「ここはベアトリスとエマに任せればいい。少し一緒に座ろう」

「そのとおりですよ、奥さま」ベアトリスが果物の入ったかごを調理台に起きながらきっぱりと言う。「お客さまのことはお任せください。私たち二人で大丈夫です」

ヨルンドはアメの濡れた手を引き、暗い隅に置かれた小卓と二客の椅子のそばへ連れていった。エマがヨルンドに布を渡して仕事に戻る。ヨルンドに布を押しつけられ、アメはそれで手を拭いた。

彼は私のことを頭がおかしいと思っただろうか？

「ロタールにはここで口出しをする権利はない。君が彼に尽くさなくてはと思う必要はないんだ」

アメは明るい笑い声をあげた。「わかっているわ……私だって……父はすぐいなくなると。昔からここに長くいたためしがないもの。ただ、父の言うとおりにしたほうが簡単なときもあるのよ。母は最後までそれに気づかなかったけれど」

ヨルンドが吐息をつき、身を乗り出した。「詳しく話してくれ」

アメは壁を見つめて肩をすくめた。「父は命令するのが好きで、母はときどき難しくなったわ」

「難しくなるとは？」

恥ずかしさがアメの喉をかきむしった。全部話すべきだろうか？

昨夜はヨルンドとの距離が縮まったように感じた。体の距離も心の距離も。だがそのあとで真実を突きつけられた。

でも……ここで過去の話をすれば、夫の不貞がアメにどんな痛みをもたらすか、ヨルンドも気づくかもしれない。そうしたらやめてくれるのでは？

それに、いずれにせよ説明はするべきだろう。父はどこかの時点でその話を持ち出し、アメに居心地の悪い思いをさせるはずだ。そうやって楽しむのだ。今なら少なくとも自分の言葉でヨルンドに話せる。

「説明するのは難しいわ……。母は……気分にむらがあったの。心がいつも熱を出しているとでも言うのかしら。すごく楽しそうだった次の日に、どうしようもなく悲しくなるのよ。めったに……安定していることがなかった。だから、父はたいてい私たちを避けていたわ。明るいときの母は父を慕い、父も母の献身を喜んでいた。でも、必ず母の闇は戻ってくる。母の熱意が冷めると、父はいらだちを募らせてほかの愛人たちを連れてくるの。母はそれを……うまく受け入れられなかった。暴力的になって父に殴りかかるときもあって、父も同じように応じた。二人は幸せな夫婦ではなかったのよ」

父が何度母のことを頭のおかしな女と呼び、母の中の闇を叩き出そうとしたか。

母の状態はひどくなるだけだったけれど。

ベアトリスと目が合うと、彼女はアメを励ますように微笑み、盛りつけを終えた木の盆を持って出ていった。エマが大きな水差しを二つ抱えてあとを追う。二種類の飲み物の中から選ばせるとは……賢いやり方だ。

民の優しさに感謝するのは、これが初めてではなかった。アメが彼らを愛する理由はほかにもたくさんあった。彼らはすべてを知っていて、自分たちにできる方法でアメを守ってくれた。

彼女たちがこんなに優しくなかったら……。アメはおののきを覚えた。

「つらかっただろう」

ヨルンドに探るように見つめられ、アメは身じろいだ。だが、自分が無実だったように話すことはできない。

「私もときどき母を避けたわ」彼女は正直に言った。「私はそれほどいい娘ではなかったのよ、ヨルンド。あなたにはそれを知っておいてもらわなくてはいけないわ。母の気分がころころ変わることに……とまどっていたの。父と違って、母がすごく楽しげな日も好きではなかった。そこにはいつも何か……絶望のようなものがあったから」自分の言葉が意味をなしていないのに気づき、困ったように肩をすくめた。

母が浴びせかけてくるあの愛情と情熱を喜ばない人間がいるだろうか？

私以外に……。アメにはその愛が本物に思えなかったのだ。

彼女はため息をついた。「私は母を愛していたわ――とても。それはわかってほしいの。穏やかなときの母は特に。母が母らしさをとり戻していたときは。でも父が戻ってくると、母は興奮して我を忘れてしまうの。しゃべり続け、実際に開かれることのない宴の準備をし、四六時中踊って歌い、真夜中に私を起こして林檎(りんご)をとりに行ったり、川で石投げをしたり。母が何をし始めるか、どんな気分か、私にはまったく予測ができなかった。父が館にいるとき、私は本に慰めを求め、両親を避けたわ。町の子どもたちと遊ぶのが好きだったけれど、父がここにいるあいだはそれもできなかったから」

アメはヨルンドの表情を探った。できれば、わかってほしかった。彼の目に同情があり、批判がないことに励まされ、彼女は続けた。

「母が暗いときはいやだったわ。ベアトリスを連れて自分の部屋に閉じこもり、何日も……ときには何週間も出てこなかった。私は母を助けようとしたけど、何をしても無駄みたいで。母の悲しみが消えて次のサイクルが始まるのを待つしかなかったのよ」

アメは手元に視線を落とした。あまりに強く握っていたので、指に三日月形の爪痕が残っていた。

「君は子どもだったんだ」ヨルンドが穏やかに言って彼女の手をとった。ヨルンドの手は温かくて優しく、昨夜の愛撫(あいぶ)を思い出させた。全身から熱があふれ、アメは自分が落ちていくように感じた。私も結局は母と同じなのだろうか？　自分ではどうしようもない情熱にふり回されるのだろうか？　吐き気がこみ上げ、彼女は手を引っ込めた。

私と過ごした直後に別の女性と床をともにする彼が、どうしてこんなに優しくなれるのだろう？

「それでももっと何かしてあげたかった……」アメは肩をすくめ、卓の上で手を広げた。指先に触れる固い材木の感触が心を落ち着かせてくれた。「だけど、過去を変えることはできないわ」

「もっと何かしなくてはいけなかったのは、君の父親であって君ではない」

「そうね」アメは悲しい気持ちでうなずいた。「でも、父はそうしなかった。母の憧れと愛情を楽しむだけで何も返さなかった。気分が変わりやすくても、母は美しい女性で、父をどうしようもなく愛していたのよ」不自然なほど。アメは母の父への執着を思い出した。あんなふうになりたくはないが、彼女はなすべもなく夫に溺れていく自分を感じていた。

　女性はみんなこんなふうにして自分を失っていくのだろうか？　彼女がヨルンドに感じているのはもうただの敬愛ではなく、母のようなつかのまの熱情でもないような気がした。それはもっと深くて永遠の何か、固い石に刻まれた何かだ。そう思うと恐ろしく、でも同時に……奇妙な期待感があった。ヨルンドも同じように感じてくれていたら。

「君の父親は自分の都合のいいように、お母さんの気分を操っていたんだろう」ヨルンドの言葉に、アメははっと我に返った。

「でも、母が健康でないことはわかっていたのよ。私がもっと注意しておくべきだった。もっとよく世話を……」

　ヨルンドがアメの肩に腕を回して引き寄せた。

「お母さんはどうして亡くなったんだい？」

「事故よ。誰の責任でもないわ」その嘘はあまりにも簡単に出てきた。考える必要もなかった。何度この言葉を口にしただろう？　何度も何度も、その嘘が真実になるまで。

「夫の部屋で？」ヨルンドにきかれ、アメは首をふった。

「殴られたのではないわ。あれは事故だったのよ。母は落ちたの――馬から」

　その言葉をとり消すことはできなかった。ヨルンドに教会の偉い人たちのようなこだわりがあるとは思えなかったが。真実が広まれば、母はキリスト教式の埋葬をしてもらえず、ベアトリスも大変な思いをしたはずだ。忠実なベアトリスは母を見つけ、紐を切ってあの木から下ろした。彼女は嘘をつき、アメと一緒に紐を燃やした。

　真実を話せば、ヨルンドに非難されるかもしれないし、ベアトリスを守る必要もある。

　父は疑念を抱いたようだったが、嘘を受け入れるのにやぶさかではなかった。そのほうが楽だったからだ。だが、その秘密はアメの心に重くのしかかっていた。彼女の口を塞ぎ、ヨルンドにヴァルダのことを問いつめることをあきらめさせた。そっとしておくほうがいいこともあるとささやいて。

その話をしてどんないいことがあるというのか。

「私たち、父の相手をしなくては。もうずいぶん放ったらかしにしてしまったわ。よくないことよ」

ヨルンドはゆったりと椅子に座り、肩をすくめた。「俺は気にしないが、君は？」

アメは悲しげに微笑んだ。「私も気にしないわ。でも、お客さまの相手をするのはエヴルの女主人である私の務めだから」彼女は立ち上がり、背筋をのばして父のもとへ向かった。

驚いたことに、ヨルンドもついてきた。

21

ロタールが到着した翌日、ヨルンドとアメは客たちとともに狩りへ出かけた。

収獲は上々だった。森の藪から牡鹿が二頭と猪が三頭飛び出してきたのを皆で追いつめ、ヨルンドが牡鹿を仕留めた。猪のほうはヴァルダも加勢した。

だが王女がすぐに疲れを訴えたため、大半の客は昼前に砦へ戻った。帰宅組の中にはロタールもいた。ヨルンドが帰る前にヴァルダと罠の獲物を確かめに行こうとすると、アメが自分も一緒に行きたいと言い張ったのは、そのせいかもしれなかった。

厨房で話したあとも、アメはいつもより控えめに見えた。いつもより冷ややかに。二人のあいだに育ち始めていた冗談や戯れまじりの気安さはすっかりなくなり、礼儀正しいよそよそしさがあった。

　拳を握りしめ、食料をどうにかしろと彼につめ寄ってきた女はどこに行ったのか？　埃まみれの古い本を見てうっとりとため息をついた美しい淑女は？　自分の馬をルナと名づけ、毎日林檎を与えて甘やかす彼女は？

　アメの中にあった光がことごとく覆いをかけられ、暗くなってしまったようだ。

　あの父親のせいに違いない。

　アメから両親の話を聞いて、彼女の少女時代や、その後教会の門を叩いたことに関するいろんな疑問が解けた。だが、まだ重要な何かが欠けているような気がする。ただそれが何か、ヨルンドには考えつかなかった。

　父親の相手をして疲れただろうと思い、昨夜はアメの部屋に行かなかったが、それが失敗だったのか？　彼をようやく床に招き入れてくれたアメとのあいだに距離をつくってしまったか？

　ヨルンドはため息をついた。時間をかける以外に正しい答えがあるのかどうかもわからない。

　とにかく砦に戻らなくては。

　戦士たちもほとんど戻らせてある。まず客たちの護衛として、その後獲物を持ち帰らせるために。

　だがアメの様子を見ると、そう急がなくてもいいのではないかと思えてきた。彼女は目を閉じて太陽を仰ぎ、父親の到着以来、初めて穏やかな表情を見せていた。ヨルンドは今日という日が少し明るくなったように感じた。新鮮な空気を吸い、体を動かしたおかげで彼女の顔はほんのり赤く染まっていた。

　ベールをかぶらず、髪を真ん中で分けて三つ編みにし、朽葉色の外套と揃いの刺繍入りの布を額に巻いている。深緑色の生地に金糸で刺繍を施した新しいドレスをまとった姿は一分の隙もないレディ・エヴルだ。ヨルンドは彼女を自分の妻と呼べることが誇らしかった。

「砦に戻ろうか?」彼は明るくたずねた。先ほどまで考えていたこととは裏腹に、もしも妻が望むなら、喜んでいつまでも森にいるつもりだった。

アメは目を細くして空を見上げ、ため息をついた。

「ええ、戻らなくてはいけないでしょうね。そろそろ夕食の支度を始める時間だし、私たち、ずいぶん遠くまで来てしまったみたいだから」

ヨルンドは眉をひそめた。

確かに。領地の境界はもうすぐそこだ。

アメが踵を軽く動かし、手綱を優しく引いてルナの向きを変える。この三週間のあいだに、アメはすっかり熟練の騎手になっていた。ヨルンドたちが獲物を見つけて走り出しても、ちゃんとついてくる。

森を抜けて果樹園のほうへ戻っていると、奇妙な静けさが陰のように忍び寄ってきた。鳥までも息をつめているようだ。ヨルンドの背筋がぴりぴりした。

長年の経験から、本能を無視してはいけないと学んでいる。ヨルンドは手を盾のほうへ近づけながら目だけで木々のあいだを探った。ただの取り越し苦労だとしても、最悪の事態に備えておくに越したことはない。彼は馬をアメの馬のほうへ寄せてヴァルダに合図を送った。ヴァルダは何も言わず、アメの反対側に馬を移動させた。

茂みが揺れ、陽光の中で矢尻が光る。ヨルンドは一声吠えると、盾をアメの前にかざした。

ほかの馬のように襲撃に慣れていないルナが激しくいななき、後ろ脚で立ち上がってアメをふり落とした。そして数歩よろめいてからばたっと倒れ込んだ。脇腹と首に矢が突き刺さっている。

ヨルンドは馬から飛び下りて剣を抜き、また盾をアメの前にかざした。落馬したショックでアメの目は見開かれていたが、けがはしていなかった。

ヨルンドは傍らに膝をつき、できるだけ完全に彼女の体を盾で覆おうとした。それは彼にとって自然な行動ではなかった。彼のような巨体の男は攻撃する者であり、守る者ではない。

また矢が飛んできたが、明後日の方向へそれていった。射手はあわてているうえに……一人しかいないらしい。

「あそこだ！」ヨルンドは茂みのほうを指さした。「生け捕りにしろ！」ヴァルダがほかの従士を従えて駆け出していった。

アメは低くうめいて彼を見上げた。懸命に状況を理解しようとしているが、その目は焦点が定まっていない。呆然と辺りを見回している。

「ルナ！」アメが馬を見つけてあえいだ。心苦しいが、彼女の感情よりも命のほうが大事だ。ヨルンドはアメの腹に手をあてて押さえつけた。

「だめだ！」

辺りに目を走らせ、危険がないか確かめる。戦士たちのほうから聞こえてくる音からすると、暗殺者はつかまったようだ。もう一度確かめてから彼が手を離してうなずくと、アメは血を流す馬に駆け寄った。ヨルンドは念のため彼女の盾となって一緒に走った。

目の前の哀れな姿に、苦い怒りがこみ上げる。もっと哀れな光景を目にしたことは何度もあるが、アメの苦しみを思うと耐え難かった。馬は痛みと恐怖に目をむき、息をあえがせていた。

アメがこうなっていたかもしれない。

アメは泣きながら馬の首をなで、耳元で何かささやいている。美しいドレスを引き裂き、包帯にして馬の傷を覆ってやった。

失血がひどく、馬は弱っていた。ぐったりと頭を地面に預けている。痛みと信頼を映し出す目で力なくアメを見つめるうち、しだいに呼吸が落ち着いていった。女主人の姿に心が和んだからか、死の可能性を受け入れたからか。おそらくその両方だろう。

アメは涙をためた目でヨルンドを見上げた。「ヨルンド、ルナの血が止まらないの。お願い、助けて。助けて！」

彼は喉を塞ぐ塊をのみ下してうなずいた。

「傷を焼かなくては……。火をおこせ」そばにいた戦士に命じると、すぐに木ぎれと葉っぱがかき集められ、火打ち石で火がつけられた。

ヴァルダが縛られて身をよじる若い男を引っ張ってきて近くのオークの幹にくくりつけた。

「ヴァルダ、町に行ってこの馬を乗せられる大きさの荷車を調達してきてくれ」

とらえた男を縛り上げると、ヴァルダは空き地を横切ってきた。ヨルンドは空き地の中央まで行って彼女と向き合った。ヴァルダがルナの状態を見てからヨルンドに視線を戻す。彼女の目には暗い同情があった。特に、ヨルンドは昔からヴァルダのその目が嫌いだった。〝あんた、どうかしちゃったの？〟という目つきが加わると。

「苦しみを終わらせてやったほうがいいんじゃない？」ヴァルダが抑えた声できく。

「だめだ！」言い争っているのをアメに聞かれないよう、ヨルンドも声を低くした。いらだちをこめてルナを指さし、食いしばった歯のあいだから声を絞り出す。「俺が自分で背負ってでも、あの馬は死なせない。聞こえたか？」

ヴァルダはうなずき、馬で町へ向かった。

ヴァルダには理解できないだろう。彼女にとって、こんなことは小競り合いですらない。戦場で馬が死ぬなど日常茶飯事だ。ヨルンドだって、もう何年も乗っている馬に名前すらつけていないのだ。

彼は悪態をついて唾を吐いた。先ほど全身を駆け巡った血と恐怖の苦い味を吐き出したかった。

もちろん、自分ではなくアメを思っての恐怖だ。

火が十分大きくなると、剣をあぶり、赤く輝くのを待った。戦士たちにアメの馬を押さえさせる。ヨルンドが刺さっていた矢を引き抜き、赤く熱せられた剣をあてると、馬がいななないて暴れた。たてがみと筋肉が焼けるいやな匂いが鼻をつき、咳が出たが、それにはかまわず、できるだけ早く傷を塞ぐことに集中した。アメは傍らで馬を励まし続けていた。

彼女は服に泥がつくのもかまわず、馬の頭の横に座り込んでいる。ルナの鼻面をなで、涙が頬を伝うに任せて小さな声で励まし続けている。

ヨルンドが何をしてでも彼女の馬を死なせないと言ったとき、それは決して誇張ではなかった。アメの苦しみを和らげられるなら、喜んで自分の体に焼けた剣を押しつけただろう。

冷たい怒りがわき上がり、彼の筋肉が盛り上がって張りつめた。馬の傷の処置がすむまで暗殺者のほうに目を向けることはしないが、その男がどこにいるかはわかっていた。木に縛られ、待っている。ヨルンドの心の中に邪悪な笑みが浮かんだ。ふだんはこの手の悪魔的な考えが浮かぶと恐ろしくなる。父を鮮烈に思い出すからだ。だが今日の彼はそのあくどさに満足していた。

ヴァルダが戻ってくるのにそう時間はかからなかった。大型の使役馬二頭に引かれた収獲用の荷車が空き地に運び込まれた。辺りに漂う血の匂いに反応して馬たちが前脚を跳ね上げる。だが、御者が手綱を打ちつけて前に進ませた。がっしりした農奴が数人、頼んだ覚えもないのに、荷車の後ろに座っていた。彼らは荷車が止まる前に飛び下り、厚板を並べて傾斜路をつくった。

めったに驚くことのないヨルンドだが、今日は驚き、そのうえ感謝もした。馬から飛び下りたヴァルダに、彼は眉を上げてみせた。

彼女は肩をすくめた。「連中が手伝うって言って聞かないんだ……誰のための荷車か知ったら」ヴァルダはアメのほうへ首をふってみせた。アメはすでに立ち上がり、ルナを縄でつなぐよう農奴に指示している。もう自分の仕事はなさそうだったので、ヨルンドは木に縛られている射手に近づいた。

男はまだ若かった。痛々しいほど若い。顎の毛は髭というより黒ずんだうぶ毛のようで、淡い灰色の目は恐怖に血走っている。ヨルンドの中の怒りがわずかにしぼんだ。

俺もこんなだったのだろう。

ずっと昔、父親と馬を駆っていたころの俺は。

「妻はあの馬を愛している」ヨルンドは穏やかに言った。少年の息遣いがせわしなくなった。運ばれていく馬を哀れそうに見やり、それから、縛られてみすぼらしく震える自分の手に視線を戻した。

ヨルンドはまだ短剣を握っていたことを思い出し、若者の前にしゃがんで物憂げに回してみせた。刃が宙を舞うのを見て若者が唾をのみ込むたび、喉仏がびくんと上下した。

「なぜ妻を襲った？」

少年が口を固く結んだまま顔を背けた。

一本ずつ指を切り落とすか？　だがなぜかヨルンドは思いとどまった。相手があまりにも若かったからかもしれない。

アメはどう思うだろう？

復讐心がまた弱まった。

だめだ！　絶対に理由を吐かせる。ヨルンドは少年の縛られた手をつかんだ。握りしめた手の指を二本開かせ、短剣を滑り込ませた。刃が関節のすぐ下の肌に触れる。剣をいっきに引けば……。刃は鋭く、指は細い。

「指がなくなったら、二度と矢を射られないぞ」

少年は弱々しい声をもらしてうなだれた。「あの人を殺せば銀貨一ポンドがもらえるんだ」

「銀貨一ポンド？」

そんなはした金で。だが人々はそれよりも少ない――はるかに少ない金のために殺されてきたのだ。

「コタンタンの戦士はみんな、知っている」

「俺の妻の首に懸賞金をかけたのは誰だ？」

「俺は……俺は知らない」少年の顔が青ざめた。自分の手の中の剣より恐ろしいものがあるとでも言うようだ。ヨルンドの胸に疑念がわき起こり、胃の中で渦巻いた。

「誰だ？」彼は吠え、少年の喉に手をかけて幹に押しつけた。少年が顔をしかめて息をあえがせる。

「俺……本当に……知らない……。ただ、殺して族長に報告しろと言われたんだ」

「じゃあ、おまえの族長の名は？」

「エリク・ブラックトゥース」

ヨルンドが手を離すと同時に少年が泣き出した。彼はさもしい男どもに命じられた、怯えた子どもでしかなかった。辺りに充満する血と煤の匂いをかぎ、ヨルンドの胃の中で苦々しさが発酵した。少年の手首をつかんで引き寄せ、短剣をふり上げた。

少年はひるんだが、ヨルンドが縄を切ると、ほっと力を抜いた。

「こんなことは二度とさせない。帰ってエリクに伝えろ。エヴルを見下ろす丘の頂にぽつんと立つ林檎の木がある。そこに来いと。この襲撃を命じた人間を教えれば、俺が二倍の報酬を払う。わかったか？」

少年はよろめきながら立ち上がると、ぶんぶんとうなずき、森のほうへ駆け出した。

「それから！」ヨルンドがきつい口調で言うと、少年は数歩進んでからふり返った。ヨルンドはよく聞けというように彼を見下ろした。「この伝言を届けたあとは……もっと賢く仲間を選べ。略奪団に関わっていたら、命はすぐに尽きるぞ」

少年はこくんとうなずくと、二度とふり返らず森の中へ逃げていった。

そのときにはすでにルナは荷車に乗せられ、アメは馬の隣に座っていた。

ヨルンドは自分の馬に乗り、荷車の隣を進んだ。アメが混乱と絶望をたたえた目で彼を見上げる。

「逃がしてあげたのね。その……あなたが彼をひどい目にあわせなくてよかったわ。まだ子どものようだったもの。でも、どうして私たちを襲ったのかしら？」

「勘違いだったらしい。俺たちのことを強盗と思ったようだ。それで、動転したんだ」

アメに嘘をつくのはいやだった。今回の襲撃については彼なりに思うところがあるが、証拠もないのにアメを不必要に動揺させるつもりはなかった。

22

ルナは暖かい藁に包まれ、穏やかに眠っている。アメのたっての願いで、一番広い馬房と、望みうる限りの干し草と林檎を与えられたが、ルナを少しでも快適にしてやりたいという気持ちは収まらなかった。ベアトリスから少し休んでくださいと懇願されても、アメは絶対に馬のそばを離れようとしなかった。ルナがこんな危険な状態のときにそんなことができるはずがない。

熱や悪い病の危険はまだ残っているものの、少なくともルナの体には力が戻ってきており、生き延びる可能性は増していた。アメはルナが病に冒されないよう傷口に薬草と蜂蜜を塗り、煮沸した布をあてがった。それは尼僧院長が以前から推奨していた傷の治療法だった。そして、決して患者から目を離さないことが。

だから、アメはルナの馬房で夜を過ごすことに決めた。ルナの体力が落ちないよう手ずから水とオート麦を与え、できるだけ頻繁に傷口を洗って薬を塗ってやるつもりだ。

ベアトリスは女主人のために厩の一画を干し草の俵で区切って隙間風を防ぎ、大量の毛布と毛皮を運び込んで、必要に応じて休めるようにしていた。小さな火桶が温かさとささやかな明るさを添えている。

「何か食べたのか?」ヨルンドが開いている戸口に所在なげに立ち、抱えていた薪を火桶の横に置いた。ベアトリスからアメの計画について聞いたに違いない。彼がそれを止めようとしないことが嬉しかった。アメの父親なら、馬一頭にこれほど手間をかける彼女を嘲笑っただろう。

「ええ、ありがとう。ジゼラがさし入れを持ってきてくれたの」ヨルンドの顔に驚きの表情がよぎったので、アメはくすっと笑った。「彼女は手が汚れるのが好きではないから長くはいなかったわ。でも、とても優しい人よ」

ヨルンドは後ろ手に扉を閉め、アメのそばに来た。

「君と同じだな」眠っているルナのほうへ首を傾ける。「少しよくなったようだ」

「まだ熱は出ていないわ」

「いい兆候だ」

アメもうなずいた。彼はどうしてここに来たのだろう? 体を左右に揺らしている。心を決めかねているときのサインだ。

「何かあったの?」

「いや」ヨルンドの首のふり方がひどく急いでいるように見え、アメは不穏な気持ちになった。

彼女は喉の塊をのみ下し、顔を背けた。

「俺は君を守り、命を捧(ささ)げると誓った」

ヨルンドの言葉にアメの胸は引き裂かれた。ヴァルダとの関係を告白しようとしているのだろうか？そんなことには耐えられない。そんな告白をされたら、彼女の世界は脅かされてしまうだろう。アメはあえて何も言わなかった。

「自分がときどき……内にこもることはわかっている。だが俺は君のことを大切に思っているし、今日……もし君がけがをしていたら……」ヨルンドの顔には血の気がなく、瞳は苦しげだった。

「私は大丈夫よ」アメは彼のほうに一歩踏み出した。「あなたは約束を守ってくれた。私は無事だし、けがもしていないわ」彼女が求める愛ではないとしても、それで十分だ。

「俺は絶対に……」ヨルンドはアメの手をとって片方ずつそっとキスをした。その手を放してかがみ込むと、彼女の頬をなで、唇にキスをした。

一つのキスが一つの約束のようだった。アメを危険から守り、一生大切にするという約束。ヨルンドはわずかに体を引くと、何か言おうとした。でも彼がその約束を守れないことを、アメは知っていた。

彼の嘘(うそ)などほしくない。アメはヨルンドの太い首に腕を回して引き寄せた。

今日の恐ろしい出来事のあと必要なのは、生きていることをもう一度実感させてくれるものだった。ヨルンドにしか与えられない喜びと興奮を思い出させてほしかった。

アメは彼にしがみついた。彼の心が二つの方向に向いていることがわかっていても、愛と献身の約束がほしかった。でも、二人のあいだのこの欲望も否定できない。この先どれほど傷つくとしても、心と欲望を切り離すことはできない。彼に触れられる喜びを忘れることも。

彼を求める気持ちは今も変わらない。一生変わることはないのかもしれない。

抗いきれず、ヨルンドはキスを深めた。同じ床で眠らないのは彼女を守るためだと伝えたかった。一緒にいたくないからではない、むしろその逆だ。一時もアメから離れていられないように思えると。

だがそのためには、なぜ同じ床で眠るとアメが危険なのか、その理由を説明しなくてはならない。そんなことができるのか？　彼女を守ると誓ったあとで、自分は時として自制のきかなくなる男だと告白するのか？　眠りの中で幼い子どものように暴れ、怯えることがあるのだと。そんなことをすればめんつは丸つぶれだ。

アメの切迫した口づけに、ヨルンドは考えることを忘れ、彼女の情熱に溺れた。

「髪をほどいてくれ。頼む。どうしても見たいんだ。君のきれいな髪を」

アメは頬を染め、髪を留めていた革紐と額の細布を足元の藁の上に落とした。彼女が頭をふると、漆黒の巻き毛の雲が肩のまわりで奔放にはねる。ヨルンドは真夜中の色をした巻き毛の束を優しく引っ張り、それがばねのように元の形に戻るのを魅入られたように見つめた。

回復力があり、柔らかくて美しい。アメと同じだ。

アメの細い指がヨルンドのチュニックをつかむ。その求めに応じて彼はすばやく脱ぎ捨てた。アメは瞳の琥珀色の斑点をきらめかせ、すぐに首の後ろの紐を引っ張って緩めた。

アメが離れていくと、ヨルンドの胸は喪失感に疼いたが、彼女はささやかな藁の寝床に身を横たえ、彼をじっと見上げた。

「来て」甘い声で言い、不安げに唇を噛む。ヨルンドが彼女の頼みを断ることができると思っているかのように。

ヨルンドはアメの足元の厚い藁に膝をつき、彼女の立てた膝に両手をあてた。身を乗り出してキスをしようとすると、アメが肘をついて体を起こし、彼を迎えた。

彼女はヨルンドの胸から肩へと手を滑らせ、筋肉を愛撫(あいぶ)した。「あなたの……体が……好きなの」ヨルンドがアメの口や首筋に浴びせるキスの合間に、彼女が切れ切れに言う。

その無邪気な告白にヨルンドは息ができなくなった。低くうめいてドレスの襟ぐりを引っ張り、彼女の肩をあらわにする。アメが結び目を緩めておいてくれたおかげで、服が破れることはなかった。白い胸の膨らみが冷たい夜気の中にあらわになると、彼は唇を押しつけた。

アメは低い声をもらしてヨルンドの顔を両手で挟み、背中を弓なりにした。何かを必死にねだるようなあえぎと美しい体に、ヨルンドは我を忘れた。

アメが激しく身をよじったので、彼女を押しつぶしているのではないかと心配になり、ヨルンドは手をついて体を浮かせた。さっきまで彼の顔を挟んでいた手が突然の自由を得てスカートをたくし上げるのを、ヨルンドは呆然(ぼうぜん)と見ていた。

金色の点が散る茶色の瞳が彼を見上げる。アメの顔は薔薇色(ばらいろ)に染まり、金色の藁が数本、漆黒の髪に絡まっていた。「今すぐあなたが必要なの」アメはかすれた声で言ってヨルンドの腰の結び目を引っ張った。

ヨルンドは彼女の腿に手を滑らせた。アメが訴えるように体を押しつけてくると、それ以上自分を抑えることができず、いっきにズボンを下ろした。

熱に包まれ、彼はアメの喉のくぼみに唇をつけてうなった。

「そうよ！」アメが叫び、ヨルンドの腰をつかむ。

何も考えられなくなったヨルンドは、すべてをアメに委ねた。アメはあえぎと彼の腰をつかむ手で自らリズムをつくった。それは命がけの激しい愛の行為だった。

アメは絶頂に達するヨルンドを見つめながら、自らも喜びの波に洗われた。ヨルンドが彼女の中で己を解き放つと、汗ばんだ彼の下でくぐもった声をもらし、最後の波に震える体を彼に押しつけた。

ヨルンドの体と魂は完全に彼女の支配下にあった。

彼がついに思考力をとり戻したとき、アメはすでに眠っていた。ヨルンドは二人の服を直してアメに毛布をかけた。そして、彼女のそばにいたいという胸を引き裂くような思いに震えながら厩を出た。

ヨルンドはそのまま外で夜が明けるのを待って、護衛に絶対にアメから目を離すなと命じた。砦の中だろうとどこだろうと、もう彼女に安全と言える場所はないような気がした。


アメは柔らかい髭に顔をなでられて目を覚ました。

「もう立っているの？　賢い子ね」体中に厩の床の藁がついているのもかまわず、ルナに歩み寄る。

ありがたいことに、ルナは熱を出していなかった。アメが近くの袋から出した林檎に、嬉しそうにかじりつく。アメはほっとするあまり全身の力が抜けそうに感じながら、ルナの頭をなでて鼻面にキスをした。ルナが頭を下げ、アメに鼻をこすりつけて感謝した。

「少なくともあなたは私に会って喜んでくれるのね」アメはため息まじりに言った。

ヨルンドはどこに行ってしまったのだろう？

あのあとずっとそばにいてくれると思っていたのに……。石をのみ込んだように失望感で胃がずっしりと重くなった。

それでも、ヨルンドが彼女を大切に思ってくれているることは間違いなかった。

アメが憧れるようなロマンティックな思い方ではないとしても、そこには情熱と優しさがあった。昨日、ヨルンドはすぐにルナの傷口を塞ぎ、アメとともに砦へ連れて帰る手はずを整えてくれた。たいていの男の人ならルナの喉を切り、これが馬のためだと言ったはずだ。ヨルンドはそんなことは口にもしなかった。

彼はいい人だ。アメはそのことに一生感謝するだろう。妻としてのアメを立て、彼女を幸せにするために尽くしてくれる。彼にそれ以上の義務はない……。そうでしょう？

ルナがアメの顔のまわりで鼻をふんふん言わせている。髪についた藁を食べているのだと気づき、アメはくすりと笑った。ヨルンドがここにいなくてよかったのかもしれない。朝日の中の彼女はそれほど魅力的に見えなかったはずだ。服は昨日のままで、破れているうえ、血と藁と汗にまみれている。見かけもひどいけれど、匂いはもっとひどいかも……。

「館へ戻ってお風呂に入ったほうがよさそうね」アメが言うと、ルナが同意したように鳴いた。アメは馬の耳の後ろを最後にもう一度なでてから厩を出た。

出口の外の切り株に座っていた若者が、アメを見てぱっと立ち上がった。「ビルガーと申します！奥さまの護衛を申しつかりました」

「まあ」アメはとまどった。

するとそのとき、あの二人が視界に入ってきた。ヨルンドとヴァルダがそれぞれの馬で門のほうへ向かっていく。前方の厩から出てきた二人はアメに気づいていない。

もう狩りに行く必要はないはずなのに。

ヨルンドに気づかれなかったことを嬉しく思う一方で、寝起きの姿を見られずにすんだことを――こんなひどい仕打ちがあるかしらと大声で非難するもう一人のアメもいた。

彼はどうしてこんなに簡単に私のことを忘れられるの？　彼を求める私の気持ちは日に日に大きくなるばかりなのに。私のしていることは愚かでみだらだと思っているの？　確かに昨夜の私は夢中でヨルンドを求め、彼に襲いかかったようなものだった。彼は嫌気がさし、あの直後に出ていったのかもしれない。

どちらにしても、彼とヴァルダの絆は、ヨルンドがアメに抱くつかのまの情熱よりも強いらしい。アメが二人のあいだに育っていると感じる親しみも感情も、彼女側だけのものに違いない。

アメはうつむき、彼らとは反対の方向へ急いだ。自分が厨房の鼠のように思える。卑しい嫌われ者。護衛が影のようについてきていた。

23

「小麦粉をとってきてくれるかしら、ビルガー？」アメは食いしばった歯のあいだから甘ったるい声を出した。今朝厩を出てからというもの、この護衛はどこへ行くにもついてきて、アメが個室で体を洗い、着替えるあいだも扉の外で待っていた。

今は厨房の扉の横を陣取っているビルガーが、眉間に皺を寄せた。「奥さまを守るように言われているんです。おそばを離れるわけにはいきません」

アメは顔をしかめた。ヨルンドは、妻が砦を離れるときは供をするようにという意味で命じたはずなのに、ビルガーはそうではないと言う。領主の指示は間違いなく、アメがどこに行こうと〝命に代えても守るように〟という意味だったと。

自由を制約する新たな鎖。善意のビルガーに煩わされるたび、アメの中でいらだちが募った。

そして彼はかなり頻繁にアメを煩わせた。

エマとベアトリスも気になるらしく、アメの忠実な番犬をちらちらとうかがっている。

アメは鬱々としたため息を吐き出し、両手を腰にあててビルガーの前に立った。昨夜ルナにつき添った疲れはまだ残っていて、領主に認められたい一心の戦士にかまっている気分ではない。「大切なお客さまたちのお世話や宴の準備で忙しいの。あなたが手伝ってくれたら助かるのよ。ヨルンドだって働く私のそばをぶらぶら歩き回らせたくて、あなたを護衛にしたのではないはずよ!」

ヨルンドの名前が出たとたん、壁にもたれていたビルガーがぱっと体を起こした。「何袋ですか?」

「一袋で十分よ。そのあとは火をたくための薪(まき)がたくさん必要だわ」

ビルガーが足どりも軽やかに去っていくと同時にベアトリスが近づいてきて押し殺した声で言った。

「奥さま、気をつけてください……。私たちも心配しているんです」

アメは驚いてベアトリスを見た。「昨日襲われたことなら心配いらないわ」彼女は侍女を安心させようとした。「私は本当に大丈夫だし」出口のほうに手をふり、かろうじて嘲りを抑えてつけ足す。「ほら、ヨルンドも私を守るために有能な護衛をつけてくれているでしょう」

彼女はこねている途中のパン生地に向き直り、両方の拳を打ちつけた。アメが疲れているのはルナの看病のせいばかりではなかった。ヨルンドとの関係の不確かさや、半分しか明かされない真実にうんざりしていた。ヴァルダはこの先もずっと秘密の第三者なのだろうか?

アメと初めて肌を重ねた直後、ヨルンドはヴァルダと床をともにした。彼は起きている時間のほとんどをアメではなくヴァルダと過ごしている。昨日アメが襲撃を受けたばかりなのに、今日もヴァルダとどこかに行ってしまった。昨夜も妻を厩に置き去りにして、ヴァルダと眠ったのかもしれない！

ベアトリスがアメの手首をつかみ、次々と襲いかかってくる不吉な考えから引き戻してくれた。

侍女は怯えた目で戸口のほうをちらりと見やり、押し殺した声で早口に言った。「村人の一人が南で聞いてきたそうです。奥さまに懸賞金がかけられていると。奥さまを殺したら報酬を払うと誰かが北欧の略奪団に持ちかけたんです！　命じたのはあなたの夫だという噂もあります。彼の父親は以前、略奪団と関わっていたそうですから……彼にも知り合いがいるのかもしれません」

「報酬？　私の命に？」アメは恐怖におののくベアトリスを見つめてから首をふった。「ヨルンドのはずがないわ。彼が……」

「私もそう思います」エマがきっぱりとうなずいた。スカルデの一件以来、彼女はヨルンドの信奉者だった。「略奪団はあくどいですから、ここを襲う前に彼を今の地位から下ろさせる口実を探しているのかもしれません。連中には変わった習わしがあるから、その一つなのかも――敵の妻を殺すのが？」

アメはその説明に感謝してうなずいた。「ええ！　きっとそうだわ。北欧の略奪団の中には条約で与えられた領地の取り分に不満を抱いている人たちもいるそうじゃない。正式には自分たちのものだと主張できないものを盗みとろうとしているのよ」

そう言いながらもアメの不安は募った。ヨルンドはどこかであの契約のことを知ったのだろうか？　期限前に生まれるかどうかわからない子どもを待つより私を殺してしまおうと考えたのか？

ヴァルダを妻にしたいから？

だからあの射手を逃がしたの？　でも、それなら
なぜ私を守ったのだろう？　ヨルンドはもう二度も
私の命を救っている。理屈が通らない。

アメは首をふった。いいえ、彼は絶対にそんなことをする人ではない！

でも、ヴァルダだったら？

そんな恐ろしいことをたくらんでいるようには見えないが、ほかにアメの死を望む人間がいるとも思えなかった。その考えがあまりにもおぞましくて、アメはすぐにそれを押しのけた。

「心配しないで、ベアトリス」アメは結局、そう答えた。「ヨルンドが私を守りたくないなら、護衛をつけるはずがないわ」パン生地にまた拳を打ちつける。疑問は暴れ馬のように脳裏を駆け回っていた。

「そうだといいのですが」

ベアトリスはそれ以上言わなかった。ちょうどそのとき、ビルガーが小麦を持って戻ってきたのだ。

三人の女性は無言で作業を再開した。

散歩だわ！

頭をすっきりさせるために必要なのは散歩に違いない。厨房の張りつめた沈黙にこれ以上耐えるのは無理だ。ベアトリスとエマの不安が覆いかぶさり、まるでもう墓に埋められたみたいな気分だ。

もう午後も遅いが、夕食まではまだ間がある。

「私は散歩に行くわ。あなたも一緒に行くと言うんでしょうね？」アメは建物を出ながらビルガーに言った。彼はむっつりとうなずき、彼女の数歩後ろをついてきた。

砦の門を出たとき、向かいの丘に二つの黒い点が見えた。馬が二頭、母の木につながれているように見える。いつもならそちらへ目を向けることはないのに、今日はなぜそうしたのか自分でも不思議だっ

た。視界の隅に映ったその二つの点に本能的に引きつけられたのだろうか？

あの木のまわりで人がうろついているのを見ることはめったにない。領民はアメと同じようにその木を避けている。枝葉のすべてに不吉と悲しみが満ちており、それが人の血に染み入って内側から体を破壊するとまことしやかにささやかれていた。

では、あそこにいるのは誰？

気づくのに時間はかからなかった。

ヨルンドとヴァルダだ。

〝彼は私を愛していない！〟父の不在の折り、母が何度床に突っ伏してそう泣き叫んだか。あれが未来の自分の姿なのかとアメは思った。私の首を踏みつけるブーツは暴力のブーツではなく、でも同じくらい逃れようのない……愛で毒されたブーツなのか？

アメは自分の部屋に駆け込んで鍵をかけたいという衝動を覚えた。彼女を翻弄し傷つけるすべてのものから身を隠したかった。

だめよ！

もう絶対に運命から逃げたりしない。向き合うのだ。この不確かさの牢獄で苦しむよりははっきりと知るほうがいい。

アメは林檎の木の重たげな枝とその下の点に目をこらした。今度は真実と苦しみから目を背けない。

怒りに血が沸き立つ。彼女は頭を高く上げると、馬を連れてくるよう大声で命じた。

ヨルンドはヴァルダと並んでエヴルに背を向け、射手の頭領を待ち構えていた。

もうすぐ答えが得られる。

だが間の悪いことに、姿を現したのはアメだった。「彼女を連れて帰れ！」ヨルンドはビルガーをにらみつけた。アメがなじみのない馬に乗って出かけてきたのには驚いたし、その勇気を称賛したいが、今この瞬間、ここにだけはいてほしくなかった。

どうしたら妻のいるところで唾棄すべき賊と顔を合わせられる？　特に、その男は少なくとも一度彼女の命を狙っている。ヨルンドの父親を、彼のおぞましい少年時代を知っている男だ。

疲れが彼のいらだちに油を注いだ。胃の中がかきまぜられるような吐き気を覚える。もしも彼の疑念どおりだったら？　昨日の襲撃を裏で操っていたのが彼の考えている人物だったら？

アメとビルガーは馬を下りていたが、ヨルンドの形相に耐えかねてビルガーが唾をのみ、アメの腕をつかんで下がらせようとした。アメはそれをふりほどき、ヨルンドのほうに近づいてきた。

彼が一度も見たことのない憤怒(ふんぬ)がアメの瞳の奥で燃えていた。「この二人に話があるのよ！」

ヨルンドは林檎の木とその先の地平線のほうを見た。賊の姿はまだない。だが、そちらから現れるとは限らない。森のほうから、あるいは果樹園のほうからやってくるかもしれない。すでに弓を引き、こちらを見張っている可能性だってあるのだ。

ヨルンドは自分の体で果樹園側からアメが見えないようにした。危険が迫っていることなどおかまいなしにアメは手綱をビルガーに投げつけると、木の根元に座っているヴァルダに大股で近づいていった。ヴァルダは立ち上がったが、ヨルンド同様、アメの怒りと登場にとまどっている。

「この密会場所は私の部屋から丸見えなのよ！　あなたたちには恥も義理もないの？　それとももっと邪悪なことを企てているの……私の夫と床をともにすること以外に？」アメは息を切らして叫んだ。

ヨルンドは目にも見えず触ることもできない檻(おり)に入れられたように感じた。命を狙われているかもしれないこの瞬間に、彼女が考えているのは……。

「なんだと？」小声でつぶやく。

アメはヨルンドとヴァルダを交互にねめつけた。

「家の外で私の顔に泥を塗らないで。特に、ここでは！」嫌悪感をあらわにして林檎の木に指を突きつける。ヴァルダが目をしばたたいた。怯えるヴァルダなどヨルンドの記憶にないが、今の彼女は確かに怯えていた。真っ青な顔をして、アメに鞭で打たれようとしているみたいに彼女を凝視している。

「違います……。それは奥さまの誤解です」

ヨルンドはヴァルダの奇妙な言い回しに眉をひそめ、この状況のばかばかしさを嘲るように鼻を鳴らした。「俺と床をともにするたくらみなどヴァルダにあるわけがないだろう。いったいなんの戯言だ？すぐに砦へ帰るんだ。この話はあとでする！」

ビルガーにアメをつかまえておくよう目で合図すると、戦士は感心にも一歩足を踏み出したが、アメににらみつけられて引き下がった。彼女は次にヨルンドのほうを向き、彼の腹に拳を打ちつけた。

「よくそんなことが言えるわね。私はちゃんと目が見えるのよ！」再びヴァルダのほうを向き、怒りに任せてなじった。「この襲撃の首謀者はあなた？あなたが私を殺したがっているの？」

「私はあなたに危害を加えたりしません。絶対に！」ヴァルダが恐れをなしてあえいだ。

ヨルンドはいらだった。「頭がおかしいのか？ヴァルダが君を傷つけるはずがないだろう。愛人についてはもう話したはずだ。俺は君以外の妻を持ったことも、この先持つこともない。ヴァルダは妹のようなものだ。ばかなまねはよせ」

アメの視線はますます硬くなり、彼女はヨルンドのほうにつめ寄った。彼を見上げる目の金色の斑点の中で怒りと反抗心が燃え上がる。アメの声は低く、殺気を帯びていた。「彼女があなたを見る目を見たわ。あなたたちが部屋で何をしていようとかまわない。でも、外で私を辱めることは許さないわ。二度と私のことを〝頭がおかしい〟なんて言わないで」

ヨルンドの肺から空気が抜けた。くそっ！　言葉の選び方があまりにうかつだった。「俺はただ……。こんなことはばかげている。彼女に言ってやれ、ヴァルダ」

ヨルンドがヴァルダのほうを向くと、彼女は口を開いたが、アメが先に訴えた。「彼女があなたの部屋から出てくるのをこの目で見たのよ。私はあなたが思っているほど幼いわけじゃないわ。だから、間抜けのように扱うのはやめて！」

一瞬ヨルンドの心臓が縮み、視界がかすんだ。ヴァルダが彼の部屋から出ていくとしたら、彼の悪夢のあとしかない。屈辱感が背骨を這い上がり、ヨルンドはめまいを覚えた。

ヴァルダが一歩前に出た。他言しないとヨルンドと約束しているのでしどろもどろに答える。「でも……でも、あなたが思っているようなことじゃないんです！」

必死に隠してきた暗い秘密が今、彼に襲いかかっていた。恥ずべき過去に悪夢！　それが狼の群れのようにヨルンドを八つ裂きにし、跡形もなく食いちぎろうとしている。彼は息をすることも、まともに考えることもできなくなった。

ヴァルダが何か言う前に、彼は手負いの野獣のようにアメに向かって吠えた。「おまえには関係ないことだ！　これは命令だ、帰れ！」

アメはひるまなかった。彼女をどなりつける自分はさらに見下げ果てた男に思えたが、ヨルンドにとっては、本当の弱い自分を知られるより野獣と思われるほうがましだった。

アメは冷え冷えとした虚ろなまなざしを向けた。まるで彼がアメの心を壊したと、彼はもう他人だと言っているようだった。

「ついに」尖った声で苦々しげに言う。「本心が聞けたわ」

　馬で去っていく彼女の失望感の重みで、ヨルンドの魂が砕けた。

「なんで！　なんで彼女に話さない？」ヴァルダは走り去るアメを見ながらいらだたしげに言った。

「彼女はどうかしている。彼女には関係のないことだ。そしておまえにも！」ヨルンドはうなるように言って顔を背け、野原や林に襲撃者の姿を探した。

　現実の脅威を。

　ヴァルダはもう何も言わないだろうと思ったが、長い沈黙のあと痛ましげな声で静かに言った。「彼女の言うとおりなんだよ」ヨルンドが顔を向けると、ヴァルダは肩をすくめて腕を組み、地平線をじっと見た。「あたしがあんたを見る目つきのこと。彼女の頭がどうかしているわけじゃない」

　今日は、関わりのある女が誰も彼も俺に牙を向けてくる日なのか？

「なんの話をしている？」

　ヴァルダの瞳に涙が浮かび、ヨルンドは足元の地面が傾いたように感じた。

　ヴァルダが泣くはずがない。

「うまく隠してるつもりだったんだけどな」弱々しい笑みを浮かべる。「でも、ほかの女にはわかるんだろうね……」恐るべき事実に気づいたことがヨルンドの表情に表れたのだろう、ヴァルダが虚ろな笑い声をあげた。「心配はいらないよ。あんたが同じ気持ちじゃないことはわかってる」

　ヨルンドは言葉を失った。ヴァルダが俺を愛している？　大昔から一緒に戦ってきた女が？　俺がずっと……妹のように愛してきた女が？　自分が彼女を悲しませていると思うと耐え難かったが、慰めをさし出せないこともわかっていた。

「すまない」

ヴァルダは首をふり、かがんで弓を拾った。「わかってる。だけど、誤解した彼女を怒らないで。彼女には誤解する理由があったんだ。明日、ここを発つよ。あんたと一緒にいられない運命なら、姉さんたちを探す。実際、長く離れすぎていたからね」

ヨルンドは混乱し、呆然と首をふった。だが、何が言える？　ヴァルダがここにとどまれるわけがない。「俺に言えるのは、おまえの男の趣味はひどすぎるということだけだな」不平がましく言った。

森に放っていた偵察隊が戻ってきたので、ヨルンドは木につないでいた馬の綱をほどいてまたがった。「俺は妻と話してくる。おまえはここで賊の頭領を待つんだ。すぐに加勢を送る」鞍に結びつけていた袋を切り離すと地面に落ちて、中につまった銀貨が鈍い音をたてた。「この件は今日で片をつける。やつらが黒幕の名前を明かしたらこの銀貨を渡せ。言わなければ皆殺しだ」

24

「ここにいたか。おまえは自分の務めから逃げてばかりだな、アメ」ロタールの声に、暖炉脇の椅子に座っていたアメの血が凍りついた。

今、父の相手をするのは無理だ。ヨルンドをなじってきたばかりなのだ。ビルガーを追い返さなければよかっただろうか？　彼を追い返さなければ、父と二人きりになるのは避けられたのに。

だが父は、今もそこが自分の部屋であるかのようにアメの寝室に入ってきた。

私はもう子どもではないし、ここは私の家だ。父の家ではない。アメは自分にそう言い聞かせて立ち上がり、ロタールと向き合った。

「宴の前に少し休んでいただけです。もうそろそろ始まりますから……先に行っていてください。私もすぐに行きます」

父と二人きりになりたくなかった。鎧戸(よろいど)を閉めきり、暖炉の火も小さくなっているので、扉が半分閉まると、父の顔はよく見えなかった。ヨルンドが追いかけてくるのを待っていたのだろうか？　許しを請うのを？　でも、彼は来なかった。アメは一人で不幸に浸り、すべて自分の勘違いだったらと祈っていた。

私は本当に頭がどうかしているのかもしれない。

ロタールが彼女の前に立ち、上着の内ポケットから小瓶をとり出した。「あまり時間がない。もうすぐ私たちはおまえの夫から解放される――どちらに転んでも。もし月のものが止まることがあれば、これを四滴、お茶に入れて飲め」小瓶を彼女の手に押しつける。アメがためらっていると、父は彼女の手首を乱暴につかんだ。「どうしておまえはいつもそう手際が悪い？　尼僧院にいるあいだに少しは洗練されるだろうと思っていたのだが」

アメの中の反抗心に火がつき、彼女は父親の手をふりほどいた。「これはなんですか？」

ロタールが悪態をついた。「おまえの自由だ！　シャルル王との契約書を見ただろう。私の計画は知っているはずだ。二年以内に跡継ぎが生まれなければ、領地は私に戻される。おまえが神に奉仕するのも自由だ。この恥ずべき結婚から解放されるのだ。おまえの望んだとおりになる」

アメは手の中の瓶を恐ろしそうに見た。「中絶薬？」

ロタールは無頓着に肩をすくめた。「おまえの母親は子を宿しにくい体だった。おまえも同じに違いないが、これがあればこの婚姻を確実に頓挫させられる。たとえたまたま……できたとしても」

アメは父親の無情な言葉に身震いした。

ロタールはさらに身を乗り出した。「このみじめな婚姻を終わらせたいのだろう？　あの男とここにいたのでは安全は得られない。何度も襲われてわかったはずだ。彼らは死と破壊のためだけに生きている野蛮人だ」

言い返すべきだろうか？　でも、父の言うことは一つだけ正しい。この結婚は確かにみじめだ。

アメは父親の顔に哀れみを探したが、どこにもなかった。父はアメのことも母のことも愛したことがない。それは以前からわかっていたが、治療がうまくいかなかった骨折のように今も痛みをもたらした。

この先は私と私の未来のためだけの決断が必要だ。

彼女は呆然と小瓶を見つめた。

ヨルンドはアメの部屋の扉から離れ、階段を下りた。まるで心臓をえぐりとられたようだ。

これ以上聞く必要はない。

アメのような愛らしくたおやかな女が彼のようなけだものを求めるかもしれないと考えるなど、狂気の沙汰でしかなかったのだ。彼女はずっと機をうかがい、父親と組んでできるだけ早くこの結婚を終わらせようとたくらんでいたのだ。

二年……。それだけ待てるかと、彼女はいつかきかなかったか？

だが、彼女は待たなかった。どうして考えを変えた？　子を宿さないために策を弄していたのでなければ？　彼女は庭で熱心に薬草を育てていた……。女というのはその手のことに詳しい。そうだろう？

中庭に出た彼は、耕されたばかりの畑を見た。畝が等間隔に並び、夏の太陽を浴びて幾種類もの野菜が育っている。今年収獲できるものは少ないとしても、来年は大いに期待できるだろう。この地にとどまる気のない女がこんなことをするだろうか？　彼女はこのすべてを置いて去っていくつもりなのか？　ヨルンドは足を止め、それから鎧戸の閉まった円塔へときびすを返した。

愚か者め！　自分に自信がないからといって判断力まで失うとは。

アメは父親を恐れている。生まれてこの方いたぶられ続けてきたのだ。彼女があの男に従うとすれば恐怖のせいに決まっているじゃないか。そのうえヴァルダのことで俺に裏切られたと思えば、傷つき、昔の暮らしに戻りたいと思うのも当然だ。問題は、自分に彼女をあきらめる気があるのかということだ。

無理だ。俺は彼女を愛しすぎている。

そう気づき、ヨルンドは雷に打たれたようになった。次の瞬間、別の恐ろしい考えが浮かんで彼の肺から空気を奪った。

彼女とあの邪悪な男を二人きりにしてしまった。

アメは手の中の小瓶を見つめ続けていた。

これが私のほしかったものではないの？　かつての暮らしに戻るチャンス。もう一度尼僧院で静かに暮らすこと。

そう考えても、もう希望はあふれてこなかった。砦（とりで）から、愛する民から離れた暮らしを想像する。ヨルンドのいない暮らしを考えることさえつらい。絶対にこんなふうに感じるべきではないのに。

尼僧院に戻ることは生きながら埋められるようなものだ。光もなく、喜びもなく、苦しみもない場所でゆっくりと息がつまり、死んでいくのだ。かつて彼女が着ていた服のような灰色のくすんだ人生。あの服を引き裂いたのはヨルンドだった。

彼はアメに生きていることを再び実感させてくれた。少なくともそのことに彼女は感謝していた。

今日のヨルンドの拒絶にどれほど打ちのめされても、アメはまだこの結婚を終わらせたくないと思っていた。悲しいけれど、それが事実だ。ヨルンドは、父がどれほど背伸びしてもなれないような善人だ。アメの民たちのことを心から思い、彼らに未来を与えたいと思っている。それは父には絶対にさし出せないものだ。

彼は嘘をついたのよ！　私を愛せない不実な嘘つきなのよ。

でも、私は彼の子どもを殺せるの？　私の民を見放せる？　彼を捨てられる？

そんなことはできない。

どれほど矛盾していようと、アメの壊れた心はかけらとなってもまだヨルンドを愛していた。彼女はヨルンドのそばにとどまるだろう。寝室に招く気はないから、すでに彼の子どもが宿っていることを願うだけだ。そうでなければ、二年後に何が起こるかわからない。ただ、彼女もヨルンドも二人の領地を自ら手放さないことだけは確かだった。

ロタールは彼女たちと戦って手に入れるしかない。アメは父親に固い視線を向けた。「お父さまと新しい奥方のあいだにも跡継ぎはできていないわ。問題があったのはお母さまではな――」

平手打ちされ、頰に痛みの炎が広がった。アメは驚かなかった。父と二人きりになれば、避けられないことだ。だが今日の彼女は泣くことも逃げることもしなかった。

アメは顔を上げてまっすぐ父親を見返した。小瓶を暖炉に投げ入れ、ガラスが割れて中の毒が炎に焼かれる音に溜飲を下げる。私はもう父に好き勝手に操られ、脅される娘ではない。

ロタールは怒りで顔を真っ赤にして、今度は拳をふり上げた。アメはヨルンドの教えを実践した。父親の腕をつかみ、膝を蹴り上げたのだ。柔らかい肉をとらえた感触があり、ロタールが苦悶の叫びをあげる。アメが腕を放すと父は床にうずくまり、股間を押さえてわめいた。

　手が震えていたが、アメは走って逃げなかった。スカートを持ち上げてゆっくりと出口へ向かい、戸口で立ち止まると、威厳たっぷりに言った。「二度と私に手を上げないで」

　螺旋(らせん)階段の途中で、アメは自分のしたことの重大さに気づいて愕然(がくぜん)とした。両脇の壁にすがり、指に触れる石の古さと強さで心を落ち着けようとした。

　本当に私があんなことを？　父に刃向かったの？　涙がこみ上げたが、自分のしたことに恐れをなしたり、後ろめたく思ったりしたからではない。それは安堵(あんど)の涙だった。アメは一歩、また一歩と階段を下りていった。父親から離れるに従い、震える息がスムーズになっていった。

　今日の私は何かにとりつかれているようだ。まずヨルンドとヴァルダに挑みかかり、今度は父親に反旗を翻した。まるで壁にぶつかっていくのを楽しんでいるみたいだ。

　アメは円塔の二階で足を止め、目をつぶってため息をもらした。いいえ、楽しんでなどいない。ただ、真実から逃げることに疲れただけ。それがどれほど苦くてつらい真実でも。

　私は父を愛していないし、二度と脅させない。悲しいけれど、ヨルンドのことは愛している。だがアメは、自分が母と違うことも知っていた。母のように弱くはないし、苦悩に心を引き裂かせない力もある……。きっとあるに違いない。

　今まで、逃げ出さない限り平和は得られないと思っていたけれど、本当に必要なのは自分の恐怖と向き合うことだった。

　階段を下りるアメの足どりは、それまでよりも格段に自信に満ちていた。

　階段を駆け上ってくるブーツの音が響き、ヨルンドが先を急ぐあまりアメとぶつかりそうになった。彼はアメの腰をつかんで壁に押しつけ、二人もろとも転げ落ちるのを防いだ。

「悲鳴が聞こえたんだ！」ヨルンドは目と手で彼女の顔と体を探り、けががないか確かめた。

「あれは私ではないわ！」アメはぴしゃりと言い、ヨルンドを払いのけた。「どいてちょうだい。お客さまをもてなさなくてはいけないし、宴の用意もあるの」ヨルンドが彼女の腕をつかんで引き止めようとしたが、アメはふりほどいた。

アメの父親が股間を押さえ、肩で息をしながら現れた。ヨルンドを一目見るなり、足を引きずって自分の部屋に逃げ込み、ばたんと扉を閉めた。

ヨルンドが面白がるような、感心するような目でアメを見た。

彼女は答える代わりにふんと息を吐き出し、階段を下り続けた。ヨルンドが中庭まで足早に追いかけてきた。「話があるんだ、アメ。ヴァルダのことは君の誤解だ。説明させてくれ……」

「あとにして、ヨルンド。あなたの妻、い、いとしてお客さまのお世話をするのが先よ」

「だが……」ヨルンドが追いすがる。

アメはふり返って彼と向き合った。「宴のあとでと言っているでしょう！」アメが一喝すると、ヨルンドが足を止めて彼女を見つめた。言いたいことがあったが、なんだったか忘れてしまったというようにあんぐりと口を開けている。

ヴァルダが馬で駆け込んでくると、ヨルンドはぱっとそちらに視線を投げた。「急ぎの話がある！」ヴァルダが馬から下りながらあえぐように言った。

アメは嫌悪感をあらわにしてその場をあとにした。

完璧な人生などないが、己の力で少しでもいいものにするしかない。少なくとも、自分にはそれができるとわかっていた。

25

自分が何をすべきか、ヨルンドにはわかっていた。ヴァルダから真の悪人の名を聞かされた今、行動を起こす以外に選択肢はなかった。

真実を知ればアメは傷つくだろう。もう一つの秘密を知るよりもはるかに深く傷つくはずだ。彼女の母親にも似たヨルンドの心の弱さを知るよりも。

だが、真実を否定することはできない。ヴァルダはそれをエリク・ブラックトゥースの汚れた口から直接聞き出した。アメの父親が——娘を慈しみ、愛するべき男が——彼女を殺してくれれば金を払うと持ちかけたのだ。

人にあるまじき所業。節度も何もあったものではない。理解に苦しむが、おそらくロタールがアメに話していた契約と何か関係があるのだろう。その契約について詳しく知らねばならないとヨルンドは思った。どれほどの奸計が仕組まれていたのか。

ロタールが広間に入ってきて、ヨルンドの苦虫を噛みつぶしたような顔には目もくれず、貴賓席にむっつりと座った。呆れた宴だと言わんばかりにため息をつく。「宮廷の華やかさと余興が恋しいよ。明日の朝にはパリへ発つとしよう」

アメは許し難いと言うように硬い目で父親を見た。

「それがいいでしょう」

「余興をお望みかな、ロタール？」ヨルンドは立ち上がった。ロロとジゼラが——いや、その場にいた皆が会話をやめ、豹変したヨルンドを興味津々に見つめている。

ロタールはヨルンドのすごみのある声音に虚を突かれ、小声で言った。「どうも疲れているようだ。

夕食は部屋に運んでもらおうか」

ロタールは立ち上がろうとしたが、すでに彼の背後にいたヨルンドが肩を押さえて椅子に戻した。

「座っていてくれ。面白い踊りをお見せしよう」そばにいた戦士にうなずき、アメの父親の背後に立たせる。ヨルンドは手近な椅子をつかんでロタールの向かいへ移動した。アメの横を通るとき、彼女がヨルンドの腕をつかんだ。

「何をするつもり？」声をひそめて言う。

「するべきことだ」

それは嘘ではなかった。ロタールにはレッスンが必要だ。だが同時に、彼が自分の娘を亡き者にしたがる理由を知らねばならない。本当のことを知らなければ、アメの命は危険にさらされたままだ。

「ナイフの舞を知っているか？」ヨルンドはそうきいたが、答えはすでにわかっていた。〝ナイフの舞〟などというものはこの世に存在しない。ロタールがおどおどと首をふるのを見てヨルンドは口元を緩めた。「北欧の伝統の踊りだ。手を出して」

「私は……」ロタールの背後にいた戦士が、ヨルンドがうなずくのを見て彼の義父の手をつかみ、それを卓に叩きつけるようにして置かせた。

ヨルンドは腰の鞘から恐ろしげな短剣をとり出した。曲線を描く刃の片側がぎざぎざになっている。ヨルンドがそれを高く掲げると、ロタールは土気色の顔をして、言おうとしていた言葉をのみ込んだ。

「もし俺があなたなら、指をしっかり広げて……絶対に動かさないだろう。こちらとしてもうっかりあなたの指を切り落とすのは避けたい」

ロタールは血の気の引いた顔をロロのほうに向けたが、ロロは冷たい笑みを返しただけだった。ロタールにすがれるものはない。ヨルンドは義父に対する疑念をすでに総領に話していた。

ロタールが手を広げる。

「けっこう。まずはゆっくり始めて集中力を高めろ……」ヨルンドはロタールの指のあいだに順番に刃を突き立てていった。刃先が卓を刺すたび、年上の男がびくりとする。

ヨルンドは冷笑した。「そんなに怖がることはない！　俺は名手なんだ。グンナルの指を一度切ったことがあるだけだ」ロタールの手首を押さえている戦士に無頓着にうなずいてみせる。

ヨルンドの義父が顔を上げると、グンナルはにやりと笑い、指が三本だけ残る手を上げた。ロタールが今にも嘔吐しそうな顔になる。グンナルが戦いで指を失ったとは思いも寄らないらしい。

「俺の父親は無法者だった。知っているか？」

「何を？」

ロタールは短剣の動きを必死に目で追い、話が突然妙な方向へ進み始めたことに顔をしかめた。

「名前はラグナル・ハルヴォルソン。俺はあの男が大嫌いだった」ヨルンドは続けた。ロタールの震える指のあいだを行き交う短剣の音にためらいはない。「慈悲も、人情も、敬意もなく人を殺す男だった。あいつは子どもだった俺に自分のあくどい所業を見せつけた」ヨルンドが手を動かす速度を上げると、ロタールの指のあいだで短剣がかすんだ。ヨルンドの声は冷静で明るかったが、額にはロタール同様汗がにじんでいた。「つまり、異常な父親を持つのがどういうことか、俺にはわかっているということだ」ナイフのたてる音がさらに大きくなる。「不義理な男を！　人でなしを！　悪党を！」ヨルンドは短剣から目を離してロタールの恐怖に見開いた目をのぞき込んだ。そのあいだも剣は卓を刺し続けている。「誰が富と権力ほしさに子殺しまで命じる？　おまえは俺のアメの父親でもなんでもない」

ヨルンドは言葉を切り、短剣をふり上げた。ロタールの見開いた目は絶望感を映し出し、とりつかれたようにヨルンドの目を凝視している。

アメは何度こんなふうに父親の前で恐怖に凍りついたのだろう？　一度でも多すぎる。

「おまえのたくらみは知っている。俺の妻を何度も襲わせたのはおまえだな。シャルル国王とどんな取り引きをした？」

「何が言いたいのかさっぱりわからん！」ロタールが吐き出した。「伯爵、これはなんのまねだ？」

ロロの声は冷たく、威圧するようだった。「おまえの王は俺にどんな罠を仕掛けたのだ？」

アメが立ち上がった。彼女の肌は蒼白だったが、声は透きとおり、しっかりしていた。「婚姻契約書に……結婚後二年以内に跡継ぎが生まれなければ、エヴルの領土は父に返還されるとありました」

ロタールが目を血走らせ、唾を散らしてわめいた。

「王は臆病な愚か者だ！　私の領土を敵に渡す権利など王にはない。私のものだ。絶対にとり戻す！　契約は……」

ヨルンドが驚いたことに、ロタールの怒声を美しい笑い声でさえぎったのはジゼラ王女だった。ロタールは彼女を楽しませるために踊る哀れな道化だと言わんばかりだった。「もう十分よ、ロタール！　父のことだから、おまえの過剰な自尊心をなだめるために同意しただけでしょう。父が何を約束しようと、法的な拘束力はないのよ。条約が締結された以上」彼女は安心させるようにロロの腕に手を添えた。「父は戦になるようなことはしないわ」

ジゼラの明かした情報がロタールのうぬぼれとおごりを貫いてその下にいる臆病者に届いた。彼はヨルンドに向けていた目をすがめ、歪んだ笑みを浮かべた。彼には最後の矢があった。「私が彼女を亡き者にしてくれていればと、おまえもいつの日か思うだろう。あの狂気から――あの屈辱から、おまえを救ってやれたのに。妻はあの木で自ら命を絶ったのだ。娘も母親同様、頭がおかしくて嫉妬深い……」

ロタールは残忍な笑みを浮かべた。「おまえももう気づき始めているはずだ、娘の不安定さに」

ヨルンドが短剣をふり上げると、ロタールの目が恐怖のために黒ずんだ。ヨルンドは剣を彼の手の甲に突き刺そうとした。

それを止めたのはアメの声だった。「私が覚えている限りでは、お父さま、お母さまを見つけたのはあなたではない。見つけたのは私よ。知りもしないことをしゃべらないで。契約書のこと同様」

ロタールの顔が怒りで紫色に染まったが、ヨルンドの剣が今にもふり下ろされそうになり、彼は動くことも話すこともしなかった。

「やめて」アメの目が暖炉の炎の明かりを受けて光った。「私たちは彼らより上等な人間だわ」

ヨルンドにはアメの言わんとすることがわかった。

彼女は立ち上がり、父親を見据えた。「エヴルから出ていってください。そして二度と戻ってこないで。あなたはもう私の父親ではないし、ここにいる権利もない。私たちの領土から追放します」

ヨルンドはふり上げていた剣を下ろした。「彼女の髪の毛一本でも危険にさらしてみろ、俺がどこまでも追いかけておまえの喉をかききってやる」

ロタールは解放されると同時に広間から逃げ出した。北欧の戦士たちとアメの忠実な民たちの野次が夜のとばりの中まで彼を追いかけていった。

「あいつが砦を出るのを確かめてくる」ヨルンドは戦士を数人呼んだ。

外に出ると、ロタールが供の者を集めてばたばたと出ていくのが見えた。ヨルンドはゆったりとした足どりで追った。

やがて丘の上にぽつんと立つ林檎の木が見えてきた。通りざまにロタールがその木に唾を吐きかける。

ヨルンドは木をじっと見た。手を上げて戦士たちを止める。彼らはロタールたちの松明が夜の闇の中に消えていくのを見届けた。

〝この密会場所は私の部屋から丸見えなのよ。あなたたちには恥も義理もないの？〟

アメの言葉が降り注ぐ矢のように彼を刺した。

〝特に、ここでは！〟

彼女の父親が冷酷に口にしたのはこの木のことだったのか？　アメの母親が自らを手にかけた木か？　アメの部屋の窓から見える木？

ヨルンドは閉ざされた鎧戸のことを思った。一日中淀んだ室内の空気のことを。窓という額縁に完璧に収まった林檎の木。

だからアメはいつも鎧戸を閉めていたのか。ヨルンドの手に一瞬力が入り、馬が混乱して身を翻した。

彼は小声で馬をなだめた。蛇が身をよじって古い皮を脱ぎ捨て、新しく生まれ変わるように、視界が広がった。ヨルンドは過去を捨て去りたいと思いながらまだ夢に見続けている。アメまで過去の呪縛にとらわれさせてはいけない。

たぶんヴァルダの言うとおりなのだ。過去から隠れず、立ち向かわなくてはいけないのだろう。

隠し事も明るみに出れば悪さはできない。

ヨルンドが出ていったあと、アメはジゼラに断って部屋に戻った。いつもどおり、ベアトリスが火をたいて部屋を暖めてくれていた。空気は淀み、煙っている。この数日にあったさまざまなことのあとでは、あの木から逃げ続けるのは子どもじみていて意味がないことのように思えた。過去から逃げることなどできない。私はここで暮らしていくのだから、もう過去のために苦しむのはやめよう。アメは窓辺に行き、覆いをはがして鎧戸を開け放った。

新鮮な空気が肌を洗い、魂を癒やす。

松明の明かりが連なり、蛇のように向かいの丘を登っていくのが見えた。父が遠ざかっていく。

「行きなさい」アメはつぶやいた。「二度と戻ってこないで」

松明を掲げる人々の中にヨルンドがいる。でも、この距離からでは見えない。

蛇のような松明は森の闇の中へは進んでいかず、その場で光の輪をつくり始めた。アメはそれを魅入られたように見ていた。松明の輪の中央には母の林檎の木が立っている。ねじれて節くれ立った亡霊。

定かではないが、夫の大きな体が馬を下り、その木に歩み寄っているように見えた。何をしているのだろうと訝っていると、輪をつくっていた松明のいくつかが林檎の木に近づき、そばで火が燃え上がった。

たき火だ。

林檎の木の枝が一本ずつ切り落とされ、火にくべられていく。炎が大きくなり、丘全体を照らし出す。

松明が一本そこから離れ、砦のほうへ戻り始めた。馬が中庭に入ってくる前から、アメにはそれが誰かわかっていた。

ヨルンド。

彼はアメの母の木を燃やしたのだ。彼女のためだとアメにはわかっていた。彼女が窓を覆いで隠している理由に気づいたのだろう。アメの心に甘くて苦い愛が満ちてあふれた。

ヨルンドは馬を下りながらアメの部屋の窓を見上げた。片手に松明を握り、背中に斧をくくりつけている。彼が塔の階段の下で足を止めると、アメは初めて下に目を向けた。

「もうあいつはいない。それに、君はもう窓を閉めきる必要はなくなった」

「ええ、見えたわ。ありがとう」

「今、話せるか？」ヨルンドが不安げにきいた。

「ええ」アメはささやくような声だったことに気づ

き、もう少し大きな声で答え直した。「ええ！」

アメに拒まれるかもしれないと思い、ヨルンドの鼓動が一拍強くなった。だがアメの声が階段の下にいる彼のもとに届いてきた。〝ええ〟と一言。

ヨルンドは数段飛ばしに階段を駆け上り、アメの部屋の前で息を整えた。

俺は本当にあのおぞましい真実を話せるのか？

彼が手のひらをオークの扉にあてると同時に、アメが内側から勢いよく開いた。

「俺のしたことが正しければいいんだが」恐怖とためらいのせいでヨルンドの声はかすれていた。木のことを言っているのか彼自身のことを言っているのか自分でもよくわからなかった。

アメが微笑んだ。「あの木がなくなってよかったわ。でも……もう以前ほどいやな気持ちにはならなくなっているの」震える息を深く吸い込む。「母は病んでいたのよ。母に起きたことは……」彼女の目から涙がこぼれた。「私のせいではないわ」

ヨルンドはアメを強く抱きしめた。「君のせいのはずがないだろう？」アメの髪に唇をつけ、体全体で彼女を包み込む。アメを何重にもくるんで世の中から守りたかった。もう二度と誰も、ヨルンド自身も彼女を傷つけないように……。

「ヴァルダはここを出ていく。自分自身の運命を追うと言っている。彼女は、俺が愛せないことをよくわかっているんだ」

アメが体を引いた。彼女はまだヨルンドを見ようとしない。彼女の顔は影になり、消えかけた暖炉の火が片側にだけあたっていた。「つまり、あなたがどちらか選ぶのを待つのがいやになったのね」

「違う！　俺たちは一緒に育った。彼女たち姉妹は俺の家族であり、遊び仲間だったんだ。母が亡くなったあとも彼女たちと行動をともにするべきだったのに、俺は父親を頼り……そのことをずっと後悔してきた。だが誓って言うが、彼女は俺にとって妹でしかない。彼女が俺のことを兄以外の存在と考えるなんて思いもしなかったんだ」

アメは瞳に琥珀色の炎を燃やして彼のほうを向いた。「彼女は真夜中にあなたの寝室に行っていたのよ。それは妹のすることではないでしょう！」

ヨルンドはどうかわかってほしいと思った。彼を信じてほしいと。だが、そんなことを求める権利はないと知っていた。「本当なんだ。俺は君を裏切ったことはない。体も心も」

アメのつらそうな目を見て、自分の恥をこれ以上隠しておくことはできないのだと気づいた。アメが彼を信じるかどうかの問題ではない。ヨルンドが、アメは本当の彼を受け入れてくれると信じられるかどうかの問題だった。光の部分も闇の部分も。

「ヴァルダが俺の部屋に来たのは……それは……おそらく俺が悲鳴をあげたからだ」かろうじて聞きとれる声で言う。

「悲鳴？」予想外の答えにアメが呆然としている。

ヨルンドはため息をついた。「あの夜……君は何かの物音で目が覚めたのか？　だから夜中に寝床を出たんじゃないのか？」

アメが話の展開にとまどって小首を傾げた。「さあ……どうだったかしら。そうかもしれないわ」

ヨルンドは窓辺へ行き、外の暗闇に目をこらした。木はまだ燃え続け、丘全体を照らしていた。「一人で寝たかったのは、それが理由だ。俺は数々の死に直面して苦しんできた。だが何よりも……」彼はそこで口を閉ざした。本当にこれ以上しゃべれるのか？　アメが隣に来て彼の両手をとった。

「何よりも？」彼女は先を促した。

「親父のそばにいるあいだ……ひどいことが次から次へと起きた。俺はやめさせるべきだったんだ」目の当たりにした惨状に比べ、その言葉はあまりにもお粗末だった。ヨルンドはアメの目を見ることができなかった。全部話さなくてはいけないとわかっているが、恥は腹を突き刺す剣のように血管に毒を流し込んでいた。「俺は親父に褒められたかった……。おまえは繊細すぎる、感情的すぎるといつも言われ……。弱いのは母親の影響だと……。情けない！」ヨルンドは最後の言葉を吐き出した。あんな無価値な男を喜ばせたいと思った自分に腹が立った。「親父の仲間は悪党ばかりだった。弱い者や抵抗できない者を襲い、何もかも破壊する疫病のようなやつらだ。中でも最悪なのが親父だった。あいつは人をいたぶり、辱めることを楽しんでいた。快感を覚えていたんだ。夜になるとその記憶がよみがえり……俺は彼らの……苦しむ人たちの夢を見る。そして……悲鳴をあげたり、叫んだり、暴れたりするんだ。そのたびにヴァルダが起こしに来る。彼女が君に理由を話さなかったのは、俺が口止めしていたからだ」

ヨルンドがついに彼女の愛らしい顔に視線を落とすと、アメは優しい目で彼を見上げていた。「あなたはいい人なのね、ヨルンド。だから、その過去の日々に苦しんでいるんだわ」

同情されても、ヨルンドの気持ちはすさむばかりだった。彼はアメの手をふりほどいた。「やめてくれ！」彼は窓のほうを向き、溺れかけている人間のように必死に空気を吸い込んだ。「俺に何ができるか君にはわかっていない。君には思いつかないようなことをしてきたんだ。今は志を高く持っているが、そうではなかったときも……。俺をいい人と呼ばないでくれ。俺はいい人なんかじゃない」

「あなたは子どもだったのよ。あなたは私と同じような年でお母さまを亡くしたと言っていたでしょう」アメが隣に立つと、彼女の体温が希望の蝋燭（ろうそく）のように感じられた。

ヨルンドは首をふった。「俺は子どものようには見えなかった。今の君より背が高かったし、母と戦場にも行っていた」

だが……彼は自分を子どもだと思っていた。母の鎧や武器を拭き、背後を見張り、必要なときに矢を渡したりしただけで、残虐行為は見ていない――父親がしていたような残虐行為は。「俺は親父を殺すべきだった。せめて抗うべきだった。だが、俺は逃げたんだ。臆病者よろしく」

「あなたは子どもだったのよ。あなたの責任ではないわ」アメはヨルンドの腕をそっと引っ張って自分のほうを向かせ、彼の頬に手をあてがった。ヨルンドが抗いきれずその手に顔を押しつけると、彼女は微笑んだ。「私たちは私たちの両親ではないし、彼らがした選択を変えることはできない。でも、彼らから自由になることは選べるのよ。自分の中の光と闇の両方を認めて前に進むことはできるの」

ヨルンドはいつのまにか背をかがめていたに違いない。話すアメの唇が彼の唇をかすめた。

「床に連れていって」アメがささやいた。「そして……そばにいて。お願い。もう二度とあなたのいない寝台で目を覚ましたくないの。あなたを愛しているの」

ヨルンドは目を開けた。自分の耳が信じられず、アメの目をのぞき込む。「俺を愛している？」

「ええ。かまわないわ、あなたが……」

ヨルンドはアメの腰に腕を回して抱き寄せた。「もちろん、俺だって愛している。君が望むなら全部さし出すとも。俺自身も、持っているものも。君が俺を見て、俺が夫でよかったと思ってくれるなら、ほかに望むものなど、この世にも来世にもない」ヨルンドは涙にむせながらアメを強く抱きしめ、顔と首に熱いキスを浴びせた。そのあとで彼は体を引いて言った。「だが、夢を見ているときの俺は俺じゃない。君を傷つけるかもしれない……」

「あなたに私を傷つけることはできないわ。それに、私はあなたが思っているより強いのよ。覚えてる？　すぐに寝台から出て……薪(まき)を投げつけて起こしてあげるわ」アメの言葉にヨルンドは小さく笑った。

彼がさらに言葉を継ごうとすると、アメは首をふり、ヨルンドの唇を自分の唇で覆った。濃密な口づけだった。ヨルンドの部屋で彼がしたキスをまねて、熱っぽく舌を動かす。ヨルンドは唇を重ねたままうめき、体をよじって背中の斧を外すと同時にチュニックを脱ごうとした。アメは待ちきれないというように柔らかな麻の生地をつかんで引き裂き、あらわになった肌に唇を押しつけた。

「なんて獰猛(どうもう)な女なんだ！」ヨルンドがウインクをすると、アメが笑い声をあげた。

アメは愛と喜びに押しつぶされそうだった。

もう二人を引き離すものは何もない。過去も苦しみも、彼女がすべての情熱を注いでヨルンドを愛するのを止めることはできないのだ。

二人は服を脱ぎ捨て、紐(ひも)をほどきながら寝台に近づいた。唇は相手の唇を探り、ベルトやリボンを外すときだけしぶしぶ離れる。そしてすぐにまた口づけを求めた。

ヨルンドが先に裸になって寝台に横たわり、枕元の丸めた毛皮に体を預けた。下着姿のアメが覆いかぶさるようにすると、ヨルンドは大きな手のひらを彼女の頭の後ろにあてて引き寄せた。アメは喜んで求めに応じ、彼の上半身にまたがってキスをした。

ヨルンドに愛されていると知り、彼女の体には今まで感じたことのない自信が満ちていた。

ヨルンドがアメの曲線を、切れ切れの息遣いを、甘いキスを堪能する。その手がすばやく彼女の下着を下ろして胸の膨らみを包むと、アメの指も貪るように彼の体を探った。ヨルンドが彼女を求めるのと同じだけ自分も彼を必要としているのがわかっていた。アメは少しずつ腰を下げて彼と一つになった。ヨルンドが頭をのけぞらせてかすれた声で悪態をつく。アメはヨルンドの左右の手をつかんで体重を預け、体をゆっくり上下に動かした。

自分を抑制しようとしてヨルンドの首筋の筋肉が張りつめるのを見ながら、アメは速度を上げて二人の欲望を駆り立てた。限界に達すると、ヨルンドはアメを抱きかかえてさっと体の位置を入れ替えた。アメは彼の下ではじけ、ヨルンドもすぐに続いた。二人はお互いにしがみつき、体も心も一つになった。そして抱き合ったまま眠った。二人のあいだには暗闇も秘密もなく、ただ穏やかな眠りがあるだけだった。まばゆい翌朝と美しい景色があるだけだった。

エピローグ

あれから二年弱

ヨルンドは寝室に入り、目の前の光景に目を細めた。妻が寝台に横たわり、両腕に双子の男の子を抱えている。丸めた毛皮に背中を預けたアメは、眠りの中でも赤ん坊を守っていた。彼女は身じろぎ一つしないだろう。慈愛の本能は彼女の心に埋め込まれている。

ヨルンドはブーツを脱ぎ、開いている窓にそうっと近づいた。閉めようかと思ったが、夏のそよ風が部屋の空気を冷やしてくれていたし、二人の赤ん坊に寄り添われてアメはかなり暑いはずだった。

出産は長引き、大変だったが、あれからわずか数週間だというのに、アメは驚くほどうまくやっていた。昨夜のウイリアムとロバートは一晩中、乳をほしがっているようで、ベアトリスとエマも含め、大人たちはほとんど一睡もできなかった。ベアトリスとエマが自分たちを赤ん坊の伯母だと思ってくれているこどをヨルンドは嬉しく思っていた。彼にもアメにも語れるような家族がいないからだ。もちろん、互い以外にという意味だが。

ヨルンドは窓際の椅子に座り、エヴルに目を向けた。キリスト教の神も北欧の神も寛大だった。自分がそれに値するのかどうかよくわからないが、彼は北欧人の常として、値するか否かに関係なく、いただけるものはいただいた。

ヨルンドは疲れを感じ、少し眠ることにした。赤ん坊と同じ寝台では眠れないので、彼がそうするのはたいてい椅子の上でだった。

眠りの中だろうとヨルンドに彼女を傷つけることはできないと言ったアメは正しかった。まだ過去の夢を見ることはあるが、以前ほどひどくも残酷でもない。それに悪夢を見ても、彼が気づく前にアメがなだめてくれる。

だが、赤ん坊が一緒となると……まだ自分を信用しきれなかった。それも時間とともに変わるだろうが。〝子どもたちが乳離れするまでよ。そうしたら、元の場所に戻ってちょうだい！〟アメはそう言ってにらみつけたが、彼の好きにさせてくれている。

アメは激しい女で、彼が妻の愛の力を侮ることはない。

ヨルンドは乳を求める赤ん坊の泣き声で目を覚ました。眠そうなアメが一人の赤ん坊に乳を飲ませ終え、もう一人の赤ん坊を抱き寄せるのを見て彼は微笑んだ。「俺がロバートを抱こう」ヨルンドはおなかがいっぱいになった息子を抱き上げ、優しく背中を叩いてげっぷをさせた。

「どちらがどちらかよくわかるわね。私は今でもよく見なければわからないのに」アメは、ウィリアムに噛まれて顔をしかめた。

「まぐれあたりだ。ロバートのほうがいつも腹をすかせているからな」

アメはくすっと笑って息を吐き出した。少し弱々しいため息だったので、ヨルンドは妻の横に腰を下ろした。

「何かあったか？」

「ああ、大したことではないわ。ここに寝ているのに少し飽きただけ」

「大変なお産だったんだ。回復には時間がかかる」

「それほどひどくはなかったわ。双子のお産としては。実際、体調はもうずいぶんいいのよ」

ヨルンドは彼女の表情を探ってからうなずいた。彼は自分自身よりもアメを信頼していたし、これからもそうだろう。「では、君がその気があるなら、見せたいものがある」

アメが彼を見上げて笑みを輝かせた。ヨルンドが大切な本に描かれた絵でもあるかのように。彼には、妻のその表情を見飽きる日がくるとは思えなかった。

アメの心は沸き立った。「あら、面白そう！」この寝室の四方の壁以外のものを見られるなら、どんな口実でも嬉しかった。生まれたての子どもたちのことはとても愛しているけれど、この数週間は本当に大変だった。いつも眠るかお乳を飲ませているかのどちらかで、ヨルンドだけが頼りだった。お産のあとの痛みに悩んでいるときも、慰めてくれたのは彼だった。アメが眠れるように子どもたちをあやし、着替えさせ、抱いてくれた。何も心配せず、自分の体を癒やし、子どもたちに乳を飲ませることに専念すればいいと言ってくれた。

控えめなノックの音に続いてベアトリスが顔をのぞかせた。この女性を長く遠ざけておくのはほとんど不可能だ。「起きてらっしゃいますね！」嬉しそうに言うと、新しい水の入った器と布を持ってせかせかと部屋に入ってきて寝台の横の卓に置いた。

「引き出しから私の服をとってきてくれるかしら、ベアトリス。ウィリアムにお乳を飲ませ終わったら少し歩いてくるわ」

「承知しました。坊ちゃんたちがお母さまを呼ぶまで、私がお預かりしますよ」

「ありがとう」夫と二人になれると思うとわくわくした。日中、ヨルンドがアメのそばを離れるのは、領土のことで仕事ができたときだけだが、赤ん坊のいないところでしばらく二人きりになれるのは嬉しかった。自分が妻ではなく、品評会で優勝した乳牛になったように感じ始めていたのだ。

ずいぶん時間がたってウィリアムがようやく満足したので、アメはそそくさと彼をベアトリスに託し、飛び下りんばかりに寝台から出た。手早く着替えて体を洗い、次にお乳をあげる時間がしばらく先でありますようにと祈る。

ヨルンドは何を見せてくれるのだろう？　砦(とりで)の改修はすでに終わっている。アメが工事の指揮をとって四つの建物すべてを残したが、次なる計画のおかげで、ヨルンドは忙しくし続けることになった。民たちの住まいに加え、書物と巻物を収めるための小さな建物も設計したのだ。将来的にはそれを学(まな)び舎(や)にしたいと思っているが、今のところは子育てで手いっぱいだ。とはいえ、自分たちに何ができるかということについて、彼女は常に楽観的だった。砦は日々、立派になっている。アメとヨルンドはエヴルとその民の自尊心を象徴する、確かな基盤をつくり上げたのだ。

ヨルンドが建物の入り口で立ち止まり、アメを見た。「正面口に新しい石をつけ足したんだ」

アメが見上げると、確かに、戸口の上の中央の石がとり外され、新しい石に置き換えられていた。

「古い石に問題でも？」完璧な石をどうして換えるのかわけがわからなかったが、そのときはっとひらめいた。「何か彫ったのね？」

ヨルンドの恥ずかしげな笑みを見て、アメの心が愛ではちきれそうになった。

「よく読めるように抱き上げてちょうだい」

ヨルンドがいつものようにやすやすと彼女を抱き上げた。慎重かつ正確に刻まれていた言葉は……。

〈ヨルンド・エヴルと、愛する妻アメ・エヴル、九一四年生まれの息子ウィリアムとロバート・エヴルの家〉

「俺には姓がないから、君の姓を使うのがいいと思ったんだ。それに、もっと子どもが生まれたときのための余白もある。あとで俺が彫って……」ヨルンドの温かい息がアメの頬にあたった。

アメは彼のほうに顔を向けた。「あなたが書いたの？」

「ああ……君が休んでいるあいだに。これなら紙のように焼けたり朽ちたりしない。物語（サガ）よりも長く残るだろう。この正面口を通る者みんなに、俺の君への、そして家族への愛を示すことができる」

アメは熱く情熱的なキスをしたあと、息を吸うために少し間をとった。「私も愛しているわ、私の優しい巨人！」

「一つの肉体、一つの魂」ヨルンドが北欧の結婚の誓いを口にする。

「そうね」アメは微笑み、彼の首に腕を回した。「私のいとしい人」

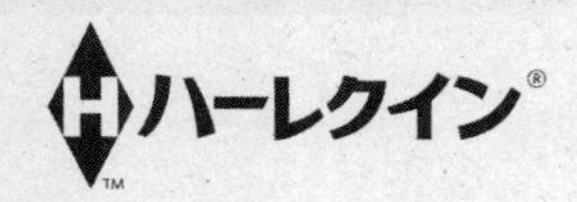

小さな尼僧とバイキングの恋

2025年5月5日発行

著　　者	ルーシー・モリス
訳　　者	高山　恵（たかやま　めぐみ）
発 行 人	鈴木幸辰
発 行 所	株式会社ハーパーコリンズ・ジャパン 東京都千代田区大手町 1-5-1 電話 04-2951-2000（注文） 0570-008091（読者ｻｰﾋﾞｽ係）
印刷・製本	中央精版印刷株式会社
装 丁 者	AO DESIGN

ISBN978-4-596-72809-8 C0297